ZHONGGUO XIAOSHUO
100 QIANG

中国小说 100 强（1978—2022）

老虎大福

叶广芩 著

北京联合出版公司
Beijing United Publishing Co.,Ltd.

图书在版编目（CIP）数据

老虎大福 / 叶广芩著. -- 北京 : 北京联合出版公司, 2023.9

（中国小说100强）

ISBN 978-7-5596-7107-3

Ⅰ.①老… Ⅱ.①叶… Ⅲ.①长篇小说－中国－当代 Ⅳ.①I247.5

中国国家版本馆CIP数据核字(2023)第117952号

老虎大福

作　　者：叶广芩
出 品 人：赵红仕
出版监制：张晓冬　范晓潮
责任编辑：王　巍
特约编辑：和庚方　郭　漫
封面设计：武　一

北京联合出版公司出版
（北京市西城区德外大街83号楼9层　100088）
北京兴星伟业印刷有限公司印刷　　新华书店经销
字数174千字　650毫米×920毫米　1/16　19印张
2023年9月第1版　2023年9月第1次印刷
ISBN 978-7-5596-7107-3
定价：58.00元

中国小说100强（1978—2022）丛书

编委会

总　序

“中国小说100强”（1978—2022）是资深出版人张明先生和腾讯读书知名记者张英先生共同策划发起的一套大型文学丛书。他们邀请我和宗仁发、谢有顺、顾建平、文欢一起组成编委会，并特邀徐晨亮参与，经过认真研讨和多轮投票最终评定了100人的入选小说家目录。由于编委们大多都是长期在中国文学现场与中国文学一路同行的一线编辑、出版家、评论家和文学记者，可以说都是最专业的文学读者，因此，本套书对专业性的追求是理所当然的，编委们的个人趣味、审美爱好虽有不同，但对作家和文学本身的尊重、对小说艺术的尊重、对文学史和阅读史的尊重，决定了丛书编选的原则、方向和基本逻辑。

从文学史的角度来说，1978年以后开启的新时期文学是中国当代文学的黄金时代，不仅涌现了一批至今享誉世界的优秀作家，而且创造了许多脍炙人口的文学经典，并某种程度上改写了20世纪中国文学史的版图。而在中国新时期文学的经典家族中，小说和小说家无疑是艺术成就最高、影响力最大的部分。“中国小说 100 强”（1978—2022）就是试图将这个时期的具有经典性的小说家和中国小说的经典之作完整、系统地筛选和呈现出来，并以此构成对新时期文学史的某种回顾与重读、观察与评判。呈现在读者面前的这套丛书是对 1978—2022 年间中国当代小说发展历程的一次全面、系统的整体性回顾与检阅，是中国当代文学经典化的重要成果，从特定的角度集中展示了中国新时期文学在小说创作方面的巨大成就。需要说明的是，与 1978—2022 年新时期文学繁荣兴盛的局面相比，100 位作家和 100 本书还远远不能涵盖中国当代小说的全貌，很多堪称经典的小说也许因为各种原因并未能进入。莫言、苏童、余华等作家本来都在编委投票评定的名单里，但因为他们已与某些出版社签下了专有出版合同，不允许其他出版社另出小说集，因而只能因不可抗原因而割爱，遗珠之憾实难避免，而且文学的审美本身也是多元的，我们的判断、评价、选择也许与有些读者的认知和判断是冲突的，但我们绝无把自己的标准强加于别人的意思。我们呈现的只是我们观察中国这个时期当代小说的一个角度、一种标准，我们坚持文学性、学术性、专业性、民间性，注重作家个体的生活体验、叙事能力和艺术功力，我们突破代际局限，老、中、青小说家都平等对待，王蒙、冯骥才、梁晓声、铁凝、阿来等名家名作蔚为大观，徐则臣、阿乙、弋舟、鲁敏、林森等新人新作也是目不暇接，我们特别关注文学的新生力量，尤其是近 10 年作品多次获国家大奖、市场人气爆棚的新生代小说家，我们秉持包容、开放、多元的审美立场，无论是专注用现实题材传达个人迥异驳杂人生经验、用心用情书写和表现时代精神的现实主义作家，还是执着于艺术探索和个体风格的实验性作家，在丛书里都是一视同仁。我们坚信我们是忠实于自己的艺术理想、艺术原则和艺术良心的，但我们并不认为自己的角度和标准是唯一的，我们期待并尊重各种各样的观察角度和文学判断。

当然，编选和出版“中国小说 100 强”（1978—2022）这套大型丛书，除了上述对文学史、小说史成就的整体呈现这一追求之外，我们还有更深远、更宏大的学术目标，那就是全力推进中国当代文学“经典化”的历程和“全民阅读·书香中国”建设。

从 1949 年发端的中国当代文学已经有了 70 多年的发展历程，但对这 70 多年文学的评价一直存在巨大的分歧，“极端的否定”与“极端的肯定”常常让我们看不到当代文学的真相。有人认为中国当代文学达到了前所未有的高度和水平。王蒙先生在法兰克福书展上就说：中国当代文学现在是有史以来最繁荣的时期。余秋雨、刘再复甚至认为中国当代文学的成就远远超过了现代文学。也有人极端否定中国当代文学，认为中国当代文学都是垃圾。他们认为现代文学要远远超过当代文学，中国当代文学连与现代文学比较的资格都没有。比如说，相对于鲁（迅）、郭（沫若）、茅（盾）、巴（金）、老（舍）、曹（禺）这样大师级的人物，中国当代作家都是渺小的侏儒，根本不能相提并论，两者比较就是对大师的亵渎。应该说，与对中国当代文学的肯定之声相比，对当代文学的否定和轻视显然更成气候、更为普遍也更有市场。尽管否定者各自的角度和出发点不同，但中国当代作家、作品与中外文学大师、文学经典之间不可比拟的巨大距离却是唱衰中国当代文学者的主要论据。这种判断通常沿着两个逻辑展开：一是对中外文学大师精神价值、道德价值和人格价值的夸大与拔高，对文学大师的不证自明的宗教化、神性化的崇拜。二是对文学经典的神秘化、神圣化、绝对化、空洞化的理解与阐释。在此，我们看到了一个非常有趣的悖论：当谈论经典作家和文学大师时我们总是仰视而崇拜，他们的局限我们要么视而不见要么宽容原谅，但当我们谈论身边作家和身边作品时，我们总是专注于其弱点和局限，反而对其优点视而不见。问题还不在于这种姿态本身的厚此薄彼与伦理偏见，而是这种姿态背后所蕴含的“当代虚无主义”。这种“虚无主义”的最大后果就是对当代作家作品“经典化”的阻滞，对当代文学经典化历程的阻隔与拖延。一方面，我们视当下作家作品为“无物”，拒绝对其进行“经典化”的工作，另一方面又以早就完全“经典化”了的大师和经典来作为贬低当下泥沙俱下的文学现实的依据。这种不在同一个层面上的比较，不仅毫无意义，而且只能使得文学评价上的不公正以及各种偏激的怪论愈演愈烈。

其实，说中国当代文学如何不堪或如何优秀都没有说服力。关键是要进行“经典化”的工作，只有“经典化”的工作完成了才有可能比较客观地对当代的作家作品形成文学史的判断。对当代的“经典化”不是对过往经典、大师的否定，也不是对当代文学唱赞歌，而是要建立一个既立足文学史又与时俱进并与当代文学发展同步的认识评价体系和筛选体系。当然，我们也要承认，“经典化”问题是一个非常复杂的问题，并不是凭热情和冲动一下子就能完成的，但我们至少应该完成认识论上的“转变”并真正启动这样一个“过程”。

现在媒体上流行一些对于中国当代文学经典化冷嘲热讽的稀奇古怪的言论，其核心一是否定中国当代文学有经典、有大师，其二是否定批评界、学术界有关“经典化”的主张，认为在一个无经典的时代，“经典”是怎么“化”也“化”不出来的，“经典化”是一个实实在在的“伪命题”。其实，对于文学，每个人有不同的判断、不同的理解这很正常，每一种观点也都值得尊重。但是，在“经典”和“经典化”这个问题上，我却不能不说，上述观点存在对“经典”和“经典化”的双重误解，因而具有严重的误导性和危害性。

首先，就“经典”而言，否定中国当代文学早就不是什么新鲜事，对当代文学的虚无主义态度在很多人那里早已根深蒂固。我不想争论这背后的是与非，也不想分析这种观点背后的社会基础与人性基础。我只想指出，这种观点单从学理层面上看就已陷入了三个巨大误区：

第一个误区，是对经典的神圣化和神秘化的误区。很多人把经典想象为一个绝对的、神圣的、遥远的文学存在，觉得文学经典就是一个绝对的、乌托邦化的、十全十美的、所有人都喜欢的东西。这其实是为了阻隔当代文学和“经典”这个词发生关系。因为经典既然是绝对的、神圣的、乌托邦的、十全十美的，那我们今天哪一部作品会有这样的特性呢？如果回顾一下人类文学史，有这样特性的作品好像也没有。事实上，没有一部作品可以十全十美，也没有一部作品能让所有人喜欢。在这个问题上，我们应该明确的是，“经典”不是十全十美、无可挑剔的代名词，在人类文学史上似乎并不存在毫无缺点并能被任何人所认同的“经典”。因此，对每一个时代来说，“经典”并不是指那些高不可攀的神圣的、神秘的存在，只不过是那些比较优秀、能被比较多的人喜爱的作品而已。从这个意义上说，当今中国文坛谈论“经典”时那种神圣化、莫测高深的乌托邦姿态，不过是遮蔽和否定当代文学的一种不自觉的方式，他们假定了一种遥远、神秘、绝对、完美的“经典形象”，并以对此一本正经的信仰、崇拜和无限拔高，建立了一整套关于中国当代文学的伦理话语体系与道德话语体系，从而充满正义感地宣判着中国当代文学的死刑。

第二个误区，是经典会自动呈现的误区。很多人会说，是金子总是会发光的。但对文学来说，文学经典的产生有着特殊性，即，它不是一个“标签”，它一定是在阅读的意义上才会产生意义和价值的，也只有在阅读的意义上才能够实现价值，没有被阅读的作品没有被发现的作品就没有价值，就不会发光。而且经典的价值本身也不是固定不变的。如果一个作品的价值一开始就是固定不变的，那这个作品的价值就一定是有限的。经典一定会在不同的时代面对不同的读者呈现出完全不同的价值。这也是所谓文学永恒性的来源。也就是说，文学的永恒性不是指它的某一个意义、某一个价值的永恒，而是指它具有意义、价值的永恒再生性，它可以不断地延伸价值，可以不断地被创造、不断地被发现，这才是经典价值的根本。所以说，经典不但不会自动呈现，而且一定要在读者的阅读或者阐释、评价中才会呈现其价值。

第三个误区，是经典命名权的误区。很多人把经典的命名视为一种特殊权力。这有两个层面的问题：一，是现代人还是后代人具有命名权；二，是权威还是普通人具有命名权。说一个时代的作品是经典，是当代人说了算还是后代人说了算？从理论上来说当然是后代人说了算。我们宁愿把一切交给时间。但是，时间本身是不可信的，它不是客观的，是意识形态化的。某种意义上，时间确会消除文学的很多污染包括意识形态的污染，时间会让我们更清楚地看清模糊的、被掩盖的真相，但是时间同时也会使文学的现场感和鲜活性受到磨损与侵蚀，甚至时间本身也难逃意识形态的污染。此外，如果把一切交给时间，还有一个前提，那就是对后代的读者要有足够的信任，要相信他们能够完成对我们这个时代文学的经典化使命。但我们对后代的读者，其实是没有信心的。我们今天已经陷入了严重的阅读危机，我们怎么能寄希望后代人有更大的阅读热情呢？幻想后代的人用考古的方式对我们这个时代的文学进行经典命名，这现实吗？我不相信后人对我们身处时代“考古”式的阐释会比我们亲历的“经验”更可靠，也不相信，后人对我们身处时代文学的理解会比我们亲历者更准确。我觉得，一部被后代命名为“经典”的作品，在它所处的时代也一定会是被认可为“经典”的作品，我不相信，在当代默默无闻的作品在后代会被“考古”挖掘为“经典”。也许有人会举张爱玲、钱钟书、沈从文的例子，但我要说的是，他们的文学价值早在他们生活的时代就已被认可了，只不过很长时间由于意识形态的原因我们的文学史不谈及他们罢了。此外，在经典命名的问题上，我们还要回答的是当代作家究竟为谁写作的问题。当代作家是为同代人写作还是为后代人写作？幻想同代人不阅读、不接受的作品后代人会接受，这本身就是非常乌托邦的。更何况，当代作家所表现的经验以及对世界的认识，是当代人更能理解还是后代人更能理解？当然是当代人更能理解当代作家所表达的生活和经验，更能够产生共鸣。因此，从这个角度来说，当代人对一个时代经典的命名显然比后代人更重要。第二个层面，就是普通人、普通读者和权威的关系。理论上，我们都相信文学权威对一个时代文学经典命名的重要性，权威当然更有价值。但我们又不能够迷信文学权威。如果把一个时代文学经典的命名权仅仅交给几个权威，那也是非常危险的。这个危险表现在什么地方呢？就是几个人的错误会放大为整个时代的错误，几个人的偏见会放大为整个时代的偏见。我们有很多这样的文学史教训。在这个问题上，我们既要相信权威又不能迷信权威，我们要追求文学经典评价的民主化、民主性。对一个时代文学的判断应该是全体阅读者共同参与的民主化的过程，各种文学声音都应该能够有效地发出。这个时代的文学阅读，最理想的状态应该是一种互补性的阅读。为什么叫“互补性的阅读”？因为一个批评家再敬业，再劳动模范，一个人也读不过来所有的作品。举个例子：现在我们一年有 5000 部以上的长篇小说，一个批评家如果很敬业，每天在家读二十四小时，他能读多少部？一天读一部，一年也只能读三百部。但他一个人读不完，不等于我们整个时代的读者都读不完。这就需要互补性阅读。所有的读者互补性地读完所有作品。在所有作品都被阅读过的情况下，所有的声音都能发出来的情况下，各种声音的碰撞、妥协、对话，就会形成对这个时代文学比较客观、科学的判断。因此，文学的经典不是由某一个“权威”命名的，而是由一个时代所有的阅读者共同命名的，可以说，每一个阅读者都是一个命名者，他都有对经典进行命名的使命、责任和“权力”。而作为一个文学研究者或一个文学出版者，参与当代文学的进程，参与当代文学经典的筛选、淘洗和确立过程，更是一种义不容辞的责任和使命。说到底，“经典”是主观的，“经典”的确立是一个持续不断的“过程”，“经典”的价值是逐步呈现的，对于一部经典作品来说，它的当代认可、当代评价是不可或缺的。尽管这种认可和评价也许有偏颇，但是没有这种认可和评价，它就无法从浩如烟海的文本世界中突围而出，它就会永久地被埋没。从这个意义上说，在当代任何一部能够被阅读、谈论的文本都是幸运的，这是它变成“经典”的必要洗礼和必然路径。

总之，我们所提倡的“经典化”不是要简单地呈现一种结果，不是要简单地对一个时代的文学作品排座次，不是要武断地指出某部作品是“经典”，某部作品不是“经典”，不是要颁发一个“谁是经典”的荣誉证书，而是要进入一个发现文学价值、感受文学价值、呈现文学价值的过程。所谓“经典化”的“化”实际上就是文学价值影响人的精神生活的过程，就是通过文学阅读发现和呈现文学价值的过程。可以说，文学的经典化过程，既是一个历史化的过程，更是一个当代化的过程。文学的经典化时时刻刻都在进行着，它需要当代人的积极参与和实践。因此，哪怕你是一个对当代文学的虚无主义者，你可以不承认当代文学有经典，但只要你还承认有文学，你还需要和相信文学，还承认当代文学对人的精神生活具有影响力，你就不应该否定当代文学经典化的重要性。没有这个“经典化”，当代文学就不会进入和影响当代人的生活，就失去了存在的意义。每一个人，哪怕你是权威，你也不能以自己的好恶剥夺他人阅读文学和享受文学的权利。

从这个意义上说，当代文学的经典化当然是一个真命题而不是一个伪命题。在一个资讯泛滥的时代，给读者以经典的指引是文学界、出版界共同的责任，而这也是我们编辑出版这套书的意义所在。

最后，感谢张明和张英先生为本套书付出的辛劳，感谢北京立丰天文化传播有限公司、北京金圣典文化有限公司的资金支持，感谢全体编委和北京联合出版公司各位编辑，感谢所有对本套丛书的出版给予大力支持的作家和他们的家人。

是为序。

吴义勤

2022 年冬于北京

目　录
Contents

老虎大福

年年养子在深谷，雌雄上下不相逐；
谷中近窟有山村，长向村家取黄犊。

——［唐］张　籍

一

大福死于三十七年前的一个春季。

二福现在是秦岭自然保护区动物保护科的干部，现年四十六岁。

今年野生动物保护会在秦岭召开，我与二福再次相聚在凤草坪。

今天的凤草坪是秦岭腹地一个繁华的小镇，108 国道穿街而过，街上有高级宾馆、歌舞厅、美发屋、浴足阁和档次不低的饭馆，还有傍晚时节满街溜达、顾盼生情的美丽小姐……总之，大城市有的这里一应俱全，一样不缺，你不会因了异乡而生疏而寂寞。深山的小镇实实地赶上了时代步伐，跟全国人民一道，一步不落地奔了小康。

让人欣慰。

也让人揪心。

会议在“大福山庄”举行，三星级的山庄依山而建，借了山水的景致，白色的建筑显得高雅气派，管理也井井有条。主人介绍说宾馆是由二福的两个兄弟三福、四福承包的，跟宾馆一样，三福、四福也是一对星级人物，被誉为哪儿哪儿的“十佳”青年，很是见过世面的。三、四二位福我不认识，只记得他们在会议开幕式时露过一面，是一对长得一模一样、大头圆眼、看人有点虎视眈眈的汉子，气质跟二福完全不一样，不像一个娘生的。二福说他们是一对双胞胎，是一对只认识钱不认识人的动物。二福是我的朋友，十六年前我在秦岭里采访认识他的，他爱文学，为人仗义，时常地还爱多愁善感，是那种动辄眼圈就红了的人。那时他在读林学院，放暑假在家，他跟着我在山里跑了一个多月，我们的交情不错。我去过他的家，也见过他年老的父亲、母亲，他们都是很不错很善良的老人。二福很少跟我提起他的父母，甚至也没说过一模一样的两个福，二福给我讲得最多的是大福的事。第一次见面他就让我一定要写大福，后来几次相遇他还是说这件事，这次开会，他的这个要求似乎更为迫切，简直是刻不容缓了。

饭桌上，喝得脸红脖子粗的二福敲着桌子说，现在名人都讲立传，连那些除了钱什么也没有的狗屁企业家也忙不迭地找文人给自个儿写传记，说到这儿，二福扫了一眼坐在下首的三福、四福，那两个福赶紧低下了头，避开了二福的目光，表情有些尴尬。谁都知道，目前山庄最好的客房里正住着一位作家，宾馆每天好烟好茶地供着，作家正为两位“十佳”写一篇八万字的报告文学。二福不客气地对我说，大福为什么就没人写？你们这些文人太势利，谁给钱就替谁吹，天花乱坠地吹，没意思极了。叶大姐，我要是替大福给你钱，你写不写？

二福在将我的军。二福喝多了。

我答应为大福立传，立大传。

于是大家就为大福干杯。

也为大福山庄干杯。

回到西安我才觉出大福的传实在不好立，无从下笔，对着电脑傻愣半天，竟写不出大福的任何文字，于是只好搁下大福说二福。

二

二福大名李二福，秦岭南麓桦树岭人。

桦树岭属凤草坪管辖，凤草坪现在是镇，过去叫公社，是秦岭山中最为偏远的一个政府机构。凤草坪公社下属三个生产队，有居民五十二户，分散于六条山谷中，除了四、七的集日，大家翻山越岭到凤草坪的街上以土蜂蜜、草药、毛皮等山货换些生活必需，一般很难与外界接触。二福的家乡桦树岭位于胥水河北岸的山坡上，林深菁密，百姓生计以狩猎、挖药为主，间或种植苞谷、洋芋，四季豆。山高土寒，加之野物糟蹋，收成极为有限。

二福家住在桦树岭梁顶，这里的海拔已经很高了，除了针叶林没有别的树木。站在二福家门前有限的空地上朝南望，南面群山奔涌，重岩叠嶂，让人感到很雄伟，很荡气回肠。二福家的人体味不到这些，他们活得很实在，也很艰难，雄伟不能当饭吃，荡气回肠也需肚子里有东西才行，二福的爹和娘一年四季都在为嘴忙碌，为生计而操劳。爹漫山遍野地挖药，爹是个好药工，爹能挖到名贵的太白手儿参，挖到罕见的独叶草，还有山茱萸、太白贝母什么的。爹向来是早出晚归，有时走得远了，就宿在山上，几天不回家的时候也有。家里的活计都堆在娘的身上，二福的娘很能干，二福娘早年是从四川逃荒过来的，人矮小却能吃苦，种庄稼，养猪，搂柴，手脚从不闲着，当地女人不能与之相比。

秦岭山地的小气候有它的独特性，山外闹旱灾，山里却是连年的小丰收，1953 年娘在川北饿得实在受不住了，沿着荒废了的傥骆古道来到了桦树岭，在李家停住了脚步，后来就有了二福，成了二福的娘。二福娘猪养得好，四川人都会养猪，会做熏肉，娘每年养一头猪，初秋喂起，来年春天就催肥了，端阳屠宰，肉挂在梁上能吃到第二年春节，多余的还可以拿到集上换盐米。熏肉是李家极为重要的食源财源，娘把猪看得很重，二福一顿不吃娘不在乎，猪要是一顿不吃，娘就坐立不安了。

二福叫二福是因为习惯，他的前头并没有一个大福。山里人忌讳多，出于对大自然的敬畏，头生孩子从不称“大”，长子都从第二开始排，把第一让给山里的大树、石头、豹子、狗熊什么的，都是很雄壮、很结实的东西，跟在它们的后头论兄弟，借助了它们的生命和力量，意为好养活，能长命百岁。这一地区的孩子每人都有属于他们自己的“杨树大哥”“豺狗大哥”……二福的大哥是“彪”，彪就是老虎，山里人对老虎不直呼其名，或叫“彪”，或叫“大家伙”。

二福问爹见过大家伙没有，爹说没有。爹说打 1952 年成固沙河营枪毙了一只大家伙以后，秦岭山地就看不见大家伙了。爹把猎杀叫做“枪毙”，这是爹的叫法，爹常常运用些新名词，比如把“花熊”叫“熊猫”，把“娃娃鱼”叫“大鲵”，把“爬坡”叫“上海拔”，把“柏羊”叫“羚牛”什么的。

爹是桦树岭大队的队长，队长的语言应该和普通老百姓有所区别。

二福很遗憾，他的大哥大福原来只是个徒有其名而没有实际内容的符号——秦岭山里没老虎。

1963年，二福九岁。

九岁的二福读小学二年级。学校在东河台，离桦树岭七里，每天天刚亮二福就得背着书包上路，赶太阳半竿子高才能到学校。小学校的周老师体恤山里的孩子道远，把头一节课永远安排成音乐，让他们来了先扯着嗓子唱一气，败败火。东河台小学的孩子们会唱的歌很多，他们唱得最好的是那首《小鸟在前面带路》。《小鸟在前面带路》其实是一首很城市的歌，不知怎的却被山里的孩子这样看好：

小鸟在前面带路，
风儿吹着我们，
我们像春天一样，
来到花园里，来到草地上。
鲜艳的红领巾，
美丽的衣裳，
像许多花儿开放。
跳啊跳啊跳啊，唱啊唱啊唱啊……

孩子们问周老师，“花园”是什么，周老师说花园就是凤草坪的森林和山地；孩子们问“美丽的衣裳”什么样，老师说就是过年走亲戚时穿的那样……孩子们说知道了，就很动情地唱，在歌唱中他们穿着过年的新衣服，在林子里，有太阳鸟在头上飞，有厚朴花在周围开，感觉非常好。下午太阳一偏，周老师早早就把孩子们放了，让他们早点回家，山里的孩子，家务活都很重。

二福的功课很糟糕，算术尤其不行，他背不出乘法口诀，理解不了为什么 2×3=6。老师费了好大劲也给他讲不清楚，老师就说，一只山鸡一窝抱俩蛋，三只山鸡抱几个蛋？二福说谁知道抱几个，不下蛋的也有，让青鼬拉去的也有，漫山胡窜、乱占窝的也有……老师点着二福的脑袋说，你呀……你呀……

二福回家问爹，爹也搞不清三只山鸡下几个蛋，爹说，这问题谁也搞不清，也没必要搞清。后来周老师见了二福的爹，让爹抓抓二福的算术，爹说，抓个啥嘛，你那几只山鸡的糊涂账把老子也算得脑壳疼，我们的二福将来不当大队会计，用不着费这个脑筋。二福认为爹说得很对，爹和他一样，打心眼里看不起算术这门课。如爹所说，上学么，能认识几个字，会写自己的名字就行了，大学毕业怎的，大学毕业也得和大家一样，将一写成一，将二写成二，不能把一写成花。二福的语文比算术学得相对要好，二年级没有作文，但是二年级有看图学说话，每当有“学说话”的时候二福的话就特别多，二福的想象力太丰富了，他能从书上简单的三两幅画上讲出画里根本没有的东西，比如“大风吹破了蜘蛛的网”，用拼音拼出的一句话，让二福来讲述就复杂了，蜘蛛是什么样的蜘蛛，在哪儿哪儿结了个什么样的网，网住了什么样的虫子，蜘蛛的心情如何兴奋，虫子的心情是如何恐慌，刮了阵怎样的风，蜘蛛在风中是如何护网，小虫子们沿着蛛丝如何四处逃散……二福描绘得有声有色，如亲眼见到一般，把班上的同学连同周老师，唬得一愣一愣的。同学们说他爱瞎编，老师说他想象力丰富……

二福在课堂上艰难地计算山鸡蛋、编造蜘蛛网故事的时候，他们家的土狗黑子就趴在他的桌子底下。黑子是条很懂事的狗，凶猛无比，什么都敢扑咬，竹鼠、野兔，也包括村里的鸡。黑子有一身油亮的黑毛，那毛在太阳下泛着蓝光，见了生人，黑子眼睛就细眯着，喉咙里呼呼地吼，趁人不备，冷不丁地冲上去，照着人家的腿肚子就是一口。常有下乡的干部遭了黑子的活，公社统计过，被它咬过的干部已经有十四个之多，其中还有一个女的。公社让爹把黑子处理了，爹当然舍不得，二福也舍不得，爹说黑子是村里的狗与豹子沟那只黑豹杂交的产物，要不然它不会有这么大野性。二福开始也认为黑子身上有豹的血统，他长大后到杨陵上了农学院，才知道豹和犬是两个科目，受基因的限制，它们之间不可能有任何杂交成果，黑子就是黑子，它是一只地道农村土狗，没有任何野性的背景。但当时他和爹都是把黑子认作黑豹的后代的，爹把看管黑子的任务交给了二福，二福就天天带着黑子上学。黑子在前面跑，他在后面跟，黑子有时钻得不见了影儿，二福也不急，他知道，黑子准在前面的什么地方等着他。

周老师不让黑子进教室，说人狗同堂不成体统，黑子扭身就把周老师养的三只大青兔给干掉了，把老师心疼得眼泪差点儿没掉出来。黑子对周老师的悲伤不为所动，对让不让进教室也并不急切，它又对周老师穿花裤子的小女儿妞妞感了兴趣，只要妞妞从门缝一探头，它立即就扑过去，冲着小丫头龇牙，吓得小丫头哇哇地哭。丫头比大青兔更珍贵，周老师权衡再三，终于允许黑子进入课堂，条件是不能影响课堂秩序。这点二福说他完全可以保证，黑子除了不会说话，跟人没什么两样。黑子进入教室很是趾高气扬，尾巴高高地卷着，迈着碎步，脖子上挂了二福的书包，一脸严肃，一脸郑重。进入教室的黑子先是仔细地将墙根嗅了一遍，在每个墙角都撒了一泡尿，确认了自己的领地，然后围着讲台转了两圈，巡查完毕才卧在二福的课桌下头，跟着大家上课。教室里有一、二、三，三个年级，一年级写作业的时候二年级上课，二年级写作业了，三年级上课，黑子不用写作业，黑子一、二、三年级的课都上，那年月，黑子着实听了不少课，如果填学历的话，它填小学三年级应该是当之无愧。

三

这天，二福和往常一样，天一亮就离了家，黑子犯懒贪睡，死活不出家门，被爹狠狠地踢了一脚，嚎着，跑下山路。二福娘挺着大肚子从火塘里刨出几个烤洋芋，追出来塞在二福兜里，这是他中午的口粮，其中也有黑子的。娘让二福早些回来，回来给猪打些草，二福答应着，追他的黑子去了。娘的肚子一天比一天显露，已经干不了打猪草一类的活了，二福明白，再过几个月娘就会给他们家生出一个三福来。二福没有兄弟，二福常常感到孤单，所以二福就盼着娘早点生，好让他和三福早点见面。可是娘不着急，娘说她肚子里的不是三福，是个妹子。二福听了有点失望，他不想与娘争，他知道这事他和娘都做不了主，就像牛下犊似的，是公是母，谁说了也不算。

黎明的气息潮湿而清冷，一弯残月正向西面山垭缓缓滑落，是秋天了，山野一片斑斓，红的、黄的、紫的、绿的，油松、红桦、铁杉、木竹……东方泛白，依稀辨出路的痕迹，小径在林子里穿来绕去，如同一根轻柔的线。看不见小溪，只能听见一缕淙淙的水声，像是有人在林子深处不停歇地低低吟唱。许多树的叶子都落了，红红的裤裆果挂在枝头，晶莹圆润，摘下来咬一口，酸甜流汁。熟透了的野山栗带着硬壳掉在地上，小刺猬一样可爱。头顶的山雀拉着长声叫了一声，尖厉而清脆，像谁要把它杀了一样，继而这里那里泛起了不同的音响。

鸟们的大合唱开始了。

杂木丛里有山猪拱过的土，它在翻找猪苓。岩石后头有一大堆长圆的黄草团团，是熊猫的粪便，二福看那粪便很湿润，还散发着竹子的清气，便料定昨天夜里花熊在这儿过了夜。路拐弯处灌木被折断，周围满是斑斑血迹，血迹新鲜凌乱，看来天快亮的时候这里曾有过一场厮杀……

山林的夜是活跃的，不安的，充满生命力的。

二福走得有点急，出了汗，他不明白今天是怎么了，心里毛扎扎的，像要出事。这条路二福经常是一个人走的，他对路上的每一块石头，每一棵树都很熟悉。进林子半里有条岔路，是通到后沟的，后沟住着二福的几个同学，他们上学的路比他还远，常常走在他的后面，也有彼此在路口碰上的时候，碰上了就一起走，浩浩荡荡的一拨子人，吵闹得松鼠上树，兔子钻洞，能把个林子掀翻了。今天二福在岔道口没碰上后沟那一伙，二福就一个人走，很有些寂寞。二福打了声口哨，呼唤他的黑子，黑子没有反应，黑子走得远了。二福很生气，他决定吃一个洋芋，压一压心慌，也气一气黑子。二福背靠着一棵山毛榉坐下来，摸出一个大个的洋芋，洋芋被娘烤得焦黄焦黄的，还热乎着，二福把上面的灰吹了吹，掰开来，大口大口地往嘴里填，洋芋很烫，害得他舌头在嘴里来回地倒，噎得直伸脖子。

正吃得热烈而认真，二福听到身边的草丛里有唰唰的响动，低头一看是黑子，原来黑子没跑远，就在他跟前藏着。二福瞪了黑子一眼，把洋芋在它眼前张扬了一下，又填进自己嘴里。黑子一反往常跟他抢吃抢喝的做派，对他手里的洋芋竟然不闻不问了。二福说，黑子你啥时候变得这样装模作样了呢。黑子不理他，黑子的眼里满是绝望的恐惧，浑身战抖着，往二福的身底下钻。二福往外掀着黑子说，你干什么你，你一身露水把我衣服都弄湿了。可是任他怎么掀，黑子还是要钻。

四周静得出奇，连鸟儿也不叫了，一种莫名其妙的气氛将他护住，二福觉着自己周身软得没有一点儿劲了，一种生物的本能，使他觉察到周围环境的异样和不同凡响，头发根也立起来了，巨大的恐惧向他逼压过来，二福喘不出气了，一口洋芋含在嘴里，竟然忘记了吞咽。

二福在灌木后面发现了一双眼睛，一双硕大的、炯炯有神的眼睛，那双眼睛正注视着他，从眼睛，二福看到了一个黄乎乎、带着斑斓黑纹的大家伙。虎！二福的脑袋轰地蒙了，他想跑，站不起来；想哭，哭不出声；想喊娘，张不开嘴。他完全地找不到自己了。黑子钻到了他的怀里，钻到了衣服下面，哆嗦得已经不能控制，它被吓坏了。其实老虎早就看到了二福，在二福坐下来吃洋芋的时候便落在了它的视线之中，许是吃饱了，它现在懒得搭理这个小人儿。老虎看够了二福，懒洋洋地打了个哈欠，正好是顺风，二福闻到了一股能让人窒息的腥臭气味……

二福和老虎不过几米距离，他现在已经不会思维，不能举动，他把一切交给了近在咫尺的大家伙，完全地听天由命了。

彼此在僵持。

小路上，传来了孩子们的声响，住在后沟的同学们过来了，他们一路敲打着露水，一路说笑着，向这边走来。走在前头的是花玲，花玲边走边摘果子吃，一张嘴让裤裆果染得通红。花玲看到了二福，问二福干吗坐在树底下，二福眼睛发直，说不出话，花玲回身对后头的张建社说，你们看，二福是怎么啦？大家就围着二福转，七手八脚地把他往起拽。二福脸色苍白，灵魂出窍，一双眼睛死盯着灌木丛不放。

花玲说，二福，二福你说话啊。

一个叫王成的同学说，二福眼下的情景是让山鬼迷住了，桦树岭的山鬼蔫坏蔫坏的，常迷惑人，爱跟人开玩笑，有时人坐下歇脚，站起来就犯迷糊，不知道往哪儿走了，这都是山鬼在作怪，所以坐下时一定把手里的棍朝着要去的方向摆，山鬼就没办法了。

大家就笑，就说那山鬼，就拉着二福走。二福身底下一股臭味，是拉了一裤子。大家说二福没出息，二福的眼睛还是盯着灌木后头看。

花玲搡了二福一把说，那儿有宝贝不成。

王成说，我去看看。张建社也说去看看，两个人都朝灌木后头跑。

灌木后头什么也没有。

黑子汪汪叫着朝草棵里咬，不依不饶的。张建社看了看，说草里有只豹猫，蹿树上去了。

王成喊来了周老师，周老师让大家轮换着将二福背回家来。二福娘见了二福那一裤裆屎，气不打一处来，说走时还好好的，怎的一会儿工夫就成了这样，越活越回去了么？周老师说二福大概是撞见什么了，有点魂不守舍。王成还说是撞见山鬼了。二福娘说，娘老子从来就不信啥子山鬼，政府都号召破除迷信，你们学生娃儿还信山鬼，羞不羞么。周老师让大家帮着给二福洗了，让花玲把二福的脏裤子拿到溪水边去冲，花玲捂着鼻子，拎着裤子出去了。

娘冲了一碗蜂糖水，给二福喝了，二福才稍稍缓过劲儿来，脑袋上还是冒虚汗。

大家这么折腾的时候二福爹一直没吭声，二福爹坐在火塘边，青着脸一袋一袋地抽旱烟。儿子的举止让他觉得丢人，遇到点事就拉稀，哪里是男子汉所为，他是队长，队长的儿子在林子里拉了一裤裆……连兔子也要笑话哩。

直到二福喝完了那碗糖水，爹才闷着声问二福到底遇见了什么。

二福光着屁股坐在被窝里，靠着墙，神情还是有点恍惚，见爹问，心有余悸地说，看见了……大……大家伙……

爹乐了一下，吐了口唾沫说，你知道大家伙是什么样子，你从来也没见过大家伙，你怎认定那就是大家伙？

二福说那就是大家伙，他在公社办公室的宣传画上见过。

爹说秦岭山里早就没有大家伙了，就是有，他整日钻山，也应该看到蛛丝马迹，但是这些年来他什么也没发现。二福说那东西块头很大，黄的，有条纹，嘴很臭，两个眼睛像铃铛。

爹说，越说越像，跟真的似的，要真是大家伙，黑子会咬，我知道黑子，方圆百里唯一的一条好狗。近近的路，我怎的就没听见？真遇上大家伙，你能这么完完整整地回来？

二福拿眼光满屋找黑子，黑子盘在火塘边，也正拿眼睛瞄他。

周老师说二福的想象力的确非常丰富……

二福哭了。

娘哄着二福说，我娃儿就是看见大家伙了，大家伙对我娃儿友善着哩，大家伙是我娃儿的大哥，我娃儿是它的兄弟。

花玲说，二福今天是遇上他哥大福了。

大家就大福、大福地叫，好像桦树岭真有个大福似的。

二福在炕上足足躺了一个月，拉稀。

找大夫看过，说是稀屎痨，得提气，于是爹一个秋天都在给二福挖黄芪。娘说二福是吓破了胆，托人四处去求豹子胆，说二福只有吃下豹子胆，才能把肚里的破胆换下来。二福想，他也不是暖水瓶，胆怎么能说换就换呢。

一个月里，二福吃了不少黄芪，直吃得鼻子蹿血，浑身燥痒，脸色黄黄的，有了黄芪的颜色。稀是不拉了，经常的大便干燥，拉屎倒成了一件很艰难的事。遗憾的是娘念叨的豹胆终是没吃上，豹子胆是可遇不可求的东西，并不是秦岭里所有的豹子都愿意把胆给献出来，倒是张建社给他送来过一个狗胆，是后沟张家那只半大狗踩了套子，死了，张建社特意给二福要来的。爹说吃狗胆不抵事，张建社说，怎的不抵事，书上还有“狗胆包天”的话哩。

爹说，那不是好话，再说，张家的狗还是个嫩伢子，没经过阵势，吃它的胆还不如吃黑子的，黑子的比它强百倍。

黑子觉着这话不受听，不屑地扫了爹一眼，哼了一声扭出去了，给屋里丢下一个臭屁。

二福想，吃哪个的也不吃黑子的，在关键时刻，黑子真不是个东西。

四

一进冬月，山里下了第一场雪，纷纷扬扬的大雪一下就把山林盖严了。爹不去挖药了，爹为全国人口普查的事忙得焦头烂额，县上派下来的普查干部很认真，要一户一户地落实，爹就跟着人家从东岭到西岭，从三官庙到大鼓坪，腿脚不停地走家串户，山里人住得稀，有时候一天只能跑一家，普查的进度十分缓慢。

爹出去干公事，娘就操心圈里那口猪，熬食、垫圈、盖草帘子，生怕猪受一点委屈。二福家这头猪是从公社科技站吆回来的叫约克夏的洋种，浑身粉白，骨架子大，耳朵立着，能吃，长膘快，娘说照这种长法，等不到端阳就能吃肉了，明年让爹还到科技站去弄约克夏，以后他们家就老养约克夏。娘为猪忙活的时候就给二福端个凳子，让他坐在门前晒太阳。二福坐在自家门口，看着雪光里奔涌的群山，心里很有些感动，那时候他还不知道毛主席“山舞银蛇，原驰蜡象”那些指点江山的豪迈话语，就他的小心眼里也很为家乡的景致自豪了。雪底下，山野静卧着，路没了，林子也没了，高高低低的一片白。天晴得碧蓝碧蓝的，有云在飘，那云从西面的山背后冒出来，向桦树岭这边游荡，渐渐地散了，散了，到了二福头顶，就什么也没有了。一个黑点在半坡的雪地上拱，一会儿东，一会儿西，是黑子在给自己找乐子。

二福从雪中的黑子想到了大福，那个辉煌的庞然大物此时不知巡游在哪块地方，它像是一个从天而降的神，不用打招呼，说来就来了，雄壮、威猛、傲慢、孤独，完全是“王”的派头。二福每每回想与大福的不期而遇，恐惧中往往隐藏着一种欣喜，毕竟这是一种缘分，毕竟大福对他没有任何伤害，大福不过看着他，就像他也看着大福一样，双方很平和，莫非真的因为他们是兄弟？迄今为止，见过大福的只有二福，别人谁也没有这种机会，甚至到现在为止，大部分人包括爹在内，还不相信大福的存在，这更让二福感觉到是一种命运的驱使，一种推不开的必然机缘。慢慢地，二福心里对大福有了一种手足般的挂念，有了一种不便言说的牵肠挂肚，他盼望听到大福的信息，希望能够见到大福的身影，听到大福的声音。二福一次次在心底呼唤着：大福，大福，你在哪儿呢？

自那以后，谁也没见过大福，山林也没留下过任何大福的踪迹，大福突兀地消失了，就像它的突兀到来一样。

太阳灿烂地照着，雪光耀眼。

二福的身体慢慢痊愈了，转眼春节快到了。

爹要把约克夏杀了，娘说膘还不厚，再等俩月。爹说这老约再等俩月该成猪精了，就现在，猪圈已经快装不下它了。娘说不能因为圈小就杀猪，这道理就跟不能因为房窄就搬家一样简单。

二福知道爹是因为嘴馋，他们已经有许久没尝到肥肉星了，爹打回的山猪、狍子肉毕竟太粗，把人吃伤了。二福何尝不盼着杀猪，去了这头猪，他们家会省出多少工夫来啊，至少娘能歇一歇了。

但娘死活不让杀，娘说宁肯过年不吃肉。

过年怎么能不吃肉呢，腊月廿三，二福跟着爹背着夏天挖的一口袋干猪苓到凤草坪去赶集，主要目的就是买肉，买过年的肉。躺了一个多月的二福，走起山路来两条腿还有些发软，他走得很吃力，爹背着背篓时常站下来等他，爹等他的时候就在路边寻找猪苓。猪苓和茯苓不同，虽然同是长在地底下，都是菌类，一黑一白，功能都是利水，但猪苓难挖多了，猪苓在地表上没有一点特征，很多情况下是凭着挖药人的经验和感觉，不是回回都有收获。猪苓比茯苓的价格要贵一倍多，一斤干货八毛钱，这天爹和二福卖了九斤，一共七块二，这笔账二福算得比药材收购站的老张还快，二福不笨，他只不过算不清山鸡的蛋罢了。

出了收购站，爹的腰包鼓了很多，爹和二福决定在镇上好好逛逛，办点年货回去。七块二毛钱对二福家来说实在是笔大款子，猪肉四毛一斤，白面一斤一毛三，爹让二福算了，手里这点钱能买十八斤肉，能买五十五斤面哩。

是年前最后一个集了，街上人相对比较多，小路从不同的方向在凤草坪汇聚，人流也从不同方向向凤草坪云集。男女老少，大多认识，彼此很大声地打着招呼，问着近期的景况。二福在街上看见了不少同学，花玲和她娘的嘴都红红的，油汪汪的，一看就是才吃了凉皮的缘故，二福知道，这娘俩的红油嘴要在凤草坪转遍，然后回到后沟，保留到让所有的村人都看到后才会擦去。山里人，上街能吃碗凉皮是派头，是享受，一碗凉皮八分钱呢，一斤盐才多少！二福也知道，花玲和她娘准是两个人吃一碗凉皮，凭花玲娘那精细，摆谱只会摆在面子上，不会摆在肚子里。二福还看到了王成，王成提了两只山鸡在卖，他的小妹子瘦猫似的，揪着他的衣襟，瑟瑟地站在旁边，看着来来往往的人。二福想，将来他娘要是也给他生这么一个又细又丑的妹子，也拽着他的衣服站在大街上，能把他窝囊死。周老师在公社大门口支了张桌子，义务给农民写对联，写一副不收钱，写两副收三分钱。农民大多都写一副，红纸是要自己出的，没有让人写对子还要贴纸一说。爹买了一张红纸，沿边裁下两细条，剩下宽的让二福拿到周老师跟前，周老师一看那纸的大小就知道要写什么，也不说话，提笔在纸上写了"天地君亲师"几个大字，这字在三十晚上是要张贴在堂屋正中墙上的。至于两条红纸，爹不会让周老师再写了，再写得给钱，爹和山里的山民一样，有自己的土办法，回家用碗在上头扣几个黑圈，贴在门上一样的鲜亮喜兴，谁能说它不是对联呢。

写完了对联，二福随爹来到肉摊，卖肉的霍屠户和爹认识，霍屠户知道爹是队长，言语间就多了些媚气，爹说要肥的，五斤，霍屠户就给了肥肥的五斤，大白膘有寸厚，额外还饶了一根猪尾巴。霍屠户问爹要不要猪头，爹不要猪头，爹要了半截猪肠子。爹让二福用从家带来的油纸把肉和肠子包了，裹了一层松枝，搁在背篓的最底层。后来二福和爹还逛了合作社，合作社的货架子上空空的，只卖盐和草纸什么的，也有些简单的文具。爹用布票扯了两尺花布，红花绿叶的那种，一看就是给丫头的。

爹说，开春你娘就要生了……

二福明白，爹和娘是一个心思，都想要个妹子。二福不想要妹子。

二福想让爹给他买把有刻度的绿化学尺子，张了几次嘴都没能说出来，毕竟那玩意儿太奢侈了，乡下的孩子谁能用得起那东西呢。爹问二福想要什么，二福咬着牙说什么也不要。二福想，爹起码得带他在镇上饭馆里美美儿吃上一顿，自己出来的最终目的不就是为着这个么。

果然爹问他想吃什么，这回二福再不客气了，二福对爹说想吃菜豆腐，吃两碗。爹今天很大方，爹说吃三碗也行，吃几碗都行，今天管够。说着，爹领着他进了路边的小饭铺，给二福要了两碗菜豆腐，一个馍，自己要了二两白酒一碟卤猪耳朵。菜豆腐就是嫩豆腐和大米一起煮成的豆腐稀饭，是陕南的大众吃食，桦树岭不出大米也没有豆腐，桦树岭的孩子大人就很难吃得上菜豆腐，菜豆腐两分钱一碗，所以二福吃几碗都不算过分。

爹看二福不住地盯着卤猪耳朵，把碟往自己跟前拉了拉说，你的肚子刚好，不能吃这个，要是再拉，那些黄芪就白费了。

二福觉着爹真小气，为了表示不满，二福喝了六碗菜豆腐，直撑得肚儿溜圆，像娘一样弯不下身子了。

隔壁桌子上坐着二郎坎的一个老汉，老汉姓郑，是厚畛子公社的，爹在二郎坎挖药，在郑老汉家住过。郑老汉看见爹，高兴地把自己的吃食挪过来，跟爹一块儿享用。郑老汉的酒是铺子里卖的红薯干散酒，下酒的是自家的腌蕨菜干，蕨菜干又干又硬，一口能嚼半天……郑老汉跟爹聊天，说最近二郎坎那边办了林场，采伐队进了山，把沟里的二十几户壮劳力都招成了工人，他的六个儿子尽在其中，工人吃商品粮，拿工资，就是阴天下雨不干活也拿钱，还有劳保，工作服发的是硬崭崭的劳动布。

爹羡慕地说，这样的好事可惜就轮不到桦树岭头上，你们二郎坎的人怎的就有那样大的福气。

郑老汉说，二郎坎那边沾了林子好的光，都是顶天立地的冷杉，原始森林……

爹说，桦树岭的树太杂……

郑老汉邀请爹到二郎坎去，去看那不用吃草的拖拉机，看拿炸药炸山修路，看他儿子们身上的新工作服。

爹跟郑老汉喝了二两又要了二两，最后还添了二两，爹站起身的时候，脚底下直拌蒜，说话也有点大舌头，几乎把墙角的背篓忘了。酒足饭饱的爷俩又在街市上转了半天，买了些爹认为是很重要的东西，往回走的时候太阳离黄桐梁的梁顶只有半竿子高了。爹决定从豹子沟斜插过去，虽然要上沟下沟，但是能省一多半路，等不到天黑就到家了。

这条路二福和张建社们也走过，挺熟。

回来是二福走在前面，爹趔趔趄趄地跟在后面，爹一步三滑，走得很没速度。二福和爹下到沟底，天就阴了，天空开始飞起了小雪花，渐而变作了小冰粒，敲击得山间草木唰唰作响。二福和爹顺着小溪走，隐约的路一年年被落叶覆盖，踏上去松软舒适，石头上的青苔很厚，毛茸茸的，改变了石的尖利面貌。有棵核桃树被熊猫抓过，还啃了块树皮，白花花的，惨不忍睹。溪水边，有豹子的粪便，粪便苍白坚硬，是食肉类特有的标志。再往前走，有座晃晃悠悠的小吊桥，过了桥爬坡，顺梁顶走不远就到家了。

爹在二福身后呼哧呼哧地喘着粗气，过桥的时候，本来就不稳的爹差点儿没从桥上摔下去，二福牵着爹，把爹一步一步引过桥。林子里越发暗了，一阵风起，把漫天的雪搅得乱七八糟，雪粒拍在脸上，生疼。二福下意识地觉得这风来得突然，来得没有由头，他的后背渗出一股冷汗，腿也开始发软了。二福有过这种感觉，二福对这种感觉不陌生。他觉察那个东西就在附近了，就在不远的地方窥视着他。

二福想拉稀。

爹一不留神，撞在二福的身上，爹问二福为什么不走了，二福几乎是耳语般地对爹说，大福来了。

爹的酒一下醒了大半，爹仔细地朝四周环视，用鼻子使劲地嗅，二福看见爹的脑门上浸出了汗珠。半天，爹松了一口气，告诉二福说不是大福，是林子里那头黑豹子。二福说就是大福，没错，他知道。爹说黑豹闻到了背篓里的肠子味，从他们一下沟就在后头偷偷跟着，已经跟了三里地了。爹一边埋怨二福没把肉和肠子包严一边推着他往前走，二福奇怪爹醉成那样怎么知道豹子跟着，爹说他是人醉心不醉，林子里，连小黄鼬探头也没逃过他的眼睛。爹为了证实自己的判断，冲着坡下喊：回去，别跟着啦，没你的份儿！

拥过来一阵山风。

二福打了个寒战。

二福和爹继续往上走，不知不觉中，两个人都加快了脚步。二福说爹应该把枪带上，爹说赶集还背着枪，让风草坪的人笑话。

攀上梁顶，植被相应较稀，在一块湿地上，清晰地印着几个巨大的梅花脚印。那脚印辐射出威严与杀机，让人触目惊心。爹蹲下来，用手量那爪印，一句话不说。二福想，爹其实什么都知道，所谓黑豹的话，是爹用来安慰他的，爹是怕再吓着他。

五

小学校提前放寒假了，没有规定开学日期。

一切均由大福引起。爹给公社，公社给县里打了报告：后沟、桦树岭、三官庙地区发现华南虎脚印，据观察，是一只体重两百公斤左右的成年虎，有可能是从二郎坎那边过来的。

正月十五过后没两天，破碾子的猎户施长乐来向爹报告：老虎吃人了。

爹问把谁吃了，长乐说他也不知道，反正是吃了人了。

爹二话没说，抄起猎枪叫上两个民兵就直奔破碾子。黑子好热闹，没心倒肺，也跟了去。狗仗人势，黑子很知道这点。

破碾子这个地方接近秦岭大梁，过去是傥骆道上南来北往的一个重要驿站，民国闹土匪，汉中土匪王三春在这里一夜间杀了一百零三口人，尸骨就撂在村后，血顺着坡往下流，一条水都染红了。活着的纷纷逃离，远走他乡，这个地方就废了，墙倒屋塌，一片凄凉。后来也有讨饭逃荒的顺着古道从北边过来，在废墟上盘桓个三五日，便匆匆离去。此地留不住人，人们都说破碾子阴气太重，那被杀的百余口冤魂不散，为的是到今天也没报仇雪恨。

去年放暑假，二福和张建社们为探险去过破碾子，也没见着什么冤魂，只看见一些布满苔藓的断壁残垣和倒卧在草中的石碑。二福们的文化水平都很有限，碑上的字一个也不认得，还是王成有学问，认出了一个大大的“官”字。几个人在石碑上坐了半天，都说没意思，还不如到风草坪的街上去听庞瞎子唱曲。二福那次从破碾子回来身上起了大片大片的红疙瘩，痛痒难忍。爹说那叫鬼风疙瘩，娘说是让贼风吹的，山口的风硬，跟鬼不鬼的没得关系。打那以后，二福们再也没上破碾子去过。

这回爹到破碾子去了，还带着枪，看来大福凶多吉少了。

整整一个白天，二福都不知是怎么过的。

天黑的时候爹才回来，爹对娘说，大家伙胃口不小，把个人嚼得连骨头渣也没留下。爹在饭桌上一直说破碾子那边的事，看来这件事对爹的触动非常大。据爹描述，破碾子东边有座半塌了的土房，后边和右边的山墙早没了，只剩下正面破败的门窗。屋里靠西有炕，也塌了大半边。爹去的时候，看见地上有灰烬，有人在这儿烤过火，炕上的破棉絮已经被撕得不成样子，这里那里散落着衣服的碎片，屋外的雪地上有搏斗过的痕迹，人的脚印，虎的脚印乱成一片，接近树林有人的血迹和毛发……

娘听得浑身起鸡皮疙瘩，娘说，咱家的约克夏没事吧？

爹说，你就知道猪，山里出了人命关天的大事得向公社汇报，明天他还得上风草坪。

娘说不知被老虎吃了的是谁。爹说看衣裳碎片，补丁摞补丁，八成是北边过来的逃荒的。娘说甭管是谁，总是可怜，又说还是二福命大，从大家伙眼皮底下捡了一条命，难怪孩子吓成那样。爹说大家伙不除，小学校不能上课，谁家的孩子有个闪失他这个当队长的都无法交代。

老虎吃人的事很快就在各山村传开了，一到晚上，家家紧闭门户，原本山里人迹罕至的路就更少有人走了，非得出门，也是三五人结伴，拿着家伙，一路上提心吊胆地相跟着，就跟《水浒传》里景阳冈上的老百姓似的。

娘把猪圈又加高了三根木栏，比二福还高出半头。爹说娘是瞎掰，说再怎么厉害老虎还是怕人，它不会到农家来，它有它自己的活动范围，不是胡跑的。

娘说，不来最好，万一它要是来了呢……

爹说不会来，真来了黑子也不会答应的。

二福认为爹对黑子抱的期望太大，对黑子太不了解，但他也不想把这说穿了，自家的狗，还是留点面子吧，将来让爹自己认识黑子最好。这时的黑子正带着一嘴的泔水往爹的裤腿上蹭，它刚从猪圈里出来。

后沟花玲家的牛让大福把半个身子啃没了。花玲爷爷提着牛铃来找二福爹告状，让二福爹想办法。

爹说，你找我，我有什么办法？

花玲爷爷说，你是队长，你没办法谁有办法。

三官庙的何二富也来找爹，说他家的羊没了，壮壮实实的一只大羊，一个晚上，连声响也没有，就没了。

爹说，你怎知道就是它吃了？

何二富说，除了它还有谁！

花家的牛，何家的羊，李家的猪，张家的鸡，许许多多的账都算在了大福头上，抛开山里的野物不算，大福的食量也真是大，它头几天刚吃了半头牛，接着又吞下一只羊……

没过多久，大福就到二福家串门来了。

那天，爹到公社去开三干会了，三干会是公社、大队、村三级干部会，爹那天开的会很重要，是“四清”进村的会，说是要派工作组……那天到天黑爹还没回来。

娘觉着不舒服，连猪也没喂就上了炕，娘摸着隆得高高的肚子说大概就是今天晚上的事了，她让二福睡得灵醒一点，万一有什么情况到坡底下喊四女她奶。娘又骂爹，说爹死外头了，开那没完没了的卵会，屁不顶的，家也不要了。娘让二福记住，将来当什么也不要当干部……

二福让娘放心，说打死他，他也不当干部。

下半夜的时候二福醒了，他听见娘在哼哼，他问娘要不要叫四女她奶，娘说时候还早，天亮再说吧。娘的话音刚落，就听得外面咚的一声响，一个很重的声音落在猪圈里，娘怔了一下，赶紧坐起来，撩开被子说，二福快起来，大家伙来了！二福直往被里缩。

娘到底是娘，娘顺手抄起了顶门棍，哐地踢开后门，大喝一声就出去了。二福看见娘的身子在淌血，一种男人的责任，一种儿子必须的表现，使得二福在屋里待不住了，他光着身子蹿到了后院，看到圈门扣得好好的，大肥猪却不见了，大福硬是把一头活猪从栏上叼出去了，这个大福能耐大得很呢。

猪是娘的命根子，娘心疼她的猪，喊叫着，不管不顾地追下去了。二福担心他的娘，紧跟在娘后头往下追。娘俩追过屋后新耕的苞谷地，绕过积水的塘，沿着林子边沿的小径，一路狂喊，完全把自家的生命置之度外了。

大福在前头拖着猪走得飞快，猪的后脖颈被衔在虎嘴里，竟然连吭也不吭一声。大福走得很从容，它不时地回头望望追赶它的母子俩，有时还要停下来选择一下路线，以便让它的猎物更好通过，但无论怎样，它绝没有放弃的意思。

二福和娘已经精疲力竭了，他们和大福的距离越拉越大……

爹开了大半夜的会，天亮才赶回桦树岭。见了晨曦中熟识的屋，爹将手里的松香火把熄了，一种到家的轻松使他感到快乐，他冲着房子嗨嗨吆喝了几声。

黑子狂吠着箭一样向家冲去，黑子的反常举动让爹不安，爹琢磨着梁顶的家，很快便觉出了蹊跷，瓦间冒出的炊烟呢，门口那群闹哄哄的鸡呢，老婆那进进出出的身影呢……

家静谧得可怕。

爹快步奔到自家门前，一推门，反扣着，喊了半天二福也没人应，爹急得连语声也变了。黑子在屋后叫，爹才想起什么，赶到屋后，却见后门大开，圈里的猪不见了，院里脚印零乱，有人的，有虎的，还有片片血迹，顺着脚印，爹看见松软的地里，妻子的、儿子的脚印和虎的交叉在一起，直奔山梁那边去了。爹用手指沾了一下地上的血，捻了捻，确认是人的血，爹大叫一声，追了几步又回身朝公社方向跑。

六

桦树岭一下失踪了两个人，老虎已经闹到了这种程度，了得！

当下公社就组织来光义、来光民等六名基干民兵，带了两支步枪，一支手枪，跟着二福爹以最快速度奔桦树岭而来。

二福爹复仇心切，将民兵们远远地抛在后面，一人独独朝前赶。民兵们不说话，谁都知道，就是赶得再快，那娘俩怕也没命了，妇女儿童和老虎打斗，永远是输家，何况那个妇女还是个即将临盆的孕妇。

走过几个坡坎，没有发现老虎踪迹，一行人又沿着山脊往西，这样视野更开阔，便于观察到两侧山坡的情况。南面坡是茂密的树林，北面坡是乱石杂木和荒草。爹让大家把注意力多放在北坡，说老虎喜向阳荒坡不喜阴暗的林子。大家就朝北坡看，一棵草，一块石也不放过。

还是黑子最先发现了异常，原本跑在前面的黑子突然折身回来，在爹的两腿间盘来绕去，一步也不往前走了。

爹低声说，有情况！

民兵们都是训练有素的，不是乌合之众，几个人各抱地势，就地找大石头趴了。很快他们在五十米外的草间发现了大福，吃饱了的大福猫儿一样，很惬意地盘作一团，前爪捂着嘴，晒着太阳睡得正香。

程德才说，哪里是老虎，整个是只大猫么。

二福爹哪里管什么大猫不大猫，端起猎枪就要开火。程德才把他拦了，程德才说，这大家伙不是好惹的，一枪打不死，激起它的性子来咱们谁也别想囫囵着回去，需要设计个方案才好。

几个人就在石头后面商量方案，最终的结果是，手枪和猎枪射程有限，近距离射击，以保存实力，两支步枪率先同时开火，其余人持好棍棒，做好武松打虎的准备。

老虎安然地睡着，它要知道这么多人费了这大心机，一定会为自己大大地骄傲一番了。

步枪由来光民和程德才掌握，两个人都是神枪手，在县民兵比武会上拿过红旗。选择这两个人发动进攻，从哪方面说都是万无一失的。五十米的距离，对他们是小菜一碟，他们练的是二百米硬功夫。

二福爹说，我喊“预备齐”，你们俩要同时开枪，只能成功，不能失败。

两个人说好。

两支枪口瞄准了熟睡的大福。

二福爹问，准备好了没有？

两个人说，准备好了。

二福爹说，预备——齐！

程德才的枪响了，来光民的卡了壳。

不愧是神枪手，程德才是瞄着老虎脑袋打的，他那一枪正击中大福。出乎人们意料之外的是，大福是猫科动物，猫们睡觉有自己的固定姿势，它那巨大爪子将半个脑袋遮严，所以程德才的一枪刚好打在它的前爪上。

大福呼的一下站起来了，抡着前爪，吼叫着，不知发生了什么。那吼声真真是地动山摇了，沉闷、深远、愤怒、悲怆，强大的震慑力使山鸟惊飞，树叶飘落，整座山林悚然战抖。神枪手们的枪法乱了，他们在比武会上打的是黑白靶子，哪里碰到过这活灵活现的东西。

大福恼了，性发起来，它愤怒地一转身，又一转身，尾巴有力地一扫，又一扫，荒草一片片倒下，一棵灌木被齐刷刷截断，一时周围尘烟四起，乱石翻滚。大福直立起来扑下去，直立起来扑下去，如此反复，爪的疼痛使它难以忍受，很快它发现了石头后这一群人，大福咆哮着，毫不犹豫地向着石头扑过来。

石头后的人乱了方寸，情况危急，程德才嘶着声喊，开火！开火！一齐开火！

乱枪齐射，直冲着大福，大福一个踉跄，在半坡停顿了一下，在那刻的停顿中，人们清楚地看到了大福那双清纯的，不解的，满是迷茫的眼睛。用后来记者报道的原话说，那目光“一直留在了他们心里……来光义，他一定会深深地懊悔……”被击中的大福放弃了进攻，转身向东撤退，它已经跑不动了，它艰难地退着，退着。

来光义的一枪，击中了它的额头，大福失去控制，发出最后一声长啸，哗地向着沟底滑去。

凄厉痛苦的吼声震撼着猎杀者的心灵，石头后的人许久都没有动弹，他们显得十分无力，没有胜利者的喜悦，更没有复仇的快感，他们的头脑是一片空白。是上苍注定了他们几个要听到大福这一声最后告别吗，他们的子孙后代，后代的后代，永远永远地听不到这种声音了，听不到了……

一个小时过去了，二福爹说，也不能老在这儿躲着啊。

来光民说，也不知死了没有。

几个人从石头后面小心地探出身子，你推我，我拥你地站在坡顶往下头看，大福滑过的地方压倒了一溜灌木，形成了一道深深的巷子。沟底树木很多，没有声息，什么也看不见。程德才组织大家往下扔石头，又扔木头，稀里哗啦丢下去不少东西，下面仍是一片静。

大家坐在上头等，等什么，谁也说不出。

又一个小时过去，程德才说，得下去看看。

大家你看我，我看你，没有谁自告奋勇。

二福爹说，让黑子下去，黑子胆大，有豹的种。

黑子没想到爹会出这么一个馊主意，它是不会下的，它站在大福压出的巷子口，任爹怎么轰，就是不挪窝。爹火了，爹让程德才和他一人抓着黑子的两条腿，一二三地往沟底扔。

黑子惨叫着，声音非常难听，它是不会骂，它要会骂，非把爹骂个狗血淋头。悠了几下，黑子被扔了出去，黑子在半空划了一个优美的弧，随着那凄厉绝望的叫声落向沟底。

人们都朝沟底望，希望下头传来黑子的信息。还没等两个扔狗的缓过气儿来，黑子已经从几米外的地方爬上来了，上来的黑子连看也不看这边，掉头就跑了，它看透了这些人。

黑子与二福爹有了永远的隔膜，一直到彼此的离世，这隔膜也没有缓解。

一行人下到沟底，他们看见大福躺在两块石头中间，身子伸得长长的，眼睛闭着像在睡一个舒坦的觉。三十几年后有记者在《西安晚报》发表了一篇名为"秦岭最后一只华南虎被杀始末"的文章，描述最后的情况说："老虎满面血迹，怒目圆睁，蹲伏的姿势一动不动……来光义他们怎么也高兴不起来，老虎那死而不倒的身影和那满含遗恨的目光，一直留在他们心里。"二福跟我谈到这篇报道时说，这里面有记者的感情色彩在其中，理想化的成分也很大，如果拍电视，这样的表现效果当然很好，有象征意义，而事实的结果是那老虎死了，躺在沟底的石头间，死了。

我相信二福的说法，我也理解那位记者。

老虎被抬到了二福家，搁在屋外的空地上。二福蹲在旁边用手摩挲它那已不成样子的皮毛和柔软的肢体。大福的身体还有余温，二福想，这就是大福，他的大哥……

大哥死了，大哥死得真惨。大哥有错么？大哥没错，大哥也得吃饭哪！

屋里传来婴儿的哭声，原来娘和他追到山梁，发现了大福吃剩下的两条猪腿，娘俩把猪腿抬回来，还没走到家，娘就生了，娘为他生了一对双胞胎兄弟，他们家从此有了三福、四福。

爹在凤草坪买的花布没用了。

七

以下这段文字应该是大福的后事了，可以不写，但我觉得给读者还是有个交代才完整，尽管写起来不是很愉快。

第二天大福就被吊在二福家的房檐下，由霍屠户亲手操刀，二福爹打下手，准备剥皮、开膛了。远近的乡亲都来了，连凤草坪、厚畛子那边也有人过来看稀罕。

大福的身子拉得老长，四个爪，无力地垂着。

在公社书记的主持下，文书很庄严地记录着：

……雄性，体重 225 公斤，体长 2 米，尾长 0.9 米……

好大的大家伙！

人们惊叹着，感慨着，称赞着。

霍屠户剥过无数猪，这是第一次剥老虎，虽说是死的，虎势依旧压人。霍屠户拿刀的手有些颤，他想了想，拿一碗酒在老虎前头奠了，嘀嘀咕咕不知说了些什么。

皮由虎嘴剥起，沿胸划开，不到一顿饭工夫一张完整的虎皮就剥下来了。

人们站在旁边，围成半个圈，静静地看，没人说话，也没人咳嗽，有风在呜呜地吹，吹得人心里有些涩……

霍屠户的刀从老虎的下颌插进，有血流出，四女的奶奶用个小碟接了，恭敬地端进屋去，沾着血在三福、四福的脑门上抹了一个大大的“王”字。两个顶着一脑袋血迹的小家伙踢腾着腿，开始哇哇大哭，四女奶奶说，好好长，顺顺当当的，你们的大哥护着你们哩。

院里，大福的肚子已被破开，众人忽地一下围上来，都沾那血，都往身上抹，都要沾大福的光。公社书记让大家站远些，以保护屠户和二福爹的工作环境。书记说，老虎是国家财产，一切处置应该由国家说了算，当然作为地方一级政府机构，他也会照顾到老百姓利益，不会让大家吃亏。

大福的肠肚被拽出，散扔在地上，沾了不少土。二福爹将那个有小孩子脑袋大的绿色苦胆特别剔出，很小心地搁在身边的石头上。

很快，巨大的大福就变作了一堆堆皮毛、骨架和红彤彤的肉。

肉和内脏分给附近庄户，凡是受过大福侵扰的，每户多分三斤油；虎骨卖给药材收购站，收购站以每斤虎骨 48 元收购，刨去头，大福的骨头一共是 49 斤，2352 块钱……

大家高高兴兴地提着大福的肉回家了，待人散尽，爹才想起了他搁在石头上的虎胆，回头去找，胆已不见踪影。爹对二福说无论是肉还是油他都不在乎，他只要这个胆，英雄虎胆，这物件是老虎身上最贵重的东西，不是谁轻易得的着的。听爹这一说，二福赶紧帮着爹去找胆。

二福和张建社在屋门后头看见黑子在龇牙咧嘴地咬什么东西，一张狗脸也被染成了绿色，两个人从黑子嘴里夺下来一看，就是那个胆，已经吃得只剩下了一块皮。爹气得要打黑子，黑子一蹦多高，跟爹在院子里兜开了圈子。

爹说，吃老虎胆，你个狗东西，了得！

黑子毫不示弱地冲着爹汪汪汪。

二福想，任什么物件的苦胆都不会好吃，黑子能咬牙切齿地吞下大福的胆，看来它是成心跟爹作对，成心气爹了。

二福觉着爹活该。

老虎的肉并不好吃，我后来到桦树岭那一带去还有人告诉我说，老虎肉远没有野猪的肉香，发酸。我见到过一个在凤草坪搞“调查”的王干部，他说那年他们在公社开会常常开到半夜，肚子饿了就下挂面吃，没有作料，就挖一块老虎油。那油黄亮黄亮的，吃在嘴里无味也无香。那油的火力很大，一边吃你一边得脱棉袄。

我问过二福，二福说他既没吃过老虎肉也没喝过老虎油。

那张虎皮，后来被动物研究所要去，做成标本展览了。谁看了谁都会说，这是秦岭里的最后一只老虎。

没人知道它叫大福。

黑鱼千岁

君不闻大鱼乎，网不能上，钓不能牵，荡而失水则蝼蚁得志焉。

——国　策

西北天际传来沉闷的雷声，一股黑云从渭河北岸的咸阳原冒出，先是探出一个尖尖的头，没容人们看清，便暴烈繁衍开来，狰狞变幻，铺天盖地地逼压下来，如万马千军地越过渭河，沿着山脊浪一样地撞上秦岭大梁，又折返回头，在搏熊馆村附近沉吟徘徊，形成一个巨大的旋涡，使秦岭北麓低峦环抱的这片地界风云大作，雷电交加。山水村庄笼罩在一片浓重的黑气当中，混混沌沌如同扣压在一个密不透风的铁盒子里，人们惊慌四散，纷纷向屋内躲避。

振聋发聩的声响来自村庄上空，是一种震撼大地的沉闷滚动，呼啸的风声中有巨大车轮碾轧地面的轰隆，兵器相交的撞击，马的嘶鸣，人的呼喊，狗的狂吠，兽的喘息，耳灵的人还能听到箭弩发射的嗖嗖声和利刃刺破革皮的噗噗声。在声音与云雾的旋转中，田野间草木低迷，水流紊乱，气流自东向南，旋成了一个大大的喇叭状，夹裹着一切音响，夹裹着一切能带动的物件，腾空而起，在野莽间奔腾辗转，形成一股不可阻挡的气势，蛮而霸，狠而厉，让人望而生畏。

搏熊馆村的百姓们都知道，这是汉武帝回来狩猎了，两千多年了，这位皇帝常常回来，尤其在这夏秋之交的时候，他喜欢到他生前钟爱的猎场和他最后离开人寰的启程之地来巡视，无论世界怎样地变迁，这块地方则永远地属于他，就像河对岸那至今仍高耸的陵墓，无时不在向后人宣告着他的存在一样。

搏熊馆村的居民没有谁看到过武帝狩猎，那是书上记载的历史，但他们仅从这动人心魄的声势便体味到了当年皇帝那君临天下的风采和不可一世的张扬。汉武帝狩猎，是那种示威于天下的狩猎，辉煌高远，威风八面。据载，汉武帝每次出猎，要动员数十万人众，进秦岭为之驱赶动物，他的随行诗人王宜彪记述了当年狩猎的情景：

白马金鞍从武帝，旌旗十万猎长杨。
楼头小妇鸣筝笙，遥见飞骑入建章。

如此大举行猎，是后来历任帝王所不能与之相比的。数十万人“罗千乘于林莽，列万骑于山隅”，将虎豹熊罴、鹿麂狼豺赶至山口捉住，运至搏熊馆圈养在硕大围网中，责胡人徒手与野兽相搏，败者成为兽类之食，胜者自取其获，武帝高坐搏熊馆上，以观其乐。史书记载了当时人兽相搏的盛况：“千人唱，万人和，山林为之震动，川谷为之荡波。”这大概就是中国最早斗兽场的场面了，情景当与罗马斗兽有异曲同工之妙。与外国斗兽不同的是，咱们的汉武帝不但要看，还要亲自下场“弛逐野兽，自击熊豕”，“搏熊一日三十只”。一天跟三十只狗熊打架，称得上是孔武有力，盖世英雄，也就是汉武帝罢了，别人谁行？在这片猎场之内还有长杨宫、五柞宫、葡萄宫等殿宇，连成一组宫殿群，千灯万盏，千门万户，层台累榭，斗拱飞檐，与山河同光，与日月辉映。长杨宫有千余株垂杨柳，五柞宫有五棵高大柞树，葡萄宫种植着西域的葡萄，几十里范围内覆盖着大量奇花异草，仅各国进贡的名木花卉就有三千余种。这一切，总归上林苑范畴。上林苑是历史上很有名的一处所在，汉司马相如的《上林赋》，扬雄的《长杨赋》记述的就是这里的情景。两千年后，西安晚报副刊文学专栏即是以《上林苑》为栏名，足见这一地点对长安文化影响之深。

搏熊馆周围的黄土地承载过多少血腥与杀戮已经无法计算，时光将那一页轻轻地翻转过去，历史又有了一番新的变化。漫长的岁月，昔日的琼楼玉宇成了断壁残垣，杨柳树林变作荒野秃山，奇花异草改作谷麦菽黍，遍洒动物鲜血的搏熊馆也为和平祥瑞的搏熊馆村所替代，一切都面目皆非了。消逝的辉煌总是让人留恋，王者的率性和英姿总是让人回味，汉武帝自信是活在现实与神话中的英雄，不是活在文字里的帝王，所以他要经常带着他的兵马鹰犬，从对岸的茂陵过来，回到这片魂牵梦绕的地方，一次又一次，形成了这一地区夏日独有的自然现象。现代气象学将此叫作“气流涡旋”，但老百姓不认可此理，老百姓只认皇上，皇上出巡，平民百姓自该躲闪回避，安分守己地待在家里，免得撞克了。

风雷袭来时，搏熊馆村九十一岁的霍家太婆心神不安地聆听着外面的声响，拄着拐杖颤颤巍巍走到北墙的神龛前，给神们上了一炷香。太婆家的神有很多，一张黄纸密密麻麻写满了，内中汉武大帝名列首位，武帝四周围绕着观音、如来、老君、王母、仓神、灶神、山神、地母、土地，还有狐狸大仙、家宅六神等等。老太太这一炷香拜的神仙多了，撞上哪个算哪个，她认为，诸多神灵中总会有一个值班管事的，就跟乡政府一样，就是到了过大年也得留一个看门记事的。太婆是村里年龄最大的老人，按大排行排，她已经是第六辈人的祖奶奶了，是全村正儿八经的太婆婆。太婆娘家姓霍婆家也姓霍，真正的霍门霍氏，太婆的娘家在搏熊馆西面的葡萄宫，现在的葡萄宫已经像西汉时代一样，又种上了葡萄，一大片一大片的，不是从西域来的，是从更遥远的美利坚来的，不叫葡萄叫“提子”，比汉武帝的葡萄更精神、更漂亮，吃在嘴里让人觉得不是葡萄而是其他的什么东西。葡萄宫那片宽广的葡萄园是太婆的一个远房侄孙经营的，侄孙毕业于农学院，会说外国话，从杨凌农科城搞来美国的苗木，操持得十分细致认真。太婆记不清这个种葡萄的侄孙是哪房的孩子姓甚名谁了，但侄孙还记得她，每逢在路上遇着都要亲热地喊她太婆，恭恭敬敬地闪在一边让太婆先走，逢到八月十五还要送过来整箱的大提子让太婆尝鲜。太婆吃着那些怪里怪气的葡萄怎么也想不起侄孙的名字，她的侄孙太多了，于是索性将这个叫了“洋葡萄”。久之，这个名字竟然叫开了，连县长来了也一口一个“洋葡萄”，都说太婆给取的这个名儿很贴切。

因了洋葡萄的葡萄园，葡萄宫便与搏熊馆又连在一起了，总合成一个行政村，以前两地之间还有一条干涸水沟，是搏熊馆为防野兽逃跑而挖的壑，据唐朝记载，彼时壑内还有水流动，与“荡荡乎八川分流”中的渭河相接，有着“东南西北驰骛往来”，“行乎洲淤之浦”的水泽风光，二十世纪六七十年代农业学大寨，平整土地，全乡上千劳力搞大会战，挖土填沟，用了两年时间，将汉武帝们挖的沟填平，种了玉米，应了敢教日月换新天的壮举，也应了沧海桑田的老话。

太婆是宣统三年生人，十六岁出嫁，嫁给搏熊馆的猎户霍光地，霍姓在搏熊馆是大姓，都说是汉武帝司马大将军霍光的后裔。后元二年，汉武帝刘彻病居搏熊馆南边的五柞宫，去世前一天，立刘弗陵为太子，以霍光为大司马大将军、金日磾为车骑将军、上官杰为左将军，三人与御使桑弘羊皆拜于汉武帝榻下接受遗诏，受命共辅幼主。次日，武帝逝世，太子刘弗陵继位，即汉昭帝。这是正史记载，搏熊馆人的口传，比此略为丰富，搏熊馆人补充说武帝病逝时在场的还有一位贴身内侍，说白了就是太监，太监不上史书，据说姓冯，在武帝归天之日，冯太监也自缢于先帝灵前，意为死后也要做先帝奴才。不知为什么，追随皇帝而去的太监并没有随皇帝葬于渭河对岸的茂陵，而是就地安葬在五柞宫的后墙之外，草草地起了个坟堆。有人说，冯太监因为没能陪葬茂陵死后一直耿耿于怀，一股怨气冲击坟土，致使那个本来很不起眼的叫作冯公冢的土堆年年增长，千余年来成了一座小丘。也有人说，冯公冢不是太监墓，是唐朝一个被错杀的冯姓县尉，唐元和年间白居易做了周至县尉，感念先任委屈，在此立墓重新安葬，写过一首悼念性的诗。原先墓前还有大碑，“文化大革命”时被拉倒砸了，记性好的人说是明朝嘉靖的碑，说的什么记不真了。其实，无论太监也罢，县尉也罢，都是冤冢，睡在里头的人都不心安理得，都一肚子窝囊。百姓们忌讳这土丘，没事不到跟前去，有事也绕着走，同是死人，人们对它的感情比汉武帝差远了。

搏熊馆霍姓百十代前的老祖宗霍光是霍去病的异母兄弟，封为大司马大将军辅佐朝政以后，又封博陆侯，“朝廷政事，一决于光。”及至汉宣帝继位，霍光已是族党满朝，权倾内外。宣帝亲政，以谋反罪收霍氏兵权，诛杀九族，但凡和霍家挨边的，皆成刀下之鬼。网罗再缜密，也有漏网之鱼，搏熊的霍家就是那个时候逃到这里来的，是侥幸留下的一支，家谱再不敢续，以防查抄剿杀，但是族人对先人的敬畏却一直在心里延续着，千百年来不见改变。常见村街上有小子，唧唧呛地要着棍，抹着鼻涕，腆着肚子说，哇呀呀，俺大元帅霍光是也！

在汉武帝旋起的风雷里，太婆小脚一扭一扭地来到灶间，她的孙儿儒正在灶间忙碌，太婆用棍敲着孙子坐着的小板凳说，儒娃，你看看外头这天，还不紧忙着把你哥寻回来。

被叫作儒娃的汉子正在灶口烧麻雀吃，麻雀是昨日晚上从村后的破烂大殿檐底下摸的，嘟嘟噜噜在地上堆了一堆。儒逮麻雀很有经验，他知道大多雀儿都是夜盲眼，天一黑什么也看不清，下手掏，一掏一个准，它连飞也不飞。现在，儒铁棍上的麻雀已经烤到了火候，吱吱地冒着油，肉香弥漫了整个灶房，儒全部身心都在这几只麻雀上，全不在乎老祖母的存在。

太婆说，法娃出去有时辰了，他上了五柞宫，你得去寻他。

儒说，我不去。

儒将“我”的字音发得很重，并且把“w”发成了“e”，于是“我”就变成了“饿”，让人听着狠狠的。

法和儒是双胞胎，70 年代生人，出生时正值“评法批儒”运动，于是他们那位革命的父亲，公社的革委会副主任就将先出来的叫了“评法”，后出来的叫了“批儒”。“四人帮”和他们的父亲倒台以后，评法、批儒面临的直接问题是需要改名，找到乡中学的历史老师，当时戴着右派分子帽子在农村下放的师大教授老黄，请求另赐新名。老黄说，“法”和“儒”就单字来说，都是很好的字，法者，礼也；儒者，顺也，也无须做多大的更改，只把中间的字去掉就可以了。这样，霍评法、霍批儒就叫了霍法、霍儒。作为名字，倒也很像回事，叫顺了甚至觉得还很响亮。

按常规，双胞胎的长相、脾气、禀性都应该非常近似，但是法和儒却大相径庭，两个人一胖一瘦，相貌也寻不出一丝相同，两张脸，你凹进去的地方我凸出来，我凸的地方，你凹进去，用太婆的话说，这俩货合在一起才应该是一个完整的……下边的词太婆往往不说，太婆不说大伙也明白，老人家嘴里含着的是个“球”字。陕西人忌讳“球”，无论什么只要一和“球”沾上边，多变得晦而糟，当然有时候也用于爱称，但那种情景毕竟不多。

从性格来说，法比较活跃，灵动，人也活络，谁家过事都去帮忙，肯出力气，有好人缘。法高中毕业就娶了媳妇，娶的是十里外终南镇的姑娘，让太婆早早就抱上了重孙子。法的媳妇在家里开了个小铺，叫“玉凤小卖部”，卖些方便面、卫生纸、小饼干和白酒什么的。零花钱是够了，只能脱贫却不能大富，法的愿望是能买一辆摩托，大红的“嘉陵 125”摩托，法打听过了，这样一辆车需要四千块，靠他媳妇小打小闹地挣，攒出四千块来似乎有点不可能。当然，村里像洋葡萄那样有汽车的也有，有摩托的人家也不少，日本的“野狼”也有好几辆。“野狼”是年轻人专为扎势用的，法已经过了显摆的年纪，法是为了帮他女人进货，买摩托的目的是实用，是让他们的“玉凤小卖部”繁荣起来。但就眼前的情况看，小卖部繁荣起来，法才能买摩托，话说回来，不买摩托，小卖部也繁荣不起来。把人给套住了。法整天为他的“嘉陵”动心思。

儒跟哥哥法相反，儒很犟，一天到晚青着个脸，跟谁都没话。父亲死后，母亲和祖母一直跟着儒过，两个女人从小把他带大，却谁也没摸透他的性情。法两个孩子都抱上了，儒还没有对象。没有姑娘愿意跟他，姑娘们嫌他性情太冷，太怪，太不合群，私下叫他“冷血动物”。儒也不恼，他对那些姑娘们看也不看，他认为跟女人打交道远没有在林子里逮竹鼠有意思，那些胖而瞎的灰家伙，吱吱叫着沿着竹根满坡胡窜，追逐着它们会让他浑身的血都汹涌起来，这点女人行么?女人不行！今年年初，儒的母亲患了出血热，母亲死的时候也没见儒怎样地难过，法哭得哽哽咽咽的，儒在一边冷冷地坐着。太婆说，板子上躺着的是你的亲娘，你就不会过去哭她两声么。

儒最终也没到他母亲跟前去，一双眼干巴巴的，到底也没闪出个泪花来。待客的饭桌上，儒吃得很投入也很认真，一大碗条子肉，被他揽在怀里闷着头一个人吃光了。儒的做派不像待客的，倒像做客的，乡亲们为此而偷偷议论，太婆很伤心，她对法说，儒这个孽障啊，他谁也不认，就认吃。

法劝老祖母不必跟儒计较，说个人表达感情的方式不同，没有眼泪并不能说明他不难过。

太婆说，他对他的娘都这样，将来对我指不定怎么着哩。

法说他祖母想得太多了。

儒对猎取野物有着异乎寻常的热情，山坡上有嘎嘎鸡，竹林里有竹鼠，坟圈里有獾，麦田里有兔，凡是天上飞的，地下跑的，只要被他发现了，他绝不会放过。儒逮野物的本领很强，无师自通，太婆说这是继承了他祖父的遗传，儒的祖父霍光地是搏熊馆村最出色的猎人，是人中的精英。祖父的枪法是百发百中的，祖父下的套子是永远不会落空的，尽管没像汉武帝那样一天打过三十只熊，祖父也徒手搏过金钱豹。祖父的死也是壮烈的，他在骆峪被一群豺狗掏空了肠子，抬回来的时候人还能说话，还能跟太婆开玩笑……没有了肚肠的人如此坦然，只有真正的猎人才能做到这一点。儒很敬重他的祖父，虽然他跟他的祖父在这个世界上连擦肩而过的机会也没有，但是祖父的精神魂魄却是深深地留在他的骨子里了。现在的搏熊馆，早已没了虎豹豺狼，因为打了农药的缘故，地里连兔子也很少见了。儒也很想让豺掏空了肚子，可他上哪儿去找它们呢，甭说豺，附近三四个村子，连只正经的狗也见不到了，巴儿狗倒是有不少，也不知从什么时候开始，农民都改养巴儿狗了。法的屋里也养了一只，塌鼻子突眼，脑袋上还扎一个小辫，见谁给谁摇尾巴，一副媚态。儒看见那狗就踢，看见就踢，那狗看见儒就跑，看见就跑。

儒想，搏熊馆这样的地方竟然出现了巴儿狗，羞先人哩。

太婆让儒去寻找法，儒不去，儒说他不想见五柞宫那个疯疯癫癫的老巫婆。

太婆说，怎么是老巫婆，那是个正儿八经的出家人，你不待见她，不跟她说话就是了。

儒说，可她跟我说话呢。

太婆说，你不要找借口推，不去也得去。

儒不吭声，大口大口地吞他的鸟。

太婆说，你的鸟放些时候再吃，也亏不了什么。

儒说，凉了再吃就不是鸟了。

太婆一字一板地说，我告诉你，这天气，法娃上了五柞宫……

儒不接太婆的茬，歪着脑袋继续啃着那些麻雀，嘴上手上满是油，细小的骨头在他的嘴里发出嘎巴嘎巴的声响，很脆。太婆也很拗，她在孙子跟前站着，就是不动窝。儒拿眼瞄了一眼祖母，服软地笑了笑，将一串焦黄的小肉递了过来。

太婆气呼呼地说，我没有牙，你要硌死我吗！

儒告诉祖母五柞宫的后墙新近出了个洞，是獾干的，他一定要把那个家伙逮回来，弄个笼养着。

太婆说，逮它干什么，獾浑身上下除了油没别的，一股腥气，你要是真馋肉了我明日跟法娃要些钱，你到终南镇上割它五斤大肉，一次吃个够。

儒说，谁稀罕大肉，现在的猪都是激素催的，还要配上什么瘦肉精，本来大半年出栏，如今发展到两个月就进屠宰场，咱们不是吃猪肉，是在吃猪饲料呢。

太婆还要说什么，外面有人在喊，山水下来了。

儒一听，扔下他的鸟，腾地蹿出了灶房，往渭河边奔去了。

每回搏熊馆闹天，渭河就小小地涨一次水，这水来自秦岭田峪、骆峪、埂峪、景峪、就峪几条峪口，水一出山，渭河便会水波荡漾几个时辰，届时，鱼也游了，鳖也冒了，小水鸭子也欢了，真像那么回事儿似的。但一切就像海市蜃楼一般，瞬间即逝，水来得快，干得也快，一眨眼，说没就没了。

太婆立在房檐下，看着头顶旋转的黑云而忧心忡忡，山水来得这般快捷，这是她有生以来头一回遇到的，这边还没有下，那边的水已经到了，不合规矩……

在这很没有规矩的时候，她的两个孙儿都在外头。

法到傍晚也没回来。

法的媳妇抱着孩子过来了两次，想的是让儒到五柞宫找找。儒偏偏不在屋，吃饱了烤麻雀的儒从下午出去了就再没见人影。太婆很着急，她坐在门口骂，骂法和儒，说他们是畜生托生的，她都这把年纪了还要为他们操心，她也是活够了，她明天就去死，接着太婆提出了十几种死的方法，在她的嘴里，每样死法都很精彩，都很有意思，都让人觉得值得一试……

太婆骂得很有韵律，像唱歌一样，几个小孩子吃过了晚饭，坐在旁边听太婆骂，这就更助长了太婆的威风，骂到后来，不但将身边几个小崽子捎带上，连村长、书记，包括前几日县上下来的调研员和收生猪的老赵也都捎带上了。骂来骂去早已忘了主题，压根没有法和儒什么事了，变作随心所欲，信口而来的评论。村人有一搭没一搭地听，谁都知道这是九十多的老祖宗闷得慌了，在解心烦，败心火，当然也有倚老卖老的成分在其中。

半黑的时候孙媳妇给太婆端来一大碗臊子面，太婆就着一头紫皮蒜吃了，吃完抹抹嘴，接着骂，声调比原先又高了许多。

太婆骂几句喊两声，喊她的法和儒。

大月亮从东边升起来了，黄亮黄亮的，映着房脊，映着树梢，映出了门楼前太婆拄着棍的身影，一幅很温馨很幸福的景致。

村长披着衣裳踱过来说，婆，你也该歇歇了，不累么。

太婆说，你个死东西到现在才来，我这大半天骂的就是你，你就没听着？

村长说他早上到乡里开会，天黑才回来。

太婆说，一找你就拿开会说事，天知道你开的是什么会，哪天我跟你一块儿到乡上去，把你的会账好好对一对。

村长说这样最好，他早被没完没了的会弄烦了，下届村长就让太婆当，让太婆也过过会瘾。

太婆说，你别以为我当不了，一解放我当妇女会主任那会儿，把村里的男女老少管得齐齐整整的，那时候你那死鬼爷爷是个不折不扣的二流子，耍钱、打牌、抽大烟，坏事干全了；你大刚封上开裆裤，到处偷鸡摸狗拔蒜苗，不是个省油的灯，“文革”时候又追城里下来的女知青，拖家带口的人了还见天给人家大姑娘抱柴火烧炕，亏得没追上，要不你得比现在还张狂；你娘每次上工回家都有“捎带”，开了几回会也不改，落下毛病了，你们家让我费了多少心哪……正说着，洋葡萄开着客货两用车从村街上过，见了村长和太婆，赶紧把车停了，蹦下车来打招呼。村长对洋葡萄说他现在正在收听“揭老底战斗队”的广播，洋葡萄来了，这个频道就该换换了。村长问了问洋葡萄今年的收成，洋葡萄说有万把斤，三四万的底是保住了。村长听了拍着洋葡萄的车说他干革命工作的时候别人都致了富，他一想就不能平衡，有机会了他给洋葡萄去打工，说不定还能赶个发财的尾巴。

洋葡萄只是嘿嘿地笑。

太婆让村长帮她去找法，说法去了五柞宫。村长说法不是小孩子，丢不了。

太婆说，下午的时候皇上回来了。

村长说太婆迷信。太婆说她从来就不迷信，她科学得很呢，她知道西边的杨凌克隆出了两只一模一样的羊，就跟她的双生孙子一样，不同的是她的孙子是兄弟，那俩羊差着辈分。太婆说她不明白为什么要人工制造山羊，羊也用不着计划生育，尽可以随便生，科学家也是钱太多了，干点什么不好，冬天种出了茄子，春天收了洋芋，把个世界搞乱了不说，把她搞得也越发地糊涂，比五柞宫的老尼还糊涂。她现在年纪大了，没精神顾及农科城的山羊了，只好关心她的孙子，孙子于她是最重要的，要是谁趁她睡觉的工夫给她克隆出一打孙子来可怎么得了。

村长说，那多好啊，您能当班长了。

太婆说，你去给那十二个老爷们儿找媳妇吗？一个儒就够让我糟心的了。

扯了半天闲话村长还是不想上五柞宫。村长说，黑灯瞎火的……

洋葡萄说他反正没什么事，可以替村长跑一趟，他把车开到山底下，用不了十分钟就上去了。村长就让洋葡萄去五柞宫看看，说有事到会计霍成社家里找他，他要跟成社商量点事，说罢背着手朝东去了。

太婆看着村长的背影说，商量什么事呀，别当我不明白，打牌罢了，你们这些干部啊，别的长进没有，牌是越打越精了，靠打牌能吃饭吗，能打出社会主义新天地来吗。

洋葡萄问太婆，法是什么时候走的。太婆说晌午饭前就上去了，又对洋葡萄说今天一变天，她的心就开始怦怦地跳，怕不好。

洋葡萄说，太婆你放心，什么事也没有。

洋葡萄走后，太婆没有回屋，她在门口的石鼓上坐着，朝着五柞宫那边使劲望，南边山林黑沉沉一片，望不出所以然，几只白色的鹭鸟，在月光下突地飞起来，又落下去，不知哪儿来的一阵风，将那片松林刮得呼呼响，风停了，一切又归于寂静。近处，谁家的小孩子在夜哭，一只猫，从房脊上蹿过去了……

太婆在门外坐到半夜，露水下来了才进屋。

儒在渭河边激动地徘徊。

渭河的水涨了，又很快退了，退下去的水在主流南侧形成了狭长的一个水洼，长有两里，宽不过一丈，乍看水也大也深，其实是一片不流的死水。经过沉淀的水洼清澈而沉静，在河道里摊着，深处透出了即将消失的无奈和被停滞的忧伤。这道不引人注目的水引起了儒的注意，凭着猎人的敏锐，他感到了它的与众不同，无风的水面，时时地泛起一阵阵微波，波纹有时从东向西，有时从西向东，来回荡漾，极有规律。儒在岸上向水里搜寻，终于他看见了一条鱼在水洼里游动，在不动声色地寻找着出路。静谧的水底，那条鱼好像一道黑色的闪光，游到东面，一个优美的转身，再游到西面，一次次地重复，一次次地重复，没有停歇。水无声，鱼无声，无声的水和鱼传达出了一种焦躁，一种恐怖逼近的绝望，就像关在笼子里的狼。

儒从没见过这样的鱼。

鱼很大，头有点儿扁，身体匀称，披着大片的黑鳞，鱼尾处有些微微泛红。这是一条什么鱼，它是从哪儿来的，为什么出现在渭河，这些最简单最基本的问题儒想也没想，儒关注的是这条黑鱼的处境和它即将变为他手中猎物的事实。对狩猎者来说，生擒一个鲜活的生灵，不在于结果和价值，而在于过程和设计，无论是美丽动人的金钱豹还是毫无用处的小黄鼠，都是一样的。儒观察着黑鱼，随着鱼儿来回奔走，鱼向东他向东，鱼向西他向西，很快他明白了，水洼还有一些深度，黑鱼暂时还存在着一方天地，明天大太阳一照，加上干枯河床的渗漏，水洼很快会变浅，黑鱼势必浮出水面，到那时一切都是唾手可得的了。

儒只需等待，时间就是一张无形的大网。

一想到抱着大鱼进村的情景，儒兴奋得连气也喘不匀了。

月亮升到了头顶，儒眼前的河滩和身后的山林一片光明，天光很亮，儒在河边坐着，抽着劣质的卷烟，听着汩汩的水声，脑海里一阵阵发蒙，好像是在做梦，他感到自己不是活在现实，而是活在以前的什么时代，比他的掏空了肚肠的祖父还要早。在搏熊馆这个满是英雄和鲜血的地方，他待了很久很久了，哪年哪月，他就在河边坐过，那情景和现在一模一样……儒似乎看到了结局，有关他的结局，一个很幸福很完满的结局。黑鱼在月光下游动，儒透过水面可以看到它光亮俊美的脊背和灵活有力的尾鳍，哗地一闪，哗地又一闪，黑鱼游动的频率在加快，也就是说水洼的面积在缩小，偶尔地，鱼还在水面翻起个小小的水花，“噗”的一声，像吹了一口气。

儒下到河滩，站在水洼跟前，以便更加清楚地看到水里的鱼。儒试了试水的温度，水洼的温度明显高于主流，他的心里有底了。儒在主流一侧弯腰撩水的时候，发现那边水里也有一条同样的鱼在翻卷，那条比水洼里这个似乎更大，更壮硕。

主流里的黑鱼和水洼里的黑鱼在同步游动，它们共同朝东又共同朝西，露出的滩将它们隔开，使它们无可奈何。儒扔掉了手里的烟，叉着腰站在两条鱼当间，看看这条，再看看那条，把他们一次次地加以比较，最后得出结论，除了个头不一样以外，它们应该属于同一个种类。河里那条鱼也看见了他，一个翻转将身子沉了下去，再不露面。儒知道，主流河床北通甘肃鸟鼠山，南达风凌渡入黄河，长数百数千里，那条鱼的天地广阔得很呢，自己就是有天大的本事也逮不到它。

天快亮，儒回家拿了一趟家什，他看到法的屋里还亮着灯，他搞不懂法这个家伙这个时候怎么不睡觉。

法的确没有睡，他靠在被垛上，正惊魂未定地大口喘气，媳妇用湿手巾给他抠鼻子和耳朵里的土，已经换了几盆水了，还没抠干净。法一口一口地唾着，唾出的都是黄泥，把屋里搞得一股腥腥的生土味。炕沿下，一双沾满了泥的解放鞋旁边撂着一个鸭蛋形的面目狰狞的大陶罐，这是法在五柞宫冯公冢里折腾一整天挖掘出的“宝贝”。

法是下半夜被洋葡萄用车拉回来的，洋葡萄说冯公冢的墓塌了，法被闷在墓道中间，他费了好大劲才把法挖出来，不是听了太婆的话，他怎么也想不到里面还会有人，真是悬极了。法的媳妇一听，眼泪唰唰地流，千恩万谢地说了不少感谢的话，差点没给洋葡萄跪下。洋葡萄说别谢他，应该谢太婆，太婆的感觉真灵，他要是再晚到一会儿，法就是另一回事了。法的媳妇忙着点灶要给累了大半宿的洋葡萄烧甜汤喝，洋葡萄却急着要走，说是明天一大早要到咸阳机场赶飞机，葡萄眼瞅着就下来了，他在上海的客户还没有落实，上海那地方是个大市场，晚去一步就被人抢了。媳妇又让喝水，洋葡萄水也不喝。

法的肋间岔了气，一喘气就疼，一喘气就疼，偏偏地，法还要喘气。

洋葡萄临走告诉法的媳妇，天亮一定要带法到医院看一下，要是没有车可以用他的客货两用，他的员工小施也会开。

洋葡萄走后，媳妇给法沏了一碗糖水，法喝下去了才感到好些，闭着眼睛不住地哼哼。媳妇埋怨法不该去碰那座坟，说千百年来没人动自有没人动的道理，出了这样的事，听着都让人后怕。法哼哼叽叽地说即便他不碰也会有人碰，他是看到东墙根被挖出了个洞，才下决心动手的。

媳妇说，儒说了，那是獾掏的，你怎能跟獾一般见识。

法说，儒懂个屁，他能把人拉的屎看成狼拉的，儒那个人什么也不懂，一天到晚满脑子是杀，杀，杀得六亲不认，眼睛都直了。法还怨他媳妇，不该把他上五柞宫的事告诉他婆，这事他婆一知道，就等于全村的人都知道了，还有洋葡萄，心眼太活，也是个靠不住的人……

媳妇听了很不高兴，媳妇说，不告诉婆你还在墓坑里埋着哩，憋死你。救你的人前脚刚走，你后脚就说人坏话，有良心没有。

法一时竟没了话。

媳妇擦完了法的脑袋又用那条手巾擦鸭蛋罐，罐上的泥比法脑袋上的泥还多，且是陈年老泥，很不好擦，媳妇边擦边说，也看不出什么好来，又粗又笨的，不能装粮也不能装水，腌菜也嫌口小。

法说，这是文物呢，你不能用脏布抹，得用小刷子刷，电视里的专家都是这么干的，那上头说不准有颜色，你把颜色抹掉了就不值钱了。

法这一说，媳妇赶忙放轻了手，仔细地看那罐上有没有颜色。

罐很大，很重，土灰色，如同一个横放的大鸭蛋，上面伸出一个不大的圆口，下面有个圆托，提不能提，抱不好抱，囫囫囵囵模样丑陋。媳妇实在看不出这是什么宝贝，也猜不出能派个什么用场，便奇怪先人竟将这样粗劣的东西往墓坑里埋。法则认定这是个汉罐，他说他在邓村见过，那边埋了不少汉朝的将军，不但有这样的罐，还有青铜的剑，汉罐中有绿釉的最值钱，他眼见的一个夜壶大的小罐，上边有动物图案，贩子给了二百。媳妇劝他不要做梦，他说他没有做梦，河对岸邓村早就有人偷偷地挖古墓了，发了财的也有，盖了小楼的也有，还有的专门让孩子读考古系，想的是长期的科学发展。媳妇说都是偷偷摸摸的，不光明正大。法说，包产到户了，自然也就包坟到户，自家地里出的，就跟自家地里的萝卜似的，谁碰上了归谁。

媳妇说法花这大代价只弄回一个泥蛋，划不来。法说墓顶塌下来之前，他朝里头看了，墓室里边盆盆罐罐的堆着不少，还有一个石头棺材，有珠宝金银也不一定。这个东西在最外头，他顺手就夹出来了，也亏他没有贪财，听到声响不对，退得很果断，才被窝在靠近墓口的地方，要不，十个洋葡萄也拽不出他来，他跟那些罐罐一样，成了殉葬品了。媳妇说，冯公冢里头有怨气，冤鬼跟上你了，留神以后倒霉吧。

法说，现在有广播，有电视，有手机，还有各式各样的卫星，满天跑的都是无线电波，像一张密不透风的网，就跟儒逮鸟似的，把什么鬼都网住了，现在压根就没鬼了。法一翻身，疼得龇牙咧嘴，屏住气不敢呼吸。

媳妇说，天明了还是用洋葡萄的车，拉到医院看看。

法说，你还嫌张扬得不够吗，以后少跟洋葡萄打连连。

媳妇说，洋葡萄再怎么说也是咱婆的侄孙。

法说，八竿子打不着的侄孙。

天亮了，儒将那条鱼看得更清楚了，在迅速变小的水洼里鱼越发地施展不开了，它的鳍突出于水面，已经无法游动，那条剪刀一样的尾在用力地拍打，嘴巴一张一张地，像是在喊。

儒不急，儒仍旧坐在岸上等。

时间的网就要收口了。

儒盼着猎取过程拖延得越长越好。猫儿逮老鼠是个自娱的过程，猫逮到老鼠并不马上吃掉，而是抓了又放，抓了又放，要将猎物细细地玩弄个够。现在儒就是这种心态，他逮鱼不是捕杀，是一种游戏，内中的乐趣只有参与的人才能体会，河边有钓鱼的，却没有“看”钓鱼的，那完全是两种不同的感受，钓鱼的绝不在乎将鱼提出水面那一刻，而在乎整个的等待，欲擒未擒，稳操胜券，这是一种享受。在这方面，儒和那个爱在这儿打猎的皇帝的心灵是相通的，和他祖父的心也是相通的。

整整一个上午，又整整一个下午，太阳烈烈地照着，河边没有一棵树，儒很公平地和那摊水那条鱼共同暴露在太阳的淫威下，无遮无挡。一整天，儒没吃没喝，雕像一样在水边守着，他的脸和胳膊被晒得通红，嘴唇干裂得起了皮。煎熬是期待，痛苦是欢乐，即便没有这种煎熬和痛苦，儒也会为自己制造出煎熬和痛苦，这是猎取的必须，是收获的代价。

水洼消失的速度如同太阳的影子，那汪水越来越浅，越来越小。

黑鱼在已不能埋过它的水里沉默着，一会儿，大约是积聚了力量，它一通猛烈挣扎，一通近乎疯狂地扭动，在地动山摇般的翻滚之后，又静下来，为下一次努力而准备力量。

一切都是徒劳的。

另一条鱼还在主流里等待，关切地注视着它的同伴。两条鱼的距离越拉越远，只能是遥遥相望了。这是绝望中的等待，是让人心碎的生离死别。即便是对于鱼。

太阳擦到西边山峦，儒开始行动了。

儒卷起裤腿，踏进水洼，水不深，只没过他的小腿肚，被太阳晒得温温的，给人很舒服的感觉。随着儒的移动，水底被踩出一团团泥晕，那些泥晕一朵朵花一样洇开来，在儒身后拉出一条纷乱的线。儒掂着锄头向黑鱼蹚过去，一步又一步，径直来到黑鱼跟前，他与鱼的距离不过半尺，只要一抬脚，就能踏住鱼的身体。

黑鱼已无处可躲，眼见着儒的逼近，它本能地转动着身体，笨拙地拍着它的大尾巴，击起很高很高的泥浆，溅了儒一脸一身。

儒看到了鱼的眼睛，那双大而黑的眼睛满是湿润，不知是水还是泪。鱼身是纯黑色的，脊背的鳞甲泛着蓝光，在夕阳的辉映下反射出了殷红，淡紫，橘黄……彩色斑斓，如同雨后的虹。鱼的嘴圆圆的，像是他的小侄子吮奶水的模样，粉嫩的唇边伸出两根弯曲的须，很可爱很滑稽的须，须和唇沾满了泥，有一种落难的凄惨。儒有些心软了，他看着鱼，鱼也看着他，儒想，要是它眨一眨眼，或者稍稍给他一个暗示，他就换一种处理方式，将这条鱼拖到主流去，去与它的同伴会合。

但那条鱼自始至终眼睛也没有眨一下。

鱼是不会眨眼睛的。

鱼的倔强惹怒了儒，儒举起锄头照准鱼头砸下去，在锄头落下的刹那，他看见黑鱼扬起头部，上半身跃起，腹腔里发出了“咕咕……咕咕……”的声音。

像是临死的呐喊，也像是与同伴的告别，更像是对猎杀它的人的无情诅咒。这声音使儒的心里充满恐惧，这是他几十年与野物较量中所没有过的。经验告诉他，这种时刻不能犹豫，必须打死它！打死它！

儒永远是猎人。

鱼头发出了“喀嚓”的碎裂声，儒的锄头一下一下击在黑鱼的脑袋上，黑鱼没有躲闪，任着头部在重重地敲击下开裂，任着脑浆在水中崩散，它那美丽的流线型的身体在抽搐、扭动，变挺变直。

清静的水洼一时紊乱黏稠，浑浊动荡。

儒双手抠着鱼的鳃，吃力地把鱼拖出水洼，他没有能力将它垂直地提起来，它太重了，太长了，这是儒没有想到的。儒在河滩转了几个圈，寻了根柔软的水荆换下了腰上的裤带，用裤带穿了黑鱼的鳃拖着走。鱼头扛在儒的肩上，鱼尾在地上拖着，在河滩里拖出一道深深的印痕。

如血的夕阳映衬着空旷的河滩，映衬着天边那一片凄艳的晚霞。

离开河岸的时候，儒朝水里看了一眼，另一条大鱼不见了，大约是游走了。

儒打了黑鱼的消息很快传遍了全村，谁都到太婆这儿来看鱼。

大黑鱼亮在台阶上，很长的一个长条，鱼头碎了，流着血。

儒很兴奋地不厌其烦地向来看鱼的人讲述着逮鱼的经过，他将和鱼的搏斗做了夸张，大谈鱼的神奇和力大无比。也只有这种时候，儒才变得随和而健谈，变得重要而引人注目。来的人先是啧啧夸赞儒的勇敢和灵巧，继而对鱼的体积和重量发出惊叹，猜测着它的身份和来历，七嘴八舌各抒己见，有说是顺着山水冲下来的，有说是原本就在渭河里长着的，有说是大旋风从什么地方卷来的，也有说是科学试验农科城的人从上边放养的……

一个正在读生物课的中学生说，像是中华鲟。

马上有人反驳说，什么中华鲟，还扬子鳄哪。

有人说是鳗，有人说是鳕，有人说是海豹，有人说是鲸……没了谱。总之，是鲤，身细；是鳝，有鳞；是鲢，长须；是鲵，无脚，没人能说得出这是一条从哪儿来的什么鱼。

在搏熊馆村，有关鱼的话题整整延续了一个晚上。

儒面对的问题是怎么处置这条鱼，关中的百姓不以吃鱼为见长，常常是养鱼的专业户自己并不吃鱼，农民饭桌上偶尔见鱼，也是近几年才有的事。也就是说，儒打来的这条鱼，没有人要。人们连正常的鱼也不吃，更何况这条莫名其妙。

死鱼静静地横在院子里，睁着眼睛看着来来往往的人，沉默无言。是的，一切已经与它没有任何关系了，跨过了艰难与恐怖，它最终完美地完成了自己。下面的事是儒的了。

太婆看了那鱼，坐在炕上，一句话不说，闭着眼睛，沉入冥想之中。她想起了小时候听来的一个故事，快一百年了，那个故事从未冒出过，被她遗忘得干干净净，现在随着鱼的出现却越来越清晰，越来越清晰，终于定格在她的脑海中。

一阵战栗。

太婆躺下了。

儒必须把鱼卖掉，否则他的鱼就不是鱼了。

这样的事是法的专长，但是法躺在炕上不能起来，儒只好自己去做。儒一大早用架子车将鱼拉到了终南镇集上，还没选好地方，他的车就被看稀罕的人围严了。人们为这条大鱼惊异，谁也不相信渭河里会有这样大的鱼。一小青年和卖肉的打赌，说鱼有二十斤，卖肉的说至少三十斤，不会高于三十三。用抬秤来称，两个人都输了，这条鱼整整四十斤半。

没有哪家受用得了这样的大鱼。

儒的鱼成了这天集上的稀罕，过来过去参观鱼的有近千人，也只是看的人多，掏钱买的没有。儒开始还一遍一遍地向人们解释鱼的来历，后来连他自己也烦了，索性闭嘴不说。

随着太阳的升高，鱼的价格一降再降，由早晨的每斤三块降到了两块，一块，到了下午已经变作五毛……五毛钱，一捆小白菜的价。

鱼鳞的光泽渐渐发暗发灰，不似早晨那般晶莹了。

儒的脸色也开始发暗发灰，不似早晨那般精神了。

儒的本意绝不是蹲到集上来做买卖，他在打鱼的过程中，从没想过吃和卖，就像当年汉武帝在这里与熊搏斗绝不是为了取熊胆、剥熊肉一样。这也是他与一般人的隔膜，他的行为中，没有利益的驱使，有的是性情的冲动，他有动机，没有目的，正是因为这，才给他制造了眼下这个难堪。卖鱼比逮鱼要艰难一百倍，早知在集上如此受罪，当初不如不逮。旁边一个卖蒜的老汉建议儒将鱼切开来卖，说这样或许能陆续出手，但是儒不肯，儒不能破坏他的猎物的整体性，他说他是在卖鱼，不是在卖鱼肉。

犟得不通情理，老汉再不搭理他了。

太阳快落山，儒决定将他的鱼无偿地奉送，他不在乎钱不钱的事。

送谁呢，不是谁都能接受这样的大鱼。

一辆进行驾驶训练的军车，停在路边加水，儒跑过去问他们要不要鱼，一条很大很大的鱼，他说他要用这条鱼拥军。军人们对儒的做法表示不解，他们警惕性很高，坚决地推辞不要。儒说，这就怪了，电影里头，八路军还收老百姓的煮鸡蛋哩，你们怎的比八路军还牛。说着也不管人家愿意不愿意，将那条鱼撂到车上，转身就跑。军人们在后头喊，他也不回头，一头钻进了乱哄哄的杂货市场，谁也找不着他了。

儒有了一种物有所归的轻松，这样很好，这正是他内心所希望的。天赐良机，给了军人，这是鱼的最佳归宿，两千年前的那些熊肉，那些虎豹豺狼肉一定也是让兵士吃了的……

儒在杂货市场上转，买了一根上好的麻绳，儒有儒的想法和算计。

他和鱼的事还没有完。

法开始咳嗽，痰里带了血，到医院检查，拍了片子，说是断了两根肋骨，得躺着静养。钱花了不少，鸭蛋罐还没有出手，还在门后头藏着。法托娘家兄弟往邓村带了几回话，也没见贩子过来，那边说为一个罐不值得，要是有青铜的爵或者带字的鼎和觚什么的一定提早打招呼。法觉得贩子有点儿矫情，挖坟这件事是挖出什么是什么，不是你想要什么就能挖出什么。媳妇嫌从坟里来的冥器搁在睡觉的屋里晦气，让人害怕，把鸭蛋罐撂在了院里的猪圈旁边，认为那个灰头灰脑的破罐和猪圈相配很相得益彰。

法在炕上时常地想起洋葡萄，他的内心对洋葡萄还是充满感激的，救命的事且不说，单洋葡萄能守口如瓶，没将法的行径给抖搂出去这件事本身，就很够朋友了。现在村里人都知道法被五柞宫的土压了，被五柞宫哪儿的土压了却没人深究，大家都很忙，各有各的事，没人为这些细节去伤神。只有洋葡萄知道，洋葡萄却装得跟不知道一样，远远地走了，这是他的讲义气之处。法想，洋葡萄回来，得让媳妇提点礼，好好儿谢谢人家。法还惦记着冯公冢里那些东西，当时粗粗地一看，连俑人带器皿，少说也有七八十件，且不说还没发现的细软，就这些瓶瓶罐罐都弄出来也能发笔大财。关键是得找帮手，他一个人单枪匹马地干，不出事没事，出了事就了不得。话又说回来，找一个帮手就得分一部分利益，现成的财宝拱手让人分，怎能心甘。河对面的永泰公主墓在挖掘的时候发现盗洞下面有一具尸骨，说明的问题太深刻了，盗墓的是个团伙，也就是说东西上去了，人家把这个递东西的倒霉蛋给留下了。历史的经验值得注意，从来就没有什么救世主，不靠神仙皇帝就靠我们自己。法脑海里翻腾着冯公冢继续开发的工作计划，想着尚留在墓中的物件，整夜整夜地睡不着觉，在肋骨折了的基础上又增添了神经衰弱，一天到晚恍恍惚惚地没精神。媳妇窥出法的心思，说不如去找儒搭伙，儒到底是亲兄弟。法说找谁也不能找儒，儒这个人成事不足，败事有余，一肚子狼心狗肺。

媳妇不再说什么，到外间屋熬猪食去了。法这一躺倒，家里的活计都推给她了，既要支撑着小铺的营业，又要照顾内病外伤的法，还要顾及睡在屋里的太婆，关照两个孩子，忙得鬼吹火似的。儒根本就靠不住，见天不着家，连吃饭也见不着人，谁也不知道他去干什么了。人越忙，太婆越添事，也没病，就是躺着，饭也很少吃，话也没有了，有时一天一天地昏睡，叫也叫不醒。太婆没有追问法到五柞宫干吗去了，也没有追问儒那条鱼是如何处理的，突然地，太婆像变了个人似的，撒开手对周围的事不问不管了，让人纳闷。媳妇倒是希望老祖宗还能出去骂骂人，可是老祖宗谁也不骂了。

儒天天到河边去，他发现它还在那里，就在流水中，时而浮出水面，时而潜入暗流，打出一朵朵浪花，引得他一阵阵心跳。

他在岸上，它在水下，彼此无言地对峙。这种对峙让他气恼，让他沮丧，毋庸置言，它的存在于他就是挑战、蔑视和羞辱。

他要抓住它！

他和它似乎都在等待着某一个时机。

秦岭北麓很长时间没有雨水了，入了秋的气候全没有一丝凉意，太阳火辣辣地照着，地里的庄稼卷了叶子，公路上蒸腾着热浪，洇出一片片虚假的水泽。渭河的水已近干涸，只剩下中心部分一条细流。人们说，今年秋老虎热得时间太长，这应该是中伏的天气，反着常呢，怕不是要地震。

终南集上出现了卖煮玉米的摊子，心急的农民开始用嫩玉米赚钱了，反常的气候并不能阻挡庄稼的成熟，庄稼们有着自己的规律。搏熊馆属半山区，庄稼一熟，成群的猴和野猪就要下来摘取胜利果实，间或还有熊二哥的糟蹋，有羚牛的闯入，每年护秋的任务都很重。在庄稼收获之前，家家要在地里搭上高架窝棚，找青壮劳力日夜监守，地里稍有响动，便敲一阵响动，做一阵呐喊，咣咣地热闹一番。近两年，一切都现代化了，人们在窝棚前拉上了电线，点起了长明灯，将个几亩三分地照射得白日一般。更有聪明者配以录音机，专挑崔建和藏天朔的歌曲，放大音量，使那粗狂的音律吼遍沟沟岔岔，任什么野物也不敢来。年纪大的爱在窝棚前打牌，稀里哗啦的麻将声对动物们也有很大的震慑力，总之，在这即将收获的季节，各家都有各家的高招。以往，护秋是儒最爱干的事，不待谁催，早早就住到棚子里，在地边挖坑下套，一通折腾，有时逮着只兔，有时什么也逮不着。野物们是有记性的，对儒设的机关常常是绕着走，庄稼照吃不误，儒便不厌其烦，再一次安夹设套，以图再战。在地边和动物的那份儿斗智斗勇让儒体会到了生活的乐趣，他巴不得一年四季天天都护秋。

今年，法的媳妇央求了儒几次，说法病着，下不了炕，让儒为地里的庄稼操操心。儒说他很忙，顾不上地里那几棵老玉米，谁爱吃就让它吃去吧。

法的媳妇说，叔叔这是说啥话呢，那是咱家大半年的心血啊。

儒烦了，眼睛一瞪说，你有什么权力支使我，你又不是我娘。

法的媳妇眼圈一红，不说话了，她想，法说得真对，这个人真是个狼心狗肺。

现在，儒的兴趣不在猴子和猪身上，不在半山的玉米地里，他的希望在河里，他在跟那条鱼较劲。

傍晚时，西南天际有火烧云，空气中弥漫出阵阵凉意，儒知道，山那边在聚集云彩，下雨是迟早的事，那边的雨水一下，这边河水就会给那条鱼增添无限生机，什么叫如鱼得水啊，这就叫如鱼得水，他必须在山水下来之前及早动手，失掉这个机会他就输了，输给一条鱼。

吃早饭的时候，那个管黑鱼叫中华鲟的孩子跑来告诉儒，说河里的大鱼晾在沙丘上，已经死了。儒一听，撂下饭碗就往外跑，半途想起什么，又折回来，从墙上摘下那条新买的麻绳。

太婆正在打呼噜，突然地睁开眼睛用清醒的声音说，儒，你这就要走了么?

儒说，婆，我去河里逮鱼。

太婆说，你不跟婆说几句话?

儒说，我逮来鱼给你煮汤吃。

太婆说，这鱼汤婆是喝定了，婆等了九十多年，等的就是这碗汤。

儒说，这回逮来鱼咱再不拥军，咱自家吃了它。

太婆笑笑说，咱家怎能吃得了那么多，你记住，全村一百五十三户，人人有份。

儒往外走，又被太婆叫住，太婆说她现在就想和她的孙娃儿说说话。儒说逮回鱼来他和婆说个够。太婆说，不是你和婆说个够，是婆和你说个够，婆现在是拦不住你了，你的心已经走了，跟我说话的就是个壳罢了。

儒嫌太婆啰唆，借着个空当跑出了门，跑到院里还听见太婆在屋里说，你知道那是什么鱼吗？

儒匆匆地回答，黑鱼！

儒这回逮鱼的声势造得很大，村里的人都知道儒要逮大鱼，凡是没事的都拥到了渭河边，兴致极高地要看看儒怎样把那条鱼弄上岸。

不用指点，人们一眼就望见了搁浅在河里的那条黑色大鱼，鱼直直地挺着，和它身下的沙，如同分水岭一样，将主流水域一分为二，使劈开的水在这一段变得湍急而纷乱。有个老汉眯着眼看了半天说，哪里是鱼，那分明是一匹卧着的马嘛。经老汉一说，马上有人附和说的确像马，像黑马，一匹想喝水的黑马。更多的人看不出是马还是鱼，只说是黑乎乎的一堆。

儒准备下水了，谁提醒他说河水有些发浑，上边可能有水下来，但没人阻拦儒，人们知道，凭儒的水性，在渭河里打几百个来回不在话下。不是儒特殊，是搏熊馆村的老少爷们儿都有一身上好的水里功夫，年年发洪水的时候，村里的男人们都在河边等着，等着捞浮财，每年洪水，上边都要漂下来柴草木头，箱笼牲畜，当然也有人，搏熊馆人救人的原则是，捞活的不捞死的，捞女的不捞男的……

几个半大小子，起着哄地要跟儒一块儿过去逮鱼，被他们的母亲们呵斥住了，她们认为，捡鱼这样的事，只一个儒就够了，又不是去打狼。

儒在众目睽睽之中下到河滩，踩着松软细腻的河沙向中间走去。一条受了惊吓的四脚蛇，倏地从儒前面跑过去，钻到一堆卵石缝隙中，不见了踪影。几只水鸭儿扑棱棱从杂草中飞腾起来，急急慌慌扑向了河对岸，昏头昏脑的样子让儒想笑。许多小蠓虫围着儒使劲飞，像一缕轻轻的烟，赶也赶不走……一切太平常了，平常得值不得儒拿眼睛去看。

过几个浅浅的小水洼，跳过一堆乱糟糟的圆石头，儒来到主流跟前。河水很急，越过小洲，河水一抹地漫向北岸，那边是近五里的滩地，不见人烟。儒看见河中心突起的沙丘上挺着那条黑鱼，因为站得低，看不清它的头尾，儒奇怪人们怎的会把它看作了马，无论从哪个角度看，明明都是鱼，一点儿不像马。儒把鞋脱了，放在石头上，踏进了水里，河水很凉，凉得出乎他的预料。

这是从秦岭峪里出来的涧水，不是鸟鼠山那边过来的经过了九曲十八弯的山水，那边的温度已经降下来了，有了晚秋的寒意。走进中流之前，儒回过身向着高岸上的人挥了挥手，那边大手小手一齐挥舞起来，很是热烈，隔着荒蛮的河滩，岸上的人变得很小，看不清谁是谁了。

儒扑进水里，向着沙丘游过去。划了两下水，他进一步感觉到了身下水温的变化，从温度的猛然降低，他知道这是到了真正的中流，渭河的中腹。深而凉的水域并不宽阔，也就是那么一段，他不过蹬了几脚，就触到了对面坚实的河床，站起身，水只搭到他的胸。儒踏上沙丘朝黑鱼走去，有风在呜呜地吹，南边秦岭山脉在一片岚气中静静地卧着，天蓝得很深远，头顶上有两块白云彩好像比赛一样在跑。

黑鱼死了，硬邦邦地展在沙丘上。一双无神、暗淡又浑浊的，只有死鱼才具备的眼呆呆地瞪着，空洞得没有任何内容。这条鱼的确很大，比前一条整整大了一圈，鱼身上这里那里裸露着鲜红的肉，原本细密齐整的鳞，在太阳持久的直射下有些发卷，残破得如同战败士兵的盔甲。儒想，它一定是在狭窄的主流里挣得久了，才被搞成了这副悲惨模样，这里实在不应该是它的天地，这条固执的鱼，来到这里究竟是为了什么。他踢了一脚，黑鱼坚硬的鳍扎烂了他的脚面，冒出了血。

死了还这样硬！儒骂了一句，吃力地把鱼翻转了个身，他看到了黑鱼那微黄的肚皮，僵硬的鱼只有肚子部分还是软的，和鱼塘里捞出来的死鱼一样，鱼的排泄口流出了带着血的黏液，几只大麻苍蝇在那儿饶有兴致地起起落落……

一切太顺利了，顺利得让他觉得没了意思。

这不是儒所追求的境界。

儒将手搭在眉上看了看岸上的人，人们正一动不动地看着他，一个个很庄严肃穆的样子。这回儒没有挥手，他认为为这条死鱼没这个必要，武松要打的是一只死虎，《水浒传》也不会把他搬上电视，让全国人民去看。早知道是这样，不如让那几个孩子过来，拽回去就是了，他出马，有点儿掉价，过来的时候竟没算计到这一步。

儒不急着运鱼，他坐在鱼身上，点着了一根烟，狠狠地抽了一口，有些失望，更多的是不忿，他得表达一下他的感情，于是他扯开喉咙吼了一嗓子秦腔：

有为王打坐在长安地面——

下边那句是什么儒不记得了，他只会这一句。唱过了秦腔儒感觉好一点了，他看了看岸上的人，那些人无动于衷，滩里的风大，将他沙哑的吼声撕裂了，他们什么也没有听到。对岸上的人来说，人们只看到儒坐着，嘴巴张合了一下，像是打了个哈欠，没有什么纪念意义。儒想，反正也不是给他们唱的，他们有没有反应无关紧要。儒本还想再坐会儿，忽然觉得脚有点儿凉，低头一看，河水不知什么时候悄悄涨起来了，脚下宽阔的沙丘已经变作了鱼脊一样狭长的一条，变得陌生而捉摸不定。西风很猛，灌满了整个河道，扬起很高的尘，使儒和他周围这片沙地变得模糊不清。儒大叫一声蹦起来，他等的就是这水，他要借助水的浮力把鱼拖回去。

儒是个粗中有细的人，他寻来一块石头，对着鱼头猛砸了一气，累得他胳膊发酸，呼呼地喘气。眼看那个扁圆的脑袋变了形，儒才抖开麻绳，骑在鱼身上，将绳子从鱼鳃中穿过，打了个结，又将绳两端在腰里牢牢地捆了，才一步一拽，将鱼拉进水中。

几十斤重的鱼一入水，霎时轻松了许多，儒踏着河底拖着鱼往前走，倒也没费什么力气，鱼在后头亦步亦趋，随得很紧。蹚了几步，儒便浮了起来，他划了几下水，一拉绳子将鱼带进了主流。鱼一进入深水，立即沉沉地坠入河底，随着绳子的拉扯，儒跟着鱼埋入水中，水无情地从头顶压下来，周围突然呼隆隆变成昏黄一片，儒立时感到了水的巨大压力和阵阵冲击。儒并没有慌乱，有在河里捞浮财的经验，他懂得如何应对，他憋足了一口气，一只手将在水里漂荡的绳子死死抓紧，在臂上绕了两圈，然后双脚使劲一蹬，身子一挺，空着的胳膊大幅度地做了几个压水动作，就浮出了水面。

下面的事情很简单，儒只要拽着绳子蹬几下就可以将鱼拉过去了，他已经听到了对面岸上人的欢呼，看清了那一张张熟悉的脸。

涨了水的河，流速变得很快，在儒浮上水面的同时，被水冲出了很大一段距离，手里的绳子拉得直直的，身体漂浮的儒感到了鱼的重量，只要不蹬水，他便会随着鱼往河底沉，他身上绑的不是鱼，是一块巨大的石头。岸上有人跟着儒往下跑，边跑边给他鼓劲，有的耐不住性子，下了河堤，向着他奔过来，伸出了手。然而他们的两条腿到底赛不过轻捷的流水，他们看见儒在滚滚的水流中，时而沉时而浮，速度很快地顺流而下，将他们远远地抛在了后面。

儒在河滩逮鱼的时候法让他的大儿子扶着不声不响地上了五柞宫。

前几日，上边来人调查出土文物的事，开会说地底下的文物都是国家的，私人不许挖也不许买卖，否则就是犯法，要重重判刑，特别强调说邓村那边已经抓了一批，干这种事绝没有好下场……

法以为是洋葡萄检举了他，让媳妇去打听，说是洋葡萄从上海又上了深圳，春节前大概能回来。

法的心里宽松了一截子，他对冯公墓还是搁撂不下，挣扎着上山来了。儿子本来要到河边看叔叔逮鱼，被父亲硬逼着，一块儿来到这鬼气横生的地方，嘴噘着，一肚子的不高兴。

五柞宫是山腰的一处平地，被一片茂密松林环绕着，景致优美，空气清新。西边清澈的溪水，形成了一个漂亮的瀑布群；东边有高大的柞树，华盖一样照护着一览无余的关中平原；北边汉武帝茂陵巨冢遥遥相望，渭河水弯曲着从山脚下淌过；南边秦岭群峰重峦叠翠，如同一道巍峨壮丽的屏风。迤逦平缓的小路从搏熊馆村一直通到五柞宫遗址，遗址四周笼罩着苍凉神秘的气氛，几块依稀辨出字迹的残碑横在荒草中，几垛长满苔藓的矮墙歪斜在松荫下，水沟里隐露出绳纹的陶管，野菊丛间沉寂着一堆雕花刻字的瓦当……昔日这里是何等热闹，何等辉煌，曾几何时，繁华尽，风云歇，荒败得人迹罕至了。

北边有一间难遮风雨的草房，半边坍塌了，半边用塑料布苫着。草房里面住着一个已近糊涂的老尼，法来过无数回了，老尼仍记不得他，老尼记得的都是很久远的事。老尼说这里不叫五柞宫，叫香山寺，她十六岁从长安来到这里，一直没离开过。法问过老尼，她指的长安是现在的长安县还是过去的长安城。老尼说，长安县就是长安城，长安城就是长安县，是一个地方。老尼说过去山顶上还有院子，有三间大殿，供奉着如来、观音和大势至，闹红卫兵的时候，山底下造反的头目领着人上来把像砸了，把房扒了，没名堂得很，佛爷招谁惹谁了。法不知道那是不是他父亲领人干的，但他相信，能给儿子取名“评法批儒”的父亲，一准也干得出这样的事。如今风烛残年的老尼晃晃悠悠，自身难保了，却还要向她见到的人反复鼓动，把庙建起来，把庙建起来。民政部门曾经派人来接老尼，让她搬到底下的莲花寺去，老尼死活不走，说她是宫前的一棵老柞。人挪活，树挪死。

法和儿子在老尼的草房前坐下，老尼正在一块大而圆的石头上捶干辣椒，有一下没一下地干得很吃力。被当作臼的石头四周雕刻着精美的花瓣，大概是哪座殿宇的柱础，应该是件年代久远的物件了。法深深地吸了口气，嗅到了一股浓烈的秦椒味，打了个喷嚏，肋间立刻一阵疼痛，他赶忙用胳膊抱了胸部，脸上渗出细密的汗。

儿子看了一会儿捶辣椒的老尼，觉得没甚意思，就说，大，咱回吧。

法说，大再坐会儿。

冯公冢就在墙后面，他刚才看过，被人挖得乱七八糟，地覆天翻，也就是说他在炕上躺着的时候有人捷足先登了。法隐隐的担忧终于变作了现实，他的心里不能平衡，挖了冯公冢就像挖了他的心一样，墓里的东西是他最先发现的，应该属于他。法还总结不出“盗亦有道”的理论，但是法觉得不公平，觉得欺人太甚！谁干的呢，可以是洋葡萄，可以是村长，可以是村里村外任何一个人，一群人……是精明透顶的人，下手快而狠，速战速决，毫不拖泥带水，不像他，小里小气地偷个泥罐罐，还差点丢了条命。

法欲哭无泪，难过极了。

老尼问法是不是来烧香。法说烧个鬼，他不信神。法问老尼听没听到墙后面有过动静。老尼说后面老有动静，大墓里常有人出出进进。法问什么样的人。老尼说，红脸蓝脸，宽服大袖，还敲着家伙。

法说那是戏台上的戏子，问最近有什么。老尼说有人从坟里冲出去了，奔了搏熊馆。法问哪一天。老尼说刚才。

法懒得再跟老尼扯淡，在五柞宫的废墟上坐着，脑袋木木的，胸口针刺一样地疼，他看见平原上起了风，纷纷扬扬的尘将下头搞得灰蒙蒙的。

老尼说，晚晌有雨，大暴雨，憋了近一个月了。

儿子的心还在逮鱼的叔叔身上，儿子对法说，大，你知道我叔逮的那条鱼叫什么名字？

法问叫什么。

儿子说，叫千岁。

法问，什么“千岁”。

儿子说，千岁就是千岁，就是很伟大的意思。

法问，黑鱼为什么叫千岁。

儿子说皇上的灵柩从这里运过河去，船到河当间，有两匹黑马掉下去了。有人说那跟皇上打猎的马是有意殉了皇上的，于是大家都很感动，新皇上当时就封了那两匹马为千岁。法问儿子这个瞎故事是从哪儿听来的。儿子说是太婆讲给他和他弟弟的。老尼插嘴说确有其事，当年她也在那条船上，眼见着，马儿蹦到水里，但皇上并没有封千岁，封千岁的是墓里埋着的这个……

法说，那是马，这是鱼。

儿子说，有个成语，叫龙马精神。

儒借着水势顺流而下，边漂边向南岸迂回。有时他的脚能点到一点儿河底，有时下面空空，腰里的绳时紧时松，那条死鱼被他拖着，和他一起在水里翻滚。岸上看热闹的人被抛在后面，看不到踪影了，儒有些小小的失落，搏熊馆的匈奴和野兽搏斗的时候是有观众的，应该是千人喝、万人唱的，不该这般的冷清。眼下是有点寂寞了。儒踏到南边的河床，稳稳地站在水中，这块地方刚才还是沙滩，现在被淹没了，渭河的水常常是这么一涨一落的。儒看了看水里的鱼，经了水的浸泡它似乎变得滑润了一些，生动了一些，水被它的身体悄悄划开，又合拢，无声息地形成了一个小小的漩涡。在漩涡的搅动下鱼轻微地摆动，鱼尾一扇一扇地，活了一般。

儒看了一会儿漂动的鱼尾，觉得不对了，死鱼的尾应该是顺水而摆，而这条鱼的尾是在自主地动，也就是说经过了水的滋润，它的生命在慢慢地复苏。凭借猎人的经验，儒当机立断，将腰里的绳子猛地一拽，转身上岸。就在他用力的瞬间，鱼也猛地一挣，儒站立不稳，翻倒在水中。黑鱼以它的本能一个打挺，跌进昏暗的主流，儒再一次被压入深深的水底。

儒很快又浮出水面，呈半昏迷状态的鱼没有力气左右浪里白条一样的儒。儒拖着鱼向南岸游，黑鱼缓过了劲儿，将儒又一次拉入河中心。儒从心底泛起无限激动，他觉得和鱼的较量就应当是这样，武松打虎如果没有老虎的几扑几剪，没有哨棒折了的危机，也就没了打虎的乐趣。儒现在对付的是一条鱼，老虎是阳刚的，鱼是阴柔的，儒深知对黑鱼不能逆着硬抗，这条受伤极重的鱼不会拖延多少时候，他只要保存体力，寻找时机，必胜无疑。

儒相信自己的智慧和能力。

时间一分一秒地过去，鱼和水似乎达成了一种默契，水给鱼注以生命和力量，鱼依赖水为自己创造了一个游刃有余的天地。黑鱼在水中渐渐地活跃，尽管鳃间穿着绳索，它也开始反抗了。这回是它拽着儒，从东往西，在水面劈风斩浪般地逆流而上，鱼在前，人在后，速度飞快，那情景足足地让人惊讶。搏熊馆的人们看到了这惊心动魄的一幕，人们看到，儒和鱼在水里乘风破浪，融为一体，配合默契，像电视里的动物表演一样，振奋人心，精彩万分。人们欢呼、跳跃、喝彩，为儒的勇敢、果断和坚韧。儒和岸上的人一样激动，他双手抓住绷得笔直的绳子，借着水的流力往后拉，他听到了鱼鳃撕裂的声音，看到了缕缕血痕，儒奇怪，一条鱼竟然会有这样大的毅力，这样顽强的生命力。以这样来看，鱼绝不会是冷血动物。

黑鱼游不动了，扎向水底，将儒带向那无边的黑暗。儒是清醒的，儒提着绳将它拉向水面，拉向河岸。每每儒即将到达岸边，黑鱼都会将他扯到深处，他的力量和鱼的力量对等，彼此的动作一回回重复，极简单，目的极明确，各自要回到各自的世界。儒知道，如果这条鱼不受伤，他绝不是它的对手，这里应该是它的地方，不属于他。

人与鱼拉锯使儒的心理得到极大满足，高兴、痛快，浑身舒展，有种找到对手、寻到知音的快乐，真好！

快乐中儒的力量在悄悄消逝，鱼的力量在慢慢增长。

岸上的人们纷纷下到河滩，七嘴八舌地嚷嚷。老汉说，儒，你放了它吧，你斗不过它的。儒什么也没听见，他甚至没看到乱哄哄的这一群人，没看到南边的山，没看到头顶的云，儒被那条鱼再一次地拽了下去。过了半天，儒冒了出来，人们大声地喊，解绳子！快解绳子啊！儒……

儒朝大家笑了一笑，沉进水里，再没有出来。

一夜的瓢泼大雨。

两天后人们在河里找到了儒和鱼。他们没有离远，就在村外的河滩。

鬼使神差，水把这一对冤家冲上了浅滩，儒死了，鱼也死了。

死了的儒和鱼被麻绳缠在一起，如同一个庞大模糊、伤痕累累的包裹。人们在解那根绳子的时候才知道了这项工作的艰难，浸过水的麻膨胀得柔韧无比，非人的手所能为，只好动用了刀剪，于是大家明白了水中的儒为什么在最后的时刻也没有解开绳索逃生。

一条鱼要了一个人的命，这事说出来有点儿天方夜谭，可它在搏熊馆村就实实在在地发生了。老百姓们觉得儒很冤，为了条鱼，不值，就对太婆充满了同情。给儒办丧事那天全村一百五十三户都来帮忙了，人们要大嚼特嚼黑鱼的肉，为儒报仇解恨。都是霍姓的本家，用不着谁招呼，人们把大鱼解了，炖了两大锅鱼汤，一锅红烧，一锅清炖。炖鱼的香味一直飘到了村子外头，飘上了五柞宫，飘下了渭河滩，那天凡是在 108 国道上跑的汽车，路过搏熊馆村的时候，都闻到了浓浓的炖鱼味儿。

人们在院里吃得滋润又解气，当然也没忘了儒，谁盛了一碗肉，供在了儒的灵前。儒在堂屋很舒服地躺在棺材里，脸上带着笑，来吊唁的人奇怪，死了的儒怎么会这样高兴。有人说，从水里捞上来儒就是这副表情，也有人说儒前天下河时就是这么个模样。总之，怪怪的。

太婆没起来，还在炕上躺着。人们说这场横祸对老祖宗的打击太大，九十一的老人，可能受不住。但法的媳妇清楚，老祖母虽然没下炕，倒是精精神神地喝了一大碗鱼汤。

埋葬儒回来的路上，村长和两个穿制服的人在村外截住了法，其中的一个制服怀里抱着从猪圈旁边启出来的鸭蛋罐。制服说，五柞宫冯公大墓被盗案，经查明与法有关连，需要法跟他们走一趟，向公家把事交代清楚。

蓝白相间的车闪着红灯在路边候着。

法一下蒙了，结结巴巴地说，怎么跟我……有关系，我只有这一个罐……

法的媳妇哇地大叫一声，坐在地上抱住了法的腿，又是哭又是骂，也不知骂谁。制服们说，你这是干吗，这是干吗，妨碍公务吗？

村长做了半天工作也没用，叫了几个妇女把法的媳妇扯开了，还是在一边不住地踢腾。

依着制服们的意思，好像事情很大，墓里挖出的东西很多，都被法处理掉了，只剩下了这个罐。法说他冤枉，他就是去看了一趟，什么也没拿，还来来回回地说了许多话，越说越说不明白，不但制服们不想听，连村长也不想听了。村长说，那天你婆说你上了五柞宫，让我去寻你，我就没往这儿想，法，你怎的会干这种事，这是犯政策啊，挖坟你就不怕遭报应？

法哭着说，我够报应的啦，你看看我婆，看看我兄弟，看看我这肋子……

村长说，现在这情况我也护不了你了，人家让去你就老老实实地去，千万别别扭着，明天我就去托人……

法的儿子坚定地对制服们说，坟不是我大挖的。

一个制服要给法戴上铐，他看了看法的儿子，终是没把那亮晶晶的家伙掏出来。

法被带上了车，临走对儿子说，三天后记着给你叔圆坟。

没多久，远远近近的人都知道了黑鱼和冯公冢的事，都到五柞宫来看大墓。后来发展得连西安、兰州那边也有人过来了，观山景的，捡瓦当的，捶拓片的，搞写生的，从事的内容非常丰富。有个体户增加了两趟从茂陵过来的小公共车，走的就是汉武帝回搏熊馆的路线，俩车回回装得满满的，内中有无汉武帝也未可知。来人单枪匹马的也有，携家带口的也有，成群结队的也有，五柞宫已经成了旅游胜地。游人先在河边吊唁儒的“搏鱼之处”，眼睛在水里努力搜寻可否发现第三、第四位“千岁”，以图吉利，上了山再指手画脚地谈论墙后头的土堆，评论一番那对倒霉的双胞胎弟兄，听老尼说些不着边的诨话，都说老尼的话里充满禅机，都说这地方有灵气，都说下回还要来。有商人用两千元买老尼的雕花础石，老尼说盖房时还要用，不卖。商人坚持要买，已经加到了七千。老尼说七千要是买她，她可以跟着去，她也是个宝。商人又不要了。

在人们的口中，法和儒恢复了原先的名字，向老尼打听两兄弟的事，老尼说不清评法批儒谁是谁，告诉游人说这个人三百年前让皇上给杀了。有爱较真的人推算三百年前应该是清朝，老尼说，朝代换来换去，皇上只是一个。

众人点头，佩服得五体投地。

法保外就医，暂时回了家，冯公冢的事到底也说不明白。

太婆因为中风，死于第二年春天。

老尼还稀里糊涂地活着，还一门心思地化缘盖庙。

又到了夏天，汉武帝没来，来了一批写文章的人，在五柞宫新盖起的小茶馆喝茶，闲聊中说到霍家哥俩，得出结论是“评法批儒”这两个名儿取坏了，这里是汉武帝的地盘，在“废黜百家，独尊儒术”的汉武帝脚下搞“评法批儒”，不会有好果子吃，俩兄弟也是该着。文人中有好事的，模仿司马相如的《上林赋》写了一篇《千岁赋》，记述了儒和黑鱼的故事，文章没甚影响，看到的人也不多。

熊猫“碎货”

一

四女离开橡树坝彩萍家的时候，大雪已经把山林盖严了，这是今年的第一场雪，纷纷扬扬的雪片子悄无声息地落下来，落在漫山遍野的松华竹上，落在密得解不开的灌木丛上，落在山尖的针叶林上，变作了美不胜收的树挂，这样的景致四女在画报上见过，不知怎的，那张画片很让她感动，就记住了，常常地想起来，可是真到了现实中，也遇到了这样的景，反倒不感动了，有种司空见惯的漠然和过于熟知的无睹。她知道，脚下这条看起来洁白蜿蜒的小路，如果没有雪的遮掩，那将是一派杂乱，它上面有枯黄的草，尖砺的石，黑褐的牛粪，污糟的泥坑，夏天的时候还有牛蝇子，有蠓虫，有蛇，有沾在草梢上向着过路人晃动的旱蚂蟥。当然，现在什么都没有了，都白了，平了，看起来很好，跟画报上的纸片没什么两样了。可到底不是画报上的景，不一样，就是不一样的。

没有风，山洼里就显得很暖，尽管下着雪，也没下出什么寒意，以致四女出了彩萍家走了许久，脸色还是红扑扑的。四女细细地品味着嘴里残留的异香，这是她有生以来头一次尝到的味道，甜蜜中有苦涩，奶香中有药气，奇妙极了，也难描述极了。彩萍初将那块状似羚牛屎一样的东西往她嘴里塞的时候，她还使劲躲闪，架不住彩萍硬塞，只得把那东西含了，鼻子不敢出气，嘴巴也不敢动弹，只怕哇的一声给人家吐出来。随着“羚牛屎”在嘴里的融化，四女体会到了那感觉的特殊，那味道的别致，那是山里任何一棵树也结不出的果子，是山里任何一棵草也传不出的味气。四女问彩萍给她吃的究竟是什么，彩萍淡淡地说是巧克力。

巧克力！

四女问巧克力是什么意思。

彩萍说巧克力就是巧克力，没什么意思。

四女说，怎能没有意思呢，凡是天底下有名儿的就都有意思，裤裆果，形状就像裤裆；鸡爪菜，就跟鸡爪一样。这巧克力是什么呢？

彩萍说，巧克力就是外国糖，是外国米老鼠吃的糖。

四女说，米老鼠是吃米的老鼠么？

彩萍说米老鼠不但吃米，还会弹琴跳舞，米老鼠实际上就是美国人养的会说话、穿衣服的大耳朵耗子。

四女怎么也想不来还有会说话的老鼠，她在山里见得最多的是竹鼠，那东西又肥又大，耳朵很小，一身银灰的毛，瞎子一样胡钻，专啃竹子的根，一啃一溜，竹子就一死一溜。四女想象，真要有哪只竹鼠突然跟她说了话，那能把她吓死，更别说那东西还吃什么巧……克力。

对巧克力的疑问以不了了之告终，外国的米老鼠虽然不可信，但是米老鼠吃的巧克力却是实实在在地到了四女的嘴里，这应该是地地道道的外国味儿了，是不掺假的外国味儿。从对米老鼠的见识上看，四女不得不由衷佩服彩萍，如果彩萍跟她一样一直待在豹子坪，待在这与外界隔绝的老山林里，不是也见不着那米老鼠，更别说吃那巧克力了。可是偏偏的，彩萍人家就有那样的机会，她的堂姑在省城给她找了个保姆的差事，人家彩萍就堂而皇之地走出山去了，在外边吃的、穿的、见的、听的自然跟山里都大不一样了，只半年工夫，不光是做派，连山里的土腔也改了，说话常常“耶、耶”的，加了很多南方口音，让人觉得很有文化，很有见地，也很有教养，还有一股娇滴滴的嗲劲儿，这些无论是橡树坝还是豹子坪的女孩们都是学不来的。

想到此，四女不知怎的，心里生出了一股说不清道不明的惆怅，一种淡淡的忧愁，这股莫名的心绪，最近一段时间一直萦绕在胸臆之间，丝丝缕缕，撕扯不断也排遣不开。她倒不是羡慕彩萍的机遇，出去当保姆，不过就是洗衣裳做饭罢了，只要熟悉了，四女相信自己干得不会比彩萍差。彩萍在家的时候，是她家的娇女子，衣来伸手饭来张口的什么活也不会干，这回出去了，竟也成了人物，还拿回了巧克力，拿回了那么多让山里女子们开眼的物件。其实，堂姑最先找的是四女，四女勤快、有眼色，长得也顺溜，论关系，四女应该管彩萍的堂姑叫三婶，三婶是一门心思让四女到省城的。可是四女走不开，四女的娘有病，无论冬夏，终日围着火塘烤火，有时，火把娘的衣裳烧着了，娘也不知道扑，娘的心里乱着呢，娘的心不在这儿。

人们说四女的娘以前不是这样，四女的娘做姑娘的时候是五里外橡树坝的美人儿，四女的娘还念过四年书，是个识字的女子。四女的爹在二十五年前就是村长了，那时候不叫村长叫队长，后来还叫过组长，近几年才定下来叫村长，无论什么长，四女的爹总是这片地界儿最有权威的拿事的人。二十五年前，橡树坝的美女除了嫁队长以外别无选择，能攀上当地的最高的权力者，作为美女来说也算做到了物尽其用，没什么遗憾的。所以一切就都很顺理成章，橡树坝的美女成了豹子坪村长的老婆。当了村长老婆的美女嫁过来以后肚子大了几回，先生了个女儿，三个月夭折，后又怀了个女儿，刚成人形就流在了屋后半坡的竹林里，第三个还是女儿，留是留住了，竟是个憨憨的半傻，一天到晚，满山地疯跑，流着涎水只会傻笑，见了谁管谁叫爹。美人很苦恼，村长也很苦恼，但这样的事情在这儿不是怪事，大家都有些习以为常。村长的三女在十八岁的时候嫁给了橡树坝的佘大龙，大龙因为穷所以不嫌三女傻，说是只要能生娃娃就行。

四女是刚刚改革开放时候生的，那年山里来了个摄影师，背着个炮筒子一样的机器在老林子里转了不短时间，初时山里人看着新鲜，看摄影师戴着白遮阳小帽，扎着一嘴大胡子，在周围瞎走，举着炮筒子瞄猫、瞄狗、瞄野猪、瞄花豹，只听咔的一声，也不见放炮，就算大功告成，野物们照旧溜溜达达地在坡上晃，摄影师竟是一脸的满足，大家觉得不可思议，也没甚意思，就任着摄影师去瞄了。

摄影师在村长家住了有大半个月，每天都是由村长媳妇给做吃的，村长的傻三女当然管摄影师要喊爹，害得年轻的摄影师脸上红一阵，白一阵，很不自在。

摄影师走后转过年，四女娘生下了四女。四女生下来刚出满月就会笑，就会转着眼睛认人，浑身透着一股灵气，让山里人惊异。有人从四女的眉宇间找到了摄影师的影子，有人说摄影师在村长家住的时候，村长曾经上乡上开过三天会，毛病大概就出在那三天会上。其实也没什么，都是猜测，都是妄说，豹子坪出了个精明干练的四女当然是好事，村长将四女捧得什么似的，村里人也将四女捧得什么似的，村长是豹子坪的太阳，四女就是豹子坪的月亮。

随着四女一天天长大，四女的娘一天天变得枯萎，变得神情恍惚，人们说四女娘的精气都移到四女身上了，这从四女的发展已经足看出了这一点。也有人说，四女娘是在想那个摄影师，那个一去不复返的摄影师把四女娘的魂给勾走了，风一样地来了，又风一样地走了，连个地址也没留下。话又说回来了，自从豹子坪被划入自然保护区，来来往往的人物足有不少，哪个又给这个不足百口人的小山村留下过地址、姓名？没有必要。

四女娘给四女还生了一个叫作兔儿的兄弟，兔儿之所以叫兔儿，是因了他的兔唇，豁豁的三瓣嘴，两颗门牙，毫无保留地从中龇了出来，除了让人想起兔子还是兔子。兔儿的大名叫李震宇，这个很学问的名字是北大一个来考察动物的专家给取的，以四女爹的水平，是绝不会想出这样辉煌响亮的名字来的。专家的意思无外是希望兔儿长大以后能干番事业，能声震四海，因为这孩子虽然生来有残疾却并不憨傻，十个手指头跟十个脚指头加来减去也还清晰，专家考虑，后生可畏，焉知来者为谁，几十年后，山洼里出个人物也未可知。专家走的时候留下话，叫四女爹娘再不要生育了，说李震宇的兔唇，对这个家族的遗传基因已经是个严重的警告，继续生养，只能是自酿苦果，后果不堪。四女的爹说他是村长，是党员，当然得带头计划生育，他有三个孩子，但两个都有毛病，属于半成品，合格的只有四女一个，还是个女子，按山里的规矩他还得再生。专家摇着手说，千万不能！千万不能！又说，兔唇也是能治的，北京的医院有专门做修复手术的，做好了，跟好人一样，根本看不出来。四女的爹说，山里的娃娃哪里有上北京的命，别说北京，就是县里，他能去一趟也是造化了，来回一百二十里，翻老爷岭、迷浑岭，过鬼风沟，狼虫虎豹的不容易哩，不容易哩。专家说，你说得也忒悬，我们进进出出的也翻了那些岭，过了那些沟，也没见谁怎么样了。四女爹说，你们是谁，我们是谁，我们怎么能跟你们比。

四女在旁边听着爹和专家的对话，对爹很不忿，她觉得爹虽然是村长，在村里是很有号召力很有影响的人，但是在北京专家面前怎就变得短了呢，兔儿怎么了，兔儿就注定不能上北京么？她想，她得出去，出去挣钱，有了钱第一件事就是带着她兄弟上北京，去治病，专家说了，这种手术做好了跟好人一样，她有责任让她的兄弟跟好人一样。

现在，四女兜里揣着两块巧克力，一路小跑地往家赶，就是要把这老鼠吃的糖带给她的兄弟，让她的兄弟也尝尝什么是外国的。

拐过横在路边的岩石，再往前走不远就是李二老汉家，李二老汉是村最西边的一户，到了老李家就算是到了豹子坪了。四女家里的黄狗不知什么时候已经迎了上来，或许它在岩石这儿等四女已经等了些工夫了。黄狗在四女前头颠跑着，摇着尾巴，不时地回过头来看四女，四女按了按兜里的糖说，这可不能给你！黄狗打了个喷嚏，朝前跑了。

四女也跟着它跑。

路边的雪地上有新鲜的梅花脚印，黄狗嗅了嗅那脚印，不在乎地从旁边走过去了，四女也不在乎地走过去了。四女和黄狗都知道，是梁上那头衰老的母豹到沟里来喝水了，母豹大概是太衰弱了，最近很少到野猪坪村前村后来转悠了，这里什么时候没了母豹的踪迹，就是母豹什么时候已经死了。四女想，看脚印就知道是它，那个美丽孤单的家伙还活着！灌木的深处传来沙啦沙啦的声响，黄狗停下来朝那边望了望，懒洋洋地呜了一声，显出了一副不屑理睬的架势。四女踢了黄狗一脚，两个就又朝村里跑。

沟底传来孩子们兴奋的呐喊，兔儿那不清晰的话语也夹在其中，声音高且尖，没容四女反应过来，黄狗已经箭一样地跃向了沟底。是怎么了呢？四女拨开路边浓密的树枝朝底下望，看见了兔儿和几个孩子在涧底的石头上蹦来蹦去，挥着胳膊在吆喝，石头很滑，又有雪，搞得几个孩子浑身上下湿漉漉的，至于黄狗则早已加入了呐喊的群体，成了其中最为踊跃的一员。

四女来到溪水边，兔儿看见四女来了，激动地奔过来，大声地说，姐，花熊！那边有花熊！

当地人管熊猫叫花熊，祖祖辈辈都这么叫，山里人认为，叫花熊比叫熊猫更准确，熊猫是什么，熊猫是猫，花熊是什么，花熊是熊，活跃在山野间的那些黑白相间的东西只能是熊而不是猫。猫是盘在床上、偎在火塘边的咪咪，你把它赶也赶不上山的，花熊是山里的精灵，凡是有人气的地方，它都要躲开，它给强壮而伟大的人退让出了活动范畴，它一直在退，在退，已经退到了高山峡谷的尽头了。

四女拍打着兄弟身上的雪，嗔怪地说，为只花熊，怎的张狂成这个样子。

兔儿说，小得很很的花熊……

四女说，甚样的花熊你没见过，这林子里，满山跑的都是花熊，它再小也厉害得很呢，你不要招惹它，走，跟我回家。

兔儿不想回家。

四女哄他说，我今天在塘边上偷偷埋了几个芋头，这会儿准是熟了。

兔儿说，那个花熊卡在了石头缝里，动不得哩。

四女说，那就更不敢靠近它，老花熊说不准就在附近看着哩。

兔儿说，小花熊可怜得很，姐，你得救救它。

四女看着她的残疾兄弟，心里腾起一股热，兔儿是个善良的孩子，是个有点儿胆小，有点儿自卑的少年，不是这与众不同的唇，他大概不会这样。想到这儿，四女揽了兔儿的肩说，领姐看看去。

兔儿痛快地答应了一声，领着四女三绕两转，来到溪边的一堆石头旁，指着两块大石头的缝隙说，姐，就在那儿！

四女看见两块石头中间夹了个毛茸茸的东西，有泥有水，脏得看不出个眉眼。

四女说，怕是死的吧？

以兔儿为首的孩子们听了立即反驳说，活的！刚才还动弹哩。

四女以警惕的目光迅速向周围山上巡了一遍，周围山林静谧，雪雾迷茫，百十米外就什么也看不清了。

黄狗还在不知趣地汪汪。

四女冲着黄狗呵斥道，闭上你的臭狗嘴！

黄狗挨了训，立刻住了声，闪到孩子们后面，蔫头蔫脑地缩了。

四女让那帮孩子再不要喊叫，拢着他们在隐蔽地方静静地候了一会儿，确信没有大熊猫在附近，才快步跑到石头缝跟前。

小熊猫被卡在石头缝里，很有些时候了，已经奄奄一息，大熊猫已经离去，对它的孩子放弃了最后的努力。四女推拉了半天，没有任何效果，小熊猫仍旧卡在缝隙中，纹丝未动。明显地，熊猫的一条腿已经折了，这是它挣扎的结果。

四女折腾得满头大汗，还是弄不出来，熊猫的折腿别在细缝里，它不让人碰。四女回过头来无可奈何地对兔儿说，叫爹去吧。

兔儿回身对黄狗说，去，去叫爹！

黄狗颠颠儿地朝村里跑去。

爹很快来了，爹有办法，爹说顺着来路退，它既然能过来就能退回去，你们不要死拉，要从后头顺着劲儿拽。

四女说，它的腿已经折啦，还能拽?

爹说，也顾不了那么多了。

四女就帮着爹往外拽，小熊猫也不挣，任着人们摆弄。

爹说，看情况，就是出来了，这碎货怕也活不了。

“碎货”是山里人对喜爱孩子的昵称，搁山外人就是“小家伙”的意思。爹把小熊猫叫“碎货”，是把熊猫看作了和兔儿一样的孩子。

费了九牛二虎之力，“碎货”终于被掏出来了。被掏出来的“碎货”一动不动地躺在光滑的石头上，没有动静。黄狗凑过去，用鼻子在“碎货”身上嗅了嗅，抬起头冲着爹汪了一声。爹说，怕是不行了。

兔儿说，行，爹，你看它还睁着眼哪!

四女说，比咱家的猫大不了多少，怪可怜的。

爹说，它还没有断奶，活不了。

天色变得昏暗了，村里不少家已经升起了袅袅炊烟。爹夹起了“碎货”朝家走，四女和兔儿跟在后头。四女看见“碎货”的那条伤腿从爹的臂弯里垂下来，随着爹的脚步一下一下晃荡着，很有些荒诞，很有些不可思议。

二

“碎货”被搁置在房间角落里，角落里铺了厚厚一层稻草，是兔儿抱来的，本来兔儿还要给“碎货”铺褥子，爹说，算了吧，它在野外，什么地界儿不躺啊，要什么褥子。但兔儿认为，在此之前，“碎货”是在它妈妈的怀里长的，有什么能比它妈妈的怀更软和呢。“碎货”的断腿已经被爹用竹板夹住了，爹说好与不好，就看它的命了。“碎货”就在墙角躺着，没有一点儿声息，像一堆没有熟过的烂皮子。四女熬了一锅米汤，想给“碎货”喝，灌不进去，都让娘喝了。

这期间，旺伯、庆来叔和三表舅都来看过“碎货”，谁看了谁摇头，说这东西顶多有三个月大，离了大熊根本无法存活。

爹在火塘边抽着烟，看着那一堆“烂皮子”说，明天得开一个村委会。

夜里，四女睡不着，悄悄来到“碎货”卧着的角落里，“碎货”还是老样子趴着，没有变化。四女抚了抚“碎货”柔软的毛，“碎货”轻轻哼了一声，四女体味到了一丝若有若无的温热，借着窗外反射进来的微弱雪光，她看到了一双晶亮的、黑扣子一样的美丽眼睛。四女突然感到鼻子发酸，她说不出话，只是用手一遍一遍梳理着手底下那杂乱的毛。

有湿润的小鼻子在轻轻碰她的手，低头一看，是黄狗，狗东西不知什么时候钻进屋来了……

第二天，四女爹在家里召开了村干部会，参加会议的领导都是昨天晚上来过的，除了旺伯、庆来叔和三表舅以外，多了个年轻的副村长李山林。按惯例，村委会在哪个委员家召开，哪个委员就要负责会议所需的酒水，没什么花费，无非是破费几缸子苞谷烧罢了。豹子坪家家都酿苞谷酒，这酒要喝一个冬天、一个春天，一直喝到来年的新苞谷下来。喝酒也是干喝，大家围着火塘，一个大号搪瓷缸，你一口，我一口，无止境地往下传，一缸子喝光了再舀一缸，再接着传。上边对这种会议方法多次给予批评，让他们整顿会议作风，因为这样开的村委会，决议往往都成了瞎扯淡，到最后谁也搞不清开会的初衷是什么了。很多的情况是村委会以后，村干部们的子女要将他们的干部父亲架回自己家中，就像城里的干部，会议完毕以后要坐桑塔纳回家一样。

山高皇帝远，上边批评归批评，豹子坪的干部照旧是无酒不开会，他们想象不来没有酒的会能做出什么英明正确的决定来。今天，四女爹在村委会上举着搪瓷缸子说，关键的问题有两个，一是要全力抢救花熊，要让花熊吃东西，万不能让这“碎货”死在我们的手里；二是要赶紧给保护区送信，他们才是抢救花熊的正宗单位，国家给他们拨了那么多的钱，为了啥，还不就为了让他们在关键时刻能为花熊排忧解难。

大家说就是。

李山林说，抢救个屁，该怎着就怎着，该退化就退化，该灭亡就灭亡，这是不可抗拒的自然规律。

庆来小声说，过不几年就该你灭亡了。

李山林不理庆来，李山林继续说，恐龙不是没了，剑齿象不是没了，咱这儿的华南虎不是也没了，这是大自然的淘汰，不是你我他所能左右的。

四女爹看了李山林一眼。

干部们也都扫了李山林一眼。

没人接他的话。

三表舅说，得找人给县上送个信儿。

李山林说，大雪封了山，连人都出不去，送什么信儿?

四女爹说，人出不去可以用无线电，人家不是给咱丢下个现代化么。

李山林说，溪里的水冻得实实的，发不成电了。

旺伯说，用干电池啊，他们给了咱们不少干电池哩，都在会计的小屋里。

李山林说，会计是外行，把电池丢在窗台底下，电池受了潮，都流汤了。

大家都不说话了。

四女爹说，既然大伙选了咱，就要把大伙的事儿搁在心上，以前咱们豹子坪传达最高指示，从来都是不过夜的，庆来当过联络员，庆来知道。

庆来说，可不，就是天上下刀子也要奔到公社去，把指示请回来……

李山林不耐烦地换了个姿势。

大家都知道四女爹说“把大伙的事放在心上”的用意，那是单指李山林的，李山林最近正一门心思在南坡上盖土坯房，准备来年务香菇，这里的香菇形好、味正、肉厚，一斤能赚五六十。

话题从“大伙的事”转到了种枣皮、点木耳的技术探讨上，说到了野猪将村里的洋芋拱个稀巴烂，狗熊将苞谷都糟蹋了的事情，说猪和熊都是国家的宝贝，是国家二级保护动物，公家不许打，打了就是犯法。但是不让打，就得让公家赔钱，老百姓不能吃亏，国家还有法律要保护个人私有财产哩。野猪们是国家的私有财产，难道洋芋就不是农民的私有财产？

李山林说赔钱是县上的事，国家好像有这笔专款，不妨去要，山里人不要老闷着头当老实疙瘩，歌里都唱呢，“该出手时就出手”，翻译成山里的话说就是“该伸手时就伸手”，咿儿呀哎儿呀地去要，才能要出效果。

四女爹说此招不可取，让干部们别去外头丢人。

后来大家又说到李二老汉家的母猪出门找野汉，下了一窝长腿长嘴的野猪崽，把母猪的奶全咬烂了，保护区的小董来了，给小猪都编了号，照了相，不让杀也不让卖，说是要研究什么遗传变异，变异没搞出什么结果，把二老汉家的母猪坑苦了……

村委会时而务实，时而务虚，一个为熊猫而招集的会，开得拉拉扯扯，没完没了。

四女给委员们舀了七回酒了。

委员们仍旧没有解散的迹象。

“碎货”窝在墙角，半天半天，出一口气。

四女心里很急，她明白，再不采取措施，“碎货”就活不过今天晚上。

娘进来了，娘手里捏着个奶瓶子，那是兔儿小时用过的物件，残疾的兔儿小时必须用奶瓶子才能将奶水吃到嘴里，这个奶瓶子是爹托人从县城带回来的，豹子坪的孩子使用过奶瓶的大概只有兔儿一个。

四女看到奶瓶，明白了娘的用意，她将手里舀酒的搪瓷缸子用清水涮了，让兔儿赶紧到村口李二老汉家，挤一缸子羊奶来。

兔儿的动作很快，没一会儿工夫，就将奶满满当当地端了回来，还带回了二老汉的话，说只要喂小花熊，随时可以去挤。

四女将那尚带着母羊体温的奶水灌到奶瓶子里，举到“碎货”嘴边，“碎货”没有反应，四女用橡胶奶嘴逗弄“碎货”的嘴，“碎货”把头移开了。

等待添酒的委员们得不到苞谷烧的继续供应，自动停止了会议，很快他们发现了他们所传递的酒具中的内容已经起了变化，烧酒变作了羊奶。

于是，“碎货”的重要议题被再一次提起，委员们决定到基层现场办公，离了火塘来到墙角，将“碎货”团团围了起来。

“碎货”拒绝进食任何东西。

“碎货”在豹子坪全体干部的关注下，眼睛半睁半闭。

三表舅说，只有扔到后梁上喂豹了。

旺伯说，这片山梁大概再没有花熊崽了。

庆来说，得找兽医，成立抢救小组。

四女爹说，得想法子把奶给这“碎货”灌下去。

李山林说，还是顺其自然吧。

四女的娘在众委员的议论中，不动声色地抱起了小熊猫，就像当年抱着四女，抱着兔儿那样，她将“碎货”轻轻地搂抱在怀里，是母亲对婴儿的搂抱，是生命与爱的传递，“碎货”似乎感觉到了什么，它微微地睁了一下眼睛。四女娘接过四女手里的奶瓶，几滴奶滴在“碎货”的嘴边，是唤起了“碎货”的回忆还是复苏了生的本能，“碎货”以极快速度叼住了奶瓶，慢慢地吸吮起来，只几口，便不再吸吮。

三表舅说，怎的不吃了？

庆来说，还是太弱。

四女爹说，只要它肯张嘴，就有救。

三

正如爹说的，“碎货”喝了几回奶以后可以晃晃悠悠地走几步了，兔儿从坡上给它砍来细竹子，它不吃，它只吃奶。没有两天，“碎货”就恢复了精神，除了食量大增以外就是满屋跑，一刻也不停歇地攀上爬下。它那条伤腿，似乎也并不怎样影响它的活动，不像人，还要哼哼叽叽在床上折腾几个月。很快，二老汉家的羊奶就发生了危机，有些供不应求了，一只花熊吃的奶，胜过几只羊羔。二老汉再不说“随时可以去挤”的话，二老汉的脸色变得不太好看了。兔儿去挤奶，有几回是空着手回来的。

爹把二老汉叫到家来，指着乱走的“碎货”对二老汉说，这是国宝哩，它比你我都值钱。

二老汉说，这我知道，我死了没人理式，它死了得上报省城。

爹说，你那几只羊抵不上一个花熊。

二老汉说，一个花熊也抵不了我几个羊，我那羊能卖，能变钱，花熊谁敢卖，变不成钱的东西就一钱不值，跟草里的屎巴牛一样。

爹说，老二你现在怎的满脑子是钱，没有一点儿无产阶级觉悟了，你爹是老红军，是跟着红二十五军在这儿打过四十七师的，你怎就不能跟你爹似的也为革命事业做点奉献？

二老汉说，贡献什么，贡献羊奶么？

爹说，就是贡献羊奶。

二老汉说，那谁给我贡献哩！

爹说，完了，完了，老二你是彻底完了，细算下来你也是革命烈士的后代，竟是一门心思钻到了钱眼里，一只小花熊能吃你多少奶，竟吝成这样。

二老汉说，烈士的后代怎的，烈士的后代也不能提前进入共产主义，烈士的后代买盐巴照样是两块一斤，这奶我供应一顿两顿的没啥，这“碎货”要像娃儿似的吃到两三岁，我的损失不是太大了？我也不是喂养花熊的专业户。

爹说，不就是个钱么，这么着，你把这“碎货”吃了你多少奶都记上，赶天晴了，上边的人来领“碎货”走的时候你跟他们算账。

二老汉说，要那样，我的一斤奶得要他们四块钱。

爹说，什么都得有个谱，就是人奶也没有这样贵，你别丢豹子坪的人了。

二老汉说，公家有钱，这钱不要白不要。

爹说，随你。

在爹和二老汉讨论“碎货”的饮食问题的时候四女一直在灶前熬菜糊糊，她将菜和苞谷面煮得很黏糊，她知道，二老汉家的奶支持不了“碎货”多少时候，“碎货”的食谱必须要根据形势有所改变。

在羊奶价格的议论中，在苞谷糊糊的香味中，“碎货”正跟着黄狗绕着火塘转圈。它拖着伤腿，一步一跌，蹒跚地追逐着黄狗，黄狗则有些不耐烦地躲闪着身后这个挂着竹板子、啪嗒啪嗒作响的不伦不类。两个畜生，在屋里绕成了一道很有意思的风景。

苞谷糊被盛在瓦盆里端来了，黄狗机灵地蹿了过来，后头跟着笨拙的“碎货”。黄狗不顾四女的拦截，不犹豫、不客气地将嘴伸进了瓦盆，吧唧吧唧地吃起来，一副下作吃相。“碎货”在徘徊，也要往盆前凑，但是它不明白凑过来要干什么。

四女赶开黄狗，将“碎货”抱到盆前，“碎货”嗅了嗅那盆子，明显地有些不知所措。兔儿过来，把“碎货”的嘴按进盆里，他想着“碎货”一定也会像黄狗一样，伸出舌头，吧唧吧唧……

“碎货”没有张嘴，“碎货”沾了一脸糊糊。

娘说，它太小，得喂。

于是，四女就用指头把糊糊往“碎货”的嘴里抹。

抹过几回以后，“碎货”很快就记住了糊糊的味道，再后来，不用呼唤，把盆往屋地下一搁，“碎货”就会寻着味儿过来了。

“碎货”在人们的照料下，严格说是在四女的照料下慢慢地恢复了，它喜欢跟人亲近，喜欢跟黄狗嬉闹，喜欢让四女抓挠它那乱糟糟的脑袋。逢有孩子们来找兔儿，“碎货”必定在孩子们脚底下滚来滚去，不时地抱住这个的腿，不时地叼住那个的脚，高兴时还要学着黄狗的样子扭扭胯，逗得大家一阵哄笑。四女说，这“碎货”，哪里是花熊，整个是一条花狗嘛。

村里人，谁有吃不了的饭食都要往四女家送，这一来闹得只要有门响，“碎货”就要往外头跑，球一样地在四女家院里滚动，把院里的鹅和鸡吓唬得一惊一乍地胡飞。

随着“碎货”腿伤的痊愈，这东西变得越发活泼而灵动。它有追人的嗜好，因为它知道，人会给它好吃的东西，人随时可以变换出它意想不出的食物，在它那个花熊的世界里永远吃不到的食物。现在，“碎货”的饮食与黄狗几乎没有大异，剩面条，剩窝窝，生红薯，熟芋头，什么都吃，二老汉家的羊奶已经打发不了它，也没有谁想起来它还要吃竹子，大概连它自己也不知道还会有吃竹子这样的事了。兔儿常给它喂牛奶糖，但自从它吃过别人喂过的芝麻糖以后，对牛奶糖就不感兴趣了，原因是芝麻糖酥脆，牛奶糖粘牙，它不喜欢那些黏糊糊的吃食。

彩萍临回城的时候来看过“碎货”，她说“碎货”跟城里商店摆的玩具熊猫不一样，跟城里动物园的熊猫也不一样，玩具的熊猫黑是黑，白是白，圆滑柔软，“碎货”太脏，像个小泥球，动辄还要咬人，抓人裤腿，不如货架子上的可爱，又说，动物园里的熊猫显得很高贵，很典雅，对人也爱搭不理的，不似“碎货”这样人来疯，没有一点儿熊猫的矜持。

四女没说什么，四女觉得又脏又咬人的熊猫才是真熊猫，就跟那近视又讨厌的竹鼠才是竹鼠一样，一到了城里人手里，就变了嘴脸。

上边传过话来，让豹子坪把“碎货”先照料着，待开了春，山上的雪化些了，县上派人把“碎货”送到熊猫饲养基地去。二老汉特意问了酬劳问题，上边说抢救濒临灭绝的野生动物，人人有责，当然国家也不会亏待了农民。又说，救护这样小的熊猫对当地来说还是第一回，对县上来说也是史无前例，务必要精心，这件事已经在林业部门挂上号了，真有什么差池，不但豹子坪村委会担待不起，就是县里也担待不起。

这一来就搞得有点儿紧张，“碎货”被严格地看管起来，本来还可以放到院子里跑一跑，跟着黄狗追逐嬉戏一番，这回很多时候是被关在了四女家放农具的堆房里。黄狗是“碎货”的朋友，不忍“碎货”一个孤单寂寞，也不远去，常常在堆房的前后溜达，必要的时候还要隔着门缝朝里头汪几声。

四

天气渐渐转暖，上边来人了，来抬熊猫出山。

在四女家的院子里，几个人在叮叮咣咣地钉木笼子，挑好了六个年轻后生，以每人五十元的价格雇用，将熊猫抬出去。

要上路的熊猫如同要出嫁的女，豹子坪的人对这个不满半岁的小生命忽然生出了无限的依恋，人们端着鲜洋芋、煮鸡蛋来为“碎货”送行，兔儿还为它特意在涧里洗了澡，盗用的是彩萍送给姐姐的洗发香波，一整瓶没有开过封的香波全部用在了“碎货”身上，将“碎货”

洗得干净清爽，浑身喷香，简直不是花熊了。兔儿想，彩萍说的“货架子上，黑是黑，白是白”的花熊大概也不过如此了。依着兔儿的本意，豹子坪出去的花熊应该体现着豹子坪人的面目，不能太寒碜了。

下午，全体村委员在四女家招待上边来的人，他们围着矮桌子喝酒，吃四女做的洋芋糍粑、麂子肉烧笋干和炸小蘑菇。上边人吃得很对胃口，喝得满脸通红，说以这样的生活，这样的环境，在豹子坪过日子全如出世的散仙，能够长生不老。控诉城里的生活太让人痛心，太让人沮丧，空气污染，钩心斗角，老婆孩子，物价飞涨，没有一刻安宁。

四女却觉得这人有得了便宜卖乖的假模假式。

二老汉拉着他的奶羊执着地站在屋檐下，四女爹出来几回，让二老汉先回去，二老汉不回。四女爹就让二老汉表现出红军后代的风采，要大度，要有境界，不要跟上边人斤斤计较。二老汉不干，他说他爹是他爹，他自己是自己，让村长不要往一块儿硬扯。

村长进屋，小心地提出了饲养费用问题。

村委员庆来说“碎货”日日吃的是羊奶、蜂蜜、白面馍馍，每天的花费大得很很。

上边的人说，你们养的是太子吗？天天的是奶和蜜，就是皇上的儿子也不会这种吃法，你们不要变着法儿地跟上头要钱，该怎的就是怎的，该给多少钱就给多少钱，要实事求是，这是共产党的一贯作风。

这时，二老汉不知怎的拽着他的羊进屋来了，给上边人看羊的奶子，说原本沉甸甸的奶袋子，成了松垮垮的瘪皮囊，为了“碎货”，他的两只小羊都进了汤锅，这损失不跟公家计较怎成。

上边人正吃得头昏脸热，忽地见进来一只大羊，就有些不高兴，沉下脸来说，这是怎么搞得嘛，还有没有一点儿组织纪律！

四女爹让二老汉出去。

二老汉不出，说不但他不出，门外还有几个索赔的要进来，狗熊踏了他们的蜂箱，把几十斤蜜都糟蹋了，今年没有进项，老百姓喝西北风呀。

村委三表舅一边给干部添酒一边拿小眼睛溜着干部，大声地说，熊把谁家的蜂箱踩了？我怎没听说！

外头就有人接茬，有人要往屋里走，被庆来挡了。

干部说，老百姓的损失我们是要给补偿的，动物也是要保护的，国家的经济在慢慢发展，山林的野生动物在慢慢减少……

外头有人插话，谁说在减少，山里的羚牛已经成灾了，都成群结队到公路上游行去了。公路上出了几起车祸了，你们还死护着不让打。

二老汉说，我不说羚牛，我就说你们要领走的这个花熊，它吃了我三十六斤半奶，外搭两只羔。

二老汉的羊很懂得密切配合，这时很得体地撒了一泡热尿，拉了一地羊屎蛋，屋里气氛立时热烈而有味儿。

干部说，大伙要体会国家的困难，与政府共同分忧，我们这儿是革命的老区，是有着优良的奉献传统的嘛……

爹喊四女，让四女快把地收拾了。

四女这时正在堆房里和“碎货”纠缠，被关在房间里的“碎货”听到外边叮叮当当的斧凿声，看到那裂着白碴的面目狰狞的木头大笼子，变得焦躁不安，它不停地在屋里转来转去，就连四女也不能靠近它了。堆房里的镢头把、木锨、打谷机、梯子……所有木头的物件几乎全被“碎货”咬烂了，“碎货”呼哧呼哧地用身子撞击着装粮的大柜，那柜已经摇摇欲散，不堪一撞了。

“碎货”在充分表现着它的熊脾气。

四女叫着“碎货”，从兔儿手里接过一大块新挖出的凉薯递过去，嫩而脆的凉薯是山里的特产，有着甘蔗一样的甘甜、花生一样的清香，一咬，汁水顺着手往下流。这东西，孩子们爱吃，“碎货”也爱吃，“碎货”和孩子们没什么两样。但这会儿，“碎货”不买账了，“碎货”将滚到脚底下的凉薯愤怒地捻得稀巴烂，又狠狠地在屁股底下坐了坐。

兔儿说“碎货”生气了。

四女靠在门边说，“碎货”，我知道你不想走，我也不想让你走，可是山外好啊，人往外头走，水往外头流，咱这儿的规矩自古就是这样，有多少老红军就是从咱这儿出去了，进了北京，当了大官，只要出去了，就没有一个再想着回来，可见外头比山里好多了，你怎的就不想出去呢。山外头有会说话的老鼠，有比芝麻糖还香的巧克力，有平得跟镜子一样的水泥地，有大高楼，你就不想看看么？我知道，你是害怕，跟我一样地害怕，其实你比我强多了，他们会把山里的竹子给你送到嘴头边，你可以坐着吃，躺着吃，想怎么吃就怎么吃，那里有羊奶，可以敞开了让你喝，想喝多少就喝多少，谁也不敢把你怎么样，大家都得哄着你，供着你，你是国宝呀！“碎货”你还恋什么呢，恋这荒山野岭，恋这被夹在石头缝里的苦日子么……走吧，“碎货”你走吧，我要是你，我就走，我就不发脾气……

不知怎的，眼泪顺着四女的脸颊淌下来了，许久的忧郁，许久的哀愁，都随着这泪水，这诉说缓缓而出，四女感到不是和花熊是在和自己说话。

兔儿茫然地看着他的姐姐。

“碎货”晃着身子过来了，它用眼睛斜视着四女，几乎没有什么思考就一把抱住了四女的腿。四女认为“碎货”受了感动，她弯下腰去要抚摸“碎货”那干净光滑的皮毛，她要把“碎货”抱起来，就像娘给它喂奶那样抱起来。

弯下腰的四女感到不对了，首先她感到了“碎货”眼神的陌生，紧接着她感到了腿部的疼痛，再接着有血顺着她的裤角流下来。四女害怕了，她知道腿底下这张嘴的厉害，那些被咬碎的镢头把，铁锨棍，梯子腿，哪一个不比她的腿结实……

四女的脸色变得苍白。

兔儿兔子一样地跑去叫爹。

爹来了，干部来了，三表舅们也来了。

大家撕扯“碎货”，“碎货”就是不撒嘴。

爹说，这“碎货”，今儿个是怎么了？

庆来说，它是看见那笼子了，它心里烦呢。

李山林说，是你们把它关的，别说是个畜生，就是个人，你把他关几天，他也要咬人。

干部说，野兽就是野兽，它的兽性是不会改变的。

四女娘拍着熊猫的脑袋说，你撒开嘴吧，使什么性子呢。

“碎货”果然松开嘴，哧溜一下，顺着梯子攀上了夹层，在夹层上哐里哐啷，又是一通猛折腾。

四女的腿上有几个血窟窿，在汩汩地冒血。

干部说，上医院吧，明天找几个人轮着抬熊猫，轮着抬这女子。

爹捏了捏四女的腿说不碍事，没有伤着骨头。

听四女爹说没有伤着骨头，在场的人都松了一口气，谁都知道这是“碎货”口下留情的结果，大家都见过花熊咬竹节的情景，咔嚓咔嚓地，一只脚杆岂在话下……

三表舅说，得给“碎货”换个地方，要不它看见院里的笼子还是安静不下来，明天只要安安全全将这货送走，一切就都踏实了。

庆来也说有道理。

爹看着他那些被咬坏的家什，也说是该换个地方。

于是，男人们回到正屋，继续喝酒，讨论“碎货”今晚的安置问题。

娘撕了兔儿的白衬衫，将四女的腿缠了。

“碎货”不知什么时候又从梯子上溜了下来，寻寻觅觅地凑了过来，把一个大脑袋枕在四女的腿上。

五

干部们讨论的结果是把“碎货”转移到村办公室会计的小屋。相比较，会计的小屋最为严谨，有两道锁的铁门，有钉了铁栏的木窗。当然也接受了堆房木器受损的教训，将会计的桌椅板凳，一切“碎货”能啃得动的物件全部搬出。就这，会计也老大不乐意，嘟嘟囔囔地说些个挪动金融要害部门出了事情谁担承的话。

庆来说，那“碎货”就在你的办公室待一个晚上，明天露水下去了就动身，高低凑合一下就是了。

会计说搬来搬去太麻烦。

三表舅说，人家村长屋的手使家伙全让“碎货”咬完了，人家都没说麻烦，让你挪挪桌子你可就嫌麻烦，你好意思？

会计不说话了。

吃完晚饭，四女爹让人将“碎货”夹了过去。

夜里，四女靠在床头，隔着窗户朝院里望。院里，满院的月光，水一样地洒下来，对面山坡有黑影在走动，悠闲而舒缓，四女想是母豹，是黑熊，是羚牛，也许是其他……一片云浮过来，遮了月亮，便没了母豹，没了黑熊，没了羚牛，也没了其他，变作了一片黑。黑色中，木笼突显出来，不知怎的，它和这个寂静的山村之夜显得极不协调。明天一早，“碎货”就要被装在里面，走过这重叠的山水到外头去了，它会看见许多四女在豹子坪看不到的东西，它还会看到许多比彩萍看到的还要多的东西，它将不再是一只花熊，它会变作彩萍说的，商店里货架上的玩具，变作为动物园挣钱的矜持展览品……

想到这儿，四女的眼里又噙满了泪。

娘说，你腿疼吗？

四女摇摇头。

娘说，明天“碎货”就走了，这是它在山里待的最后一个晚上了。

四女说，今夜“碎货”一定很难过。

娘说，山里的野物都是有灵性的，它们都跟山连着呢，你看看“碎货”今个那个闹，都邪了。

四女说，娘，我的腿好了我也要出去。我跟彩萍已经说好了。

娘说，我的女子出去了就再不会回来了。

四女说，娘，我回来。

娘说，你们都骗我……

早晨，会计匆匆地来到四女家，向村长报告说：

花熊跑了！

爹一边穿衣服一边往外赶，嘴里不住地说，怎的跑了，怎的会跑了呢？

四女爹来到会计室的时候，会计室的屋里屋外已经站了不少人，李山林正在人群中大声说着，跑了吧，跑了好！

三表舅望着被“碎货”咬烂的窗框说，……怎就忘了它是一只花熊呢……

干部用手摸了摸因窗框的碎裂而七零八落的铁栏说，厉害，厉害！

爹用脚踢了一下在人群中钻来钻去的黄狗说，你天天看着它，昨天晚上你干什么去了？

黄狗理直气壮地冲四女爹汪了几声。

四女爹说，狗东西还敢跟我回嘴，去找，你给我出去找！

黄狗掉头就跑了。

黄狗跑回家来了。

家里，兔儿在跟四女说“碎货”的事。

夏天，四女到山外去了，是彩萍来信叫她出去的。

又是几年过去，别处的人口都在急剧上升，只有豹子坪的人口在下降，从五年前的九十四人降到了八十一人。年轻人基本都出去了，豹子坪只剩下了老弱病残，以来调查的人口专家的观点，用不了四十年，豹子坪村就会自然消亡。专家的学生为这个推测而兴奋，他们说，将山林还给大自然，还给野生动物，这是社会的进步，是自然生态环境改善的伟大成果。

四女爹摇头，四女爹说，村没了，让花熊们投靠谁呢，这些年，花熊们已经摸着了规律，凡是有病的、饿的、奄奄一息的就都往豹子坪跑，豹子坪无论如何也得挺着，挺在这深山老林深处，挺在这高山峡谷尽头。

学生们听了迷惑，他们搞不明白，究竟是人进步了还是动物进步了。

反正四女是一直没有回来。

山鬼木客

若有人兮山之阿，被薜荔兮带女萝。
既含睇兮又宜笑，子慕予兮善窈窕。

——屈原《九歌·山鬼》

（2001 年 7 月 19 日，某市法院判决了一起离婚案件，四十三岁女性杨青雅因丈夫陈华于 1997 年 7 月 12 日离家出走，四年来杳无音信，已按失踪处理，根据婚姻法规定，杨青雅与陈华自动解除婚姻关系。）

下了近半个月连阴雨，老君岭溪水涨满，山石膨胀，在无休无止的雨水中，山林松软得似要坍塌一般，植物像鱼缸里的水草，从里到外都让水浸透了，整座大山笼罩在一片迷茫的水汽之中。鸟不鸣，兽无影，林子里显得出奇的静，动物都缩在树叶下，缩在树洞里，缩在岩缝中，艰难地躲避着这场秋雨。

天花山脉属于秦巴山系的延伸，面积广大，南高北低，南部是由英岩片组成的岩石，北部是浅变质性粉砂岩，中心地带为裸露的泥盆系地层，地面结构复杂多变，气候阴湿多雨。

周围是浓重的草腥气，是一眼望不到尽头的山，野绿野绿的，没有其他颜色。他看了看自己的手，手在水光里泛着绿色，指甲很长，也是绿的，没有镜子，看不见自己的脸，他料定，这张久已生疏的脸，注定也逃不出山野的绿。

血都绿了。

四年没有理发，四年没有刮脸，头发披散在双肩，胡子张扬地泼洒在胸前，已经失了人形。

面对无尽的雨水，他感到无奈，感到怅惘，只是无奈和怅惘，并不孤寂，他每天要说的话很多，对山毛榉，对独叶草，对蜘蛛，对四脚蛇……他的话它们都能听懂，它们的语言他也能理解，他和它们的交流不存在着任何障碍。雨水嘭嘭地打在窝棚顶上，这里那里都在往下流水，湿冷湿冷的，从骨头里往外冷。

他的欲望只有一个，吃东西。

需要一碗热汤面，漂着葱花，亮着红油，面里埋着菠菜，热腾腾的汤面。他想吃菠菜，有四年没有尝过菠菜的味道了，在山外头那是很普通的菜，山里头却是不长，因为这里的绿是太多了，漫山的青翠使那孱弱的小家碧玉无处安身，羞于与这山的大绿相对……对热汤面的向往被淅沥的雨声打断，山林深处，传来悠扬细腻的吟唱，吟唱随风而起，没有词语，只有韵律，呜呜咽咽，曲曲折折，让人感心动耳，荡气回肠。

这是只有“人”才能发出的声音。

他屏息凝神地听着，捕捉着其中的任何细微，声音很近，就在他的周围，婉转缠绕，时而在山腰，时而在谷底，时而挑逗般地在窝棚背后，时而在树的枝头，这声音让他喜悦，让他迷茫，让他一阵阵昏惑，一阵阵战栗。

这是山鬼。

山里淘气的精灵。

山鬼是屈原笔下饮石泉荫松柏，既想和人亲近又怀疑人的山妖。他的朋友耿建是画家，知他有寻山鬼之志，为他画了一幅《山鬼图》。画中一妖艳女子戴野花，披青藤，依松柏，驭虎豹，赤足袒臂，斜睇含情，极富感染力。耿建没见过山鬼，图上带有十足野性的美女无疑出自他的想象，出自拟人化艺术化的加工，对于艺术家来说这是成功，对于他这个现代人类学研究者来说只能是一笑置之。

山鬼究竟是什么？

未知。

明代学问家王夫之对山鬼下过这样的结论：此盖深山所产之物类，亦胎化而生，非鬼也。……昼依木已避形，或谓之木客。

山鬼的名字叫木客。

吟唱哼了半个小时，为一个炸雷所惊，戛然而止，一切又归于寂静。他失神地望着外面的雨，神情呆滞凝固，似在耐心地等待着什么。窝棚口立着一棵凹叶景天，一粒晶莹的水珠在景天叶子上滚动，迟迟地不肯落下来。

窝棚里的湿与外面的湿连成一体，低矮的“床”下是一道流动欢畅的水沟，沟里的水像正式的河流一样，由西向东，流得认真而执着，有时还翻起一个小波浪。“床”上铺的是兰草，草上的睡袋湿得能拧出水来。木板拼就的“桌”四条腿埋入地下，桌面被塑料布遮盖着，塑料布下面大概是天花山脉唯一的一块干爽地方，那里放着他的“F6尼康”相机，放着他的笔记本和搜集来的“山鬼”物件。他走出湿淋淋的窝棚，对着对面的岩壁久久凝望，后来开始大声喊叫，他的喊声不同于豹子，不同于猿猴，更不同于哼哼叽叽的熊猫，气流发自丹田，涌上喉管，冲击声带，这是人的喊声，这声音饱满、深沉、放任又充满机智。他用这种声音向大山宣告自己的属类，宣告自己的立场和观点，宣告自己是山林的一员。他和山林的一切都是朋友，他与它们同呼吸，共命运，须臾不能离开。他的“人吼”被对面的山岩撞回，碎成无数叮当作响的碎片，散落在他的脚下，散落在这片树林的草丛中，拾掇不得。他等待着回应，等待着那他能理解并听懂的歌声，却不能如愿。

今天他又失败了。

他开始“做饭”。面湿透了，柴湿透了，包括那个被熏得看不出本来面貌的铝锅也湿透了。热汤面成了无端的妄想，就是有火，他也做不出那缠绵的面。他从面口袋里揪出一块黏糊糊的面，将它捏扁又捏方，真不知如何处置这块让他无措的东西，正如不知处置使他同样无措的生活，不知如何处置那个永远凄凄怨怨的杨青雅和他的那个“突如其来”的儿子。

他无数次地回想过他和杨青雅的婚姻是如何开始的，却总也想不清楚，好像是杨青雅的父亲在其中起了主导作用，那位杨教授选择女婿的标准与选择研究生的标准在概念上发生了混淆，在研究生毕业的同时他转换成了女婿角色，研究人类学的他竟没有研究透女婿所应该承担的义务和责任，于是生活变得一塌糊涂。跟在那些沉闷的资料数字面前没有激情一样，他在他的妻子杨青雅面前同样没有激情，他不知如何应对缠绵悱恻，在床上时常蛇一样扭动的妻子，他不敢碰她，躲闪着她热辣辣的目光。她哭着说他有病，让他吃了不少中药，也并未见增加多少热情，于是他就承认自己真的有病，总是惭愧，总是不安，总是惶惶不可终日，总是怕天黑……七年前他随着国家组织的“不明生物科学考察队”进天花山脉寻找“不明生物”，他看到熊猫们在竹林里目中无人地交配，看到羚牛在光天化日下肆无忌惮地做爱，他也很冲动，想象着他的女人，应该是……应该是……谁？

绝不是杨青雅！

最让他无措的是从考察队回到家，妻子竟在医院生产，他在天花山整整待了两年，两年中他凭空得了个“儿子”，这局面让他难堪，让他一时搞不懂是怎么回事。在丈母娘讳莫如深的催促下他来到了医院，丈母娘告诉他，所有的丈夫在这个时候都应该出现在产床边，他就来了，提着丈母娘塞到他手里的一罐鸡汤，跟真的似的……在病房里，他看到了半躺半卧，红光满面的杨青雅，看到了襁褓里的“他的”儿子——一个长得与金丝猴相差无几的小东西。杨青雅当着他的面将那个“猢狲”亲了个遍，很认真地告诉他，新生儿都长得这种模样，都像猴子一样，以后慢慢就好了。他站在那里木然相对，感到浑身不自在，委屈、憋闷、恶心、厌恶，他面色苍白，冷汗淋漓，杨青雅在他面前毫不难为情地与小“猢狲”亲热，她在宣示一种爱，这出自她的本能，她需要这种宣示，这让她感到充实，感到幸福。他却觉得起腻，觉得这种宣示中有明显的挑战成分。

他明白了，这个家从此再不会有他的位置。

从医院回来，他一刻也没有停留，背上行囊又奔了天花山。其时，“天花山不明生物考察队”已经解散，国家已不屑在这个渺茫动荡的项目上花费资金，但是他却总以为有什么在牵扯着他的魂魄，有些不尽然的东西在呼唤着他的归来。没有任何犹豫他重新回到了这里，并不是为了逃避那张猴脸。

他成了单枪匹马的寻找者。

山林由此变得更为深邃。

在天花山，他有一种回归故土的放松与自然，有一种与这片山林的和谐与默契，有一种赴约的喜悦与激动。他的生命属于大山，他的归宿也应该是大山，他认为他的前生一定是山里的一棵树，一根草，一只在松荫下嚅动着三瓣嘴的灰尾兔。

抑或是山鬼木客。

他只是还没有跟它相遇罢了。

人们多次在天花山里看到过“野人”，当地光绪十八年撰修的县志上明确记载着这样的内容：天花山境内有野人由来已久，俗称山鬼，又曰木客，喜歌善笑，性温多疑，老君岭一带高险幽远，石洞如房，多此物，长丈余……解放后的县志上还记载了他的父亲，一个航空物探工程师在老君岭相遇“野人”的事情。

那是一次全国性的地矿普查，他的父亲带着一个小分队在老君岭做地面标志工作，那天是 1956 年 5 月 6 日，下午 4 点 30 分，父亲和两个队员在当地向导王双印的带领下从翠峰后面的虎豹河上去，翻过核桃坪，到了老君岭半腰的营盘梁，这是一个包围在崇山峻岭间的秀美山梁，山上长满栎木和红桦，地面有密集的筐柳灌丛。在这静谧的森林中，人们不自觉地产生了一种神圣敬畏之感，勘察队四人走成一列纵队，踏在松软的落叶上没有一点声响，突然走在前面的王双印站住了，大家也不约而同地站住，也就在同时，谁都看到了站在前面的“人”。据父亲后来描述，那个“人”个子很大，头发很长，全身是褐色的毛，眼睛很亮，微黄，眉弓很高，臂长……人和“人”彼此凝视着，都有些出乎意料，后来“人”转身向旁边的灌木跑去，这时父亲举起枪向那个躲避的“人”扣动了扳机。父亲打中了“人”的右肩胛，“人”摇晃了一下，用手抹了一把，掌上满是鲜血，它回过身来不解地看着身后这些人，嘴咧了咧，向着他们龇了龇牙，黄色的眼睛蒙上了一层翳翳。父亲再次举起了枪，王双印用手托起了父亲的枪口，对着“人”大声喊：跑！“人”好似猛然醒悟过来，以极快速度闪到一棵庙台槭背后，弄出哗啦哗啦一阵声响。大家追过去，不见了它的影子，只看见树干上留下的殷红的血迹。人们在树的周围搜寻，不见踪迹也不见血，它如同飞升了一般，突然化掉了。王双印说这就是山鬼木客了，人是找不到它的，它和树融为了一体，除非你把这棵槭树伐倒，它才会死。一个队员说这不是山鬼，这是野人，应该写份材料向有关部门报告。来自湖北的一个队员说，他老家的深山也有这物件，它们常常将人拦住，反反复复只问一句：长城还在否？你只要说“修长城”，它立即就逃了，据说是当年为逃避秦始皇修长城而匿于老林的先民后裔……他的父亲没有说话，父亲后悔了，为自己那一枪而后悔，直到老人临终前夕还在为他年轻时的唐突感到内疚，还在自责：它已经躲了，我还伤了它……

他一次次地想过，如果是他，他绝不会向它开枪，他会走过去，向它诚挚地伸出手，或许那将是另一种结局，或许庙台槭不再带血。

现在他找到了父亲当年所遇的槭树，庙台槭是世界的珍贵树种，据说全国也没有几棵，而在这里，却是成林的一片，只是外界无人知道罢了。木客藏匿的这棵槭树高大而挺拔，粗壮得三个人也搂不过来，它缓慢的生理过程注定了它无多的改变，树上布满青苔，已无血迹可寻。

他在庙台槭旁居住了四年，却再没见木客从中走出。

一只美丽的云豹常常光顾这里，这里是它的地盘，他的到来让它不安，几次对他发威，在他的窝棚口威胁他，在他巡视的路上阻劫他，他都是回避，再回避，绝不和它发生任何正面冲突，久之它发现这个人并没什么恶意，不跟它争夺食物和配偶，时间长了，它感到了习惯，把他认作它领域内的草和树，成了它统辖范畴内的一道活动风景，成了它捍卫的一部分，它有必要保护这一部分的秩序和安定，这是它的职责。

雨还在下。

小岩鼠拖着一根湿漉漉的大尾巴钻进窝棚，它是他的老熟人，是住得离他最近的邻居，有两只，他将它们一个唤作“岩岩”，一个唤作“鼠鼠”，岩岩是公的，鼠鼠是母的，它们住在窝棚后头的岩缝里，“男耕女织”，夫唱妇随，过着如胶似漆的恩爱生活。鼠鼠比较含蓄，矜持而害羞，到他这儿来串门一般都比较拘谨，岩岩不行，岩岩活泼外向，坏主意也多，到窝棚来动辄就上桌，动辄就往他身上爬，很是没大没小。进来的这只岩鼠沿着棚檐很自信地周巡了一圈，攀上木桌，坐在罐头盒上，眨着亮晶晶的眼睛看着他，似乎只有这样跟他才是一种平等的交流。他看出来了，眼下这个是岩岩，鼠鼠比它胖，鼠鼠脑门上有两道棕色的毛，说话也不这样尖声尖气，更不会往罐头盒上蹲。岩岩爱跟他套近乎，夏天的时候一天能造访十七八次，没时没晌，想来就来，有时半夜上他的床，温温的小爪蹬在他的脸上，把他搞醒，很没礼貌。更有甚者，每回来了不能空手而归，离去时总要顺手牵羊地将方便面、饼干一类的吃食捎带走，不厌其烦，不顾影响，一趟一趟地搬，搬得理直气壮，大义凛然。有一回他忍不住去访问了岩鼠们那小小的窝，竟然在那些饼干渣中间拽出了他的一只袜子。对赃物的启出，对方并没觉得怎样难为情，它们跳上跳下叽叽喳喳解释个不停，吵得他耳根疼，最终只好搭进一把黄豆了事。

此刻，岩岩就坐在他的对面，从对方的郑重情绪上他体会到这是一次正式的拜访，不是随便的溜达。秋雨过后山里的温度马上就下降，不出一个月雪花就到，不少动物要冬眠，岩岩是来告别的。小东西年年这个时候要过来很认真地跟他坐会儿，代表着一个家庭的短暂离开。他将一块水果糖递了过去，岩岩接了，老练地剥了糖纸，把糖块填进嘴里，立时它的腮很夸张地鼓了起来。

他说，这个不能贮存，你得马上吃了它。

岩岩叽叽了两声，把糖从侧囊里退了出来，一会儿它的嘴里就发出嘎嘣嘎嘣的声响，幸福得它手舞足蹈。

一只血雉嘎声叫着，擦着窝棚顶飞了过去，它是国家一类保护动物，尊贵之极，优雅之极，平时一贯是不紧不慢的，如今这样张皇准是遇到了什么意外。他探出身去搜寻血雉的去向，外面看不出任何异常。岩岩蹲在罐头上不屑地打了个喷嚏，见他不再在乎它，将桌上的几粒强力银翘片塞到嘴里，踌躇满志地蹿出去了。

他披上雨衣来到崖边上，雨明显地小了，谷底起了雾。再过一个小时这些迷漫的乳白就会将四周遮严，树木、青藤、苔藓和他的窝棚都将被白所淹没。天色暗下来了，他看见对面陡峭的石壁上有光在闪耀，似灯笼，又似火把，迤迤逦逦，缥缥缈缈，走出了一种情致。他朝山岩喊了几声，灯光熄灭了，接着被浓浓的雾阻隔，什么也看不到了。他知道，对面那近乎垂直的岩壁连岩羊也不能驻足，更何况打着灯笼的人……

回转身，他看见他的窝棚口放着一束通红的羊奶子果，羊奶子学名苦糖果，忍冬科类植物，生长在海拔1000米左右的河坝地带，状如羊奶，粒大汁多，酸甜可口，是山里最好吃的果子。山底下的果子如何上了山，来到这海拔 1900 米的高处，并且能够采撷整理成束，绝非岩鼠们所为。他摘了一颗，果子熟得有些过分，黏稠的浆液沾了他一手，吃到嘴里，凉凉的，他缩缩脖子，舒服得眯了眼睛，就像岩岩吃了他的水果糖。

山里的事不能用正常的逻辑来解释，诸如那莫名其妙的火光，诸如这扑朔迷离的山果，还有那随性而起的歌声……随时随地，他可以遇到很多奇奇怪怪的荒唐。

这里是山鬼出没的所在。

第二天降温了，棚子顶上结了薄薄一层霜，风吹在他身上，寒意很重。一夜间，林木像是稀疏了许多，对面青檀的叶子也不像前日那样油润柔和，变得发黑发暗……更远的山上有了猩红鹅黄。

凭经验，他知道，冬天的脚步近了。

小岩鼠的感觉比他还要敏锐。

雪一下来，行动就会受到很大制约，他必须在冬日到来之前到核桃坪去一趟，从老王王双印那儿搞来米面油盐和一些过冬的东西，老王那儿是他的根据地和大本营，是他的幸福港湾。老王曾是他父亲的朋友。

当然，他和老王还有一件很重要的事情要解决。

他沿着老君岭的山脊向下走，林子里有鸟在唱，“山——山客回去”。他在林间寻找着劝他回去的鸟儿，终于在苦楝的枝头看见了它，一个灰黑色的小家伙，小巧的尾巴一翘一翘的，脑袋左一歪，右一歪，一歪一声“山客回去”，显得很忧郁也很滑稽。

十几条旱蚂蟥在延龄草尖上晃荡着半截身子，等待着向肉体进攻的时机。它们对鲜活的血液有着本能的喜爱，一旦攀上谁就狠命地吸，让一条线一样的身体无限充盈，几十倍地胀大，你不进行武装驱逐，它们便一吸再吸，直到把肚子撑破。他的气味越来越清晰地传过来，他走近了，蚂蟥们兴奋又紧张地传递着信息，吸盘饱满地张开，身体努力地伸展着。近了，近了，它们清楚地看见了他那张熟悉的脸，嗅到了温热毛孔散发出的甜酸的气息，于是一个个身体由于激动而微微战抖……终于，擦肩而过了，他好像早有所料，用棍轻轻把那几叶草茎拨开，很敏捷地迈了过去。立刻，草间响起了蚂蟥们失望的呐喊，它们说这不公平，它们在这儿已经等了一个月了，身体只剩下了一张皮。他朝蚂蟥们笑笑，想的是小玩闹们的思维太简单，几年来它们的埋伏地点竟然没有丝毫改变……

密林中传来杨青雅亲吻“猴脸”的声音，一抬头，他才发现树上蹲满了猢狲，是珍贵的金丝猴，毛色金黄，缎子般的闪亮，小脸湛蓝，蓝得如同秋日的晴空，美丽得让人窒息。它们早就发现了他，似是要给他一个突然的惊喜而故意地深沉，故意地收敛，猛然一声尖叫，如得了解放的命令，霎时林子里闹成一团，它们喊叫着，嬉闹着，每个都在尽量地表现着自己，有的从他的头顶荡过去，掠起一阵风，有的故意撩拨他，在离他很近的地方做出惊险动作，它们不怕他，也不想回避他，它们努力用自己的欢乐感染着他，毕竟它们和他在物种上更接近，他们是亲戚，真正的亲戚，熊猫算什么东西，岩鼠算什么东西，差着十万八千里呢。面对着这个热闹快乐的群体，他竟然想起了医院里的小“猴脸”，“猴脸”的父亲是谁，他不知道也不想知道，既然已经不在乎便用不着为此伤神，孩子对他毫无意义就像杨青雅对他的毫无意义一样，让一切顺其自然，像山里的花开花落，冬去春来，该怎么结束就怎么结束。

四岁的“猴脸”大概像山魈。

告别猴群往下走了两百多米，山脊向东北偏转，他看到了北坡那一大片箭竹林。80年代末，这片竹林曾经开花枯死，成了一片荒凉的“死海”，那是箭竹每六十年的一次劫难。当年的老竹已经发黄发黑，溃不成军，成熟的竹籽落到地上，新的竹长起来了，比原先更加茂密，更加生机盎然。这些年轻的竹，它们的根系在扩展，在繁衍，它们的张力在雨后的山地上勃发。六十年实在太短暂，这大约也是他的生存年限，他想，在他死去以后至少它们还会健康地生长几十年，他的生命不长，竹的生命也不长，但彼此的生命是交错生长的，加起来就很可观了。

竹林的一角被摇得哗哗作响，不用看他也知道，那是三三在作怪。三三是他前年三月三日在这里相遇的一只雄性大熊猫，那时它正在和一只比它大很多的雌熊猫周旋，他发现它们时，雌熊猫正把头抵在地上，跟三三调情。三三骑上去了，骑得很勉强，不到十秒就草草完事，完了事的三三扭头就走，没尽兴的雌熊猫赶上来拦住它，三三开始莫名其妙地看着对方，后来索性坐下来，任着雌熊猫围着它一圈圈地转。雌熊猫急了，狠狠地在三三后腿上咬了一口，三三表现出了好男不跟女斗的气度，站起来挪了个窝又坐下了。雌熊猫几次做出了动作，三三就是不接招，雌熊猫翻脸了，朝着三三就扑咬过去，三三落荒而逃，屁股上挨了雌熊猫重重一拳。那时候三三不主动是因为它还小，是那种不谙世事的半大猫，现在三三大了，成了一只毛色光亮、身体匀称、风流倜傥的青年熊猫，他好几次看见三三在它范围以外的地方追逐异性，为交配权和别的雄性打得你死我活，遍体鳞伤。

他与三三的沟通极为简单，除了对异性的争夺以外，三三对一切都表现出它的退让与友好，它性情温和，不像其他动物那样多疑、谨慎，三三的头脑是简单的，这个世界对它来说并不复杂，所以三三对他的接受是平淡的，既不惊惶失措也不欣喜若狂。第一次相遇它们四目相对，坐了一下午，后来三三睡着了，他也睡着了，醒来时各走各的路。第二次见面，他像给岩岩一样给三三吃糖，三三把糖坐到了屁股底下，那块上海出的“大白兔”奶糖在它的后臀上粘了足足有半个月。再后来是三三给他表演爬树，它爬上去摔下来，爬上去，摔下来，故意地摔给他看，逗他高兴。他也爬了一次，却是下不来了……

他拨开浓密的竹丛向动静“游”去，不出所料，果然是三三。吃饱了的三三将两只前爪分别架在两棵树叉上，身子很舒服地依靠着一块岩石，发出呼呼的鼾声。一束阳光照在它身上，黑白相间的毛显得更加分明爽朗，让人感到了艺术的完美和造物的精心细致。三三的眼睛其实很小，而且是高度近视，但是那个描黑的大眼圈弥补了这种缺憾，加之它胖嘟嘟的笨拙，使它有了玩具的气质，有了孩子的纯真，让人一看便产生了爱抚搂抱的念头。

野生动物中，最能和人亲近的大概就是大熊猫了。

他举起了相机，对着三三连拍了几张，快门的响声惊动了三三，它睁开眼睛看着他，许久没有反应过来，那神情完全像一个刚刚被吵醒的婴儿。终于，三三认出了他，从喉咙深处发出轻轻的一哼算是打了招呼，接着伸出前爪，撸过一把竹子，轻而易举地将它们折断，像吃芹菜一样，从根上嚼起，将竹叶全部留下。三三吃完这把再撸一把，继而又一把，吃得惬意而酣畅，完全不用费力，它就躺在自己的食物中。边吃边拉的三三，屁股下边很快搞得很不清爽，一会儿，双臂范畴内的竹子所剩无几，它极不情愿地站起身，只移动了两三步又噗的一下坐下，再接着撸，再接着吃，重复着刚才的动作。山上有的是竹子，没谁跟它争抢，它吃得从容不迫，心安理得。他观察了三三近一个小时，再次吃饱了的三三顺势一躺，将一只后腿翘得高高的，前掌搁在滚圆的肚子上，在他的目光下，又呼噜呼噜地睡着了。

看着他的熊猫朋友，他觉得应该对它发点议论，ailuropodidae，哺乳纲大熊猫科大熊猫属，了得，科学为这个独特的物种专设了一个科目，是中国的独一无二也是世界的独一无二。本应是凶狠威猛的食肉类动物，在生命的进程中竟然一退再退，一让再让。争不过吃肉的便吃草，争不过吃草的便吃竹，竹子坚硬，营养极低，没有哪一个食草动物肯对它垂青。熊猫肯，为了活着，它以它那典型的肉食齿列，忍辱屈尊，一天要吃掉体重一半的竹子，这些竹子可供它吸收的营养只有 17%。跟它同时代的剑齿虎死了，恐龙倒下了，猛犸象绝迹了，它们变成了一块块古化石，散落在地球的各个角落。但是大熊猫活下来了，以它的退让和满足，以它那十足的近视眼，以它那为保全自己的慵懒和逆来顺受的禀性，成为了人类的宠儿，走出了中国，走向了世界，这是剑齿虎们不能与之相比的。熊猫的哲学，体现着中国的个性，体现着道家“上善若水”的精髓，暗含着中国人人性的悲哀。

可爱、可怜又可恨。

站起身时，他发现了身边巨大的脚印，才下过雨的湿地上，一行足印伸向前面的冷杉林。也就是说在雨停以后，在黎明时分，它在这里走动过，就在他窝棚的下方，就在离他不过几百米的地方，他与它再一次失之交臂。他压制住猛烈的心跳，仔细地测量着那些与人十分近似的印迹，长 42 厘米，深 3~5 厘米，步幅 80~100 厘米，应该是个身高 2 米、体重 150 公斤的大块头……他朝着冷杉林吆喝了两声，林子里飞起一只红腹锦鸡，耀眼夺目地向一片领春木扎去。他知道是没戏了，但还是沿着脚印向前走，随着草和落叶的增多，印迹渐渐模糊，最终消失在绝壁的岩石上。他琢磨了半天，想不出它会走向哪里，是腾空而起还是钻入洞穴，还是像他父亲见到的那样，遁入某棵大树……在不远的灌木上，他发现了一撮褐色的毛发，他小心地将它们取下来，夹在他的标本夹子里，类似这样的东西他搜集了不少。窝棚里，他保存了 300 多个胶卷资料，写有 170 万字笔记，还有其他的许许多多，山里的春夏秋冬，他每天都很忙碌。

回到箭竹林，三三仍旧在睡觉，他没有打扰它，从它的下面过去了。他想起了美国人夏勒谈论熊猫的一段话：“熊猫没有历史，只有过去。它来自另一个时代，与我们短暂的交会。”他认为这段话不适合于三三，倒适合于木客。

太阳快落山的时候他来到了核桃坪。

核桃坪是山间一块狭小的平地。

住户三户，村民十一人。

一条小河沿村北流过，河水撞击着岩石，溅起白色的泡沫，发出振聋发聩的声响，其声势与单调寂静的村落极不谐调。由老君岭下来的小路被河水阻拦，又为两根搭在石上的细木接引，使路得以延伸，细木颤颤巍巍，摇摇晃晃，被水花溅得精湿，踏上去让人胆战心惊。两三间茅舍，五六头黄牛，七八块薄田，十数棵核桃树，勾勒出了小村的生存状况，从某种意义上来说这儿是个不错的世外桃源，只是没有陶渊明们来发掘。核桃坪的无霜期是一百二十天，谁也不能指望着这一百二十天能长出什么好庄稼，麦子亩产百余斤，刚好包住种子；靠地膜种出的老玉米稀稀拉拉，大半还照顾了狗熊和野猪。山高地寒不产菜蔬，只出洋芋和四季豆，偶有萝卜“丰收”，会被视为山里的珍奇。这里属天花山动植物自然保护区，一草一木均受国家保护，每只动物都是爷，许它吃你，不许你吃它，它吃你是生存，你吃它是犯法，把山民们整得整个没了脾气。政府要退耕还林，规划年底将核桃坪的三户十一口人搬到两架山外的姜家寨去，姜家寨离县城还有二百一十公里，那里有公路，人口相对比较集中。

老王家住在坪东头靠近河边的地方，一明两暗三间土房，房有年头了，是老王娶媳妇时盖的，现在老王已经七十六岁了。王家房的周围是一家几代人开垦出的田，玉米已经收获完毕，光秃秃的田里冒出大大小小的石头，像一个个奇形怪状的岛屿，一块一人多高的青石旁长出了一棵野胡桃树，树没有石高，树干狰狞扭曲，痉挛般地蜷缩着，一副伸展不开的模样。

那是个不平凡的所在，他不由得朝那棵树多看了几眼。

王家房顶的茅草已经发黑，几处还苫着塑料布，压着石头。房后头吊了两个木桶样的东西，中间有洞，是养土蜂的蜂箱。房前有干净平整的场，场上晾晒着烫过的洋芋片，是冬天的食粮。场边上一只母鸡领着一群毛茸茸的鸡崽在觅食，一只正睡觉的花猫无端地被母鸡挑衅性地啄了一嘴，母鸡在警告花猫，不许碰它的孩子。台阶上趴着一条瘦骨嶙峋的狗，狗见了他懒洋洋地打了个哈欠，摆着尾巴到后面猪圈去了。

老王坐在堂屋地上用铁片刮洋芋皮，盆子里的洋芋长出了长长的芽，蔫蔫瘪瘪的，很不新鲜了，老王对付蔫洋芋很在行，他手里的铁片像长了眼睛，转动灵巧，绝不会多刮掉一丝芋肉，小洋芋在他手里，三两下就变成了白球。对他的到来老王没有表示出太多的热情，手里的活计没停，嘴里简单地嘣出一个字：坐。

老王的神态颇像林子里的熊猫三三。

他坐了，眼睛很快适应了屋里的暗。王家墙上的镜框里排了不少照片，多是老王和他的儿孙各个时期的留念。另一个镜框里有老王逝去父母的影像，老王的父亲憨厚朴实，老王的母亲朴实憨厚，一望而知，他们生前都是本分农人。遗像的左右角夹了两张当红男女影星的相片，很有些金童玉女的味道。

老王的老婆在灶台前忙碌，桦木劈成的粗柴在灶底下呼呼燃烧，大铁锅里溢出煮腊肉的香味。老王扔下蔫洋芋从镜框后头摸出了一封代转的信，已经被拆过了，是老王拆的，老王虽然不识字，老王也要拆，一定要拆的，不管懂不懂。

信是某市三二九研究所法医组对他寄去的一撮毛发的化验结果，结论说，通过压膜制片、毛干切片、毛小皮印痕检查、血型物质测定和毛发角蛋白的PAGIEF分析，认为送检毛发不同于猩猩和人类，而是来自一种未知高级灵长目……接下来是一大堆表格。

看了那些报告，他呆坐着，不知想些什么。

老王说只有山鬼才有红头发，不用化验他也知道。

他又想起了耿建画的《山鬼图》。

老王说家里的腊肉都煮了，让他明天全带上山。他表示吃不了那么多，老王说以后他想吃也没得了，核桃坪的全体村民冬月底都要搬下去了，那时这儿就成了一片荒地，世世代代居住的地方成了荒地……老王很伤感，便再无话。他也说不出什么。后来老王建议他得空出山去看看医生，老王认为他有病，可老王也说不出他哪儿有病。他把一口白牙朝老王龇了又龇。

老王说，甭龇牙，你就是山鬼，还找啥子山鬼吆。

老王老婆把饭弄熟了，玉米豇豆大糙子粥，四季豆煮腊肉，炸洋芋片，很丰盛，是山里过年的吃食了。腊肉块很大，一块肉装一个碗，得用手撕着吃。酒是王家自酿的苞谷烧，又冲又烈，喝一杯就上头，让人晕晕乎乎不知身在何处。

喝了两杯酒老王告诉他，今秋的玉米让木客吃了大半。他问老王，怎知是木客吃的。老王说，除了他还有谁能掰着吃嘛，它顺着垄一吃一条线，把青皮剥了吃得好仔细。

他说也许是熊。

老王说，熊不是这个吃法，熊一吃一大片，不会走垄，连皮啃。

他说会不会是野猪。

老王说，野猪更笨，它把苞谷秆拱倒了只会瞎咬一气。

他说这个木客就差不会喝酒了。老王说它是没逮着酒，逮着酒了它一准是个酒鬼。

两个人喝酒说话的时候王家的鸡狗猫就一齐在他腿下钻，等着他的赏赐。吃到半截，花猫跳上他的膝头，又上了桌，探头探脑地舔他的碗。老王的老婆不上桌，她怀里抱着喂猪的木勺，骑在门槛上，看着他们乐。

老王呵斥他的老婆，说了一辈子了，让你不要骑门槛，偏要骑门槛，死活不懂规矩，像这样的水平到了姜家寨，还不让那儿的女人笑死。

老婆仍是骑着门槛，仍是乐，对老王的训斥毫不理会。

他看见老王老婆的大脚指头从解放鞋里钻了出来，一伸一缩地很有意思。

老王对他的生活很满足，对今年尤其满意，他说他挖猪苓挖了两千块钱，一辈子也没见过这么些钱，说是到新地方要给老伴好好做身衣裳，老伴傻归傻，可给他生了五个儿子，如今五个儿子都在外头干事，有一个还当了乡长。老王说他一辈子不离开核桃坪照样不会缺吃少喝，给官家交粮纳税，他一笔没少过，就是不明白为什么非逼着他们搬家。他说人家移民都往美国、加拿大移，他们往姜家寨移，农民搬家不比城里人，换个房子就是了，农民搬家的内容多得很哪，先人的坟得带着，猪得带着，两桶蜂也得带着，还有猫狗什么的，都是有生命的东西……

老王一边喝一边唠叨，完全是自己跟自己说，全不顾及他听没听。他不想深入老王的烂豆腐账，带着一张红彤彤的热脸走出了房门。

核桃坪的夜晚清凉如水，深蓝的夜空繁星满天，天河横贯头顶，像一条迷蒙的云。有卫星在移动，匀称而缓慢，一颗两颗，向东向南向北……人的痕迹无所不在，包括那寂寞孤独的宇宙。周围的群山一片黑暗，山顶林梢有星星在闪烁，像豹子的眼睛。

老王不知什么时候来到了他的身后，老王望着天空说，天河分岔，单裤单褂，天河调角，棉裤棉袄，你看，天河尖已经搭上老君岭的东北梁了，冬天来了。老王的话音未落，一颗流星划过晴丽的天空，接着又是一颗，又一颗……数不清的星不知从何而来，也不知向何处而去，在头顶形成了流动的绚烂，形成了童话里才有的精彩与辉煌。

他激动地喝彩：流星雨！多好看的流星雨啊！

老王淡淡地说，死人了，死了好多好多人。

星空归于寂静，他和老王在清冷中默默地站着，各自想着心事。半天老王说，要不你明天把他带走吧……我知道，这是早晚的事……

他看着老王，他的眼睛很亮，像刚才逝去的星都流到了他的眼里。

老王躲闪着他的目光，喃喃地说，他是不会跟我走的，虽然我们是兄弟。

河那边有麂子在凄清地叫，一声接着一声。

露水下来了。

……这一夜，他没有睡安稳。

早晨，他和老王掂着镢头来到了地里的大青石旁，老王老婆在后头远远地跟着，表情古怪，不知是哭还是笑。

大青石默默地迎接着他们。

野胡桃阴郁地歪斜着，石周围的牛膝、毛茛、艾麻、车前草呈现出不自然的绿色，顶着白霜在风中尖着嗓子唱出最后的挽歌。

松鸦加入了它们的合唱。

动土之前老王焚了几张纸，是他孙子暑假留下的作业本，权当冥钱来用。不知是烧给土下的亡灵还是地面的野胡桃树。随着泥土的翻起，胡桃树倒下，蒲公英的毛絮飞扬起来，它们跟着风旋向河对岸，旋向伟岸高耸的老君岭。

土的下面多是石头，棺木很浅，已经烂朽，23 岁的骨殖显露出来，泛着青绿和惨白，静静地卧在坑底，仰望着核桃坪深秋无力的阳光，仰望着自他睡去以后无多改变的山川河流。老王朝下面喷了口酒，跳了下去，双手托起那些骨殖，先是头骨，后是胸骨，再是四肢，一块一块递给他。他接着，臂弯的重量由此而加重。

他急切地想走，他的心情很激动，一副魂不守舍的样子，连老王老婆煮的肉也不要带了。老王隐约体味到他那种赴长路的悲壮，老王将他送出很远，送过小溪，送上去老君岭的路。彼此都不说话，老王很忧郁，他这种情感是他这个粗糲的山里人所从来没有过的。他看着老王微红的眼圈有些惊奇，搞不通老王是为了他的离去，还是为了搬迁，还是为了和兄弟的分离。他让老王别送了，老王就站住了脚。

老王说，回去问你的爹好，我们快五十年没见了。

他想，这个老王是老糊涂了。

老王说，你很像你的爹，从背影看，你们就是一个人。

他跟老王告辞，背着包往上走，转过几个弯，看见老王还站在那里向他挥手。

山上有一群羚牛在接他。

回到老君岭，他发现他的窝棚遭到了前所未有的掠劫。两根柱子被连根拔起，棚子半边坍塌，锅碗之类沿着山坡滚得满世界皆是，粮食被抛撒一地，再无法收敛。所有的瓶罐都翻了个底朝天，所有的织物都被撕了个稀巴烂，他千辛万苦搜集来的“证据”、标本更是在劫难逃，入侵者似有意跟他过不去，就连那些石膏灌就的木客脚印也被它一只只掰断，咬烂，抛到岩缝间，抛到树杈上……

是壮壮干的。

那只壮硕无比的黑熊童心未泯，爱开玩笑，爱干些出人意料的恶作剧，不是搬块石头塞住了他引水的木槽，就是偷吃老王给他捎来的蜂蜜，那罐蜜，无论他藏到哪儿，它都能把它找到，说狗鼻子灵，壮壮的鼻子比狗还灵。它不像岩鼠般的明偷，它是趁人不在的暗抢，跟岩鼠们一样，到这儿来总要有些收获才是正常，没有空手而归的道理。这回壮壮是吃了过多发酵的浆果，那些果子在它的胃里变成了酒，醉了，发酒疯。不拆自己的窝，偏要来拆他的窝，就像有的人醉了不骂自己，骂别人一样。

他去找壮壮算账。他不知道壮壮醉了，他是觉得壮壮的玩笑开得有些过分，街里街坊地住着，怎能干这吹灯拔蜡的事情。他放下背包，想了想又背上了，他怕再来一个壮壮，他已经输不起了。

壮壮在它的地盘，在它最喜欢的一棵橡树上采橡实。

他说，壮壮。

壮壮装作没看见，继续跟一根粗壮的树枝较劲，它费力地摇晃着那枝，成熟的橡实立即像冰雹一样砸下来，砸在他的脑袋上，生疼。一阵橡雨过后，他又仰着头朝上面喊，质问壮壮为什么动他的东西。壮壮不理睬，上得更高。壮壮一定以为他和它是一样的，它已经为他扔下这么多橡实了，什么样的赔偿也抵得上了，他怎么还没完没了。

壮壮确实很忙，这个季节谁都很忙，它没有时间为它酒后的行为做深刻反省，它要在冬季到来之前吃大量的东西，比如橡实什么的，把自己吃得胖胖的，然后猛睡到来年春暖花开。

他跟壮壮嚷了半天壮壮也没理他，其实他对这头黑熊是一点办法也没有的，说是“论理”，不过是跟它喊两嗓子罢了，真惹得它动了性子他就会吃不了兜着走，不能得理不让人，看壮壮这样子，已是自知理亏，他还是见好儿就收吧。他不再跟壮壮浪费时间，背上背包里的坚硬骨骼抵着他的脊背，让他的心总是在提着，总是处于一种潜在的兴奋中，跟壮壮较真，不过是没事找事的能量聚集，是开场前的锣鼓，好戏还在后头。

好几天，他没有走出那架已不能遮风挡雨的窝棚，老君岭上再不见炊烟升起，也不见他再对着山岩呐喊。

本来已准备昏昏睡去的岩鼠，强克着深重的倦意，摆脱着生物钟的制约，来到面貌皆非的窝棚前，已寻不到进入窝棚的旧路，它们叽叽地上蹿下跳，不知如何是好；血雉踱过来，对着窝棚嘀咕几声，飞走了；熊猫三三固守着自己的田园，对于疏访的朋友并没有投入多少关注；羚牛们派来代表，一头健壮的公羚在窝棚前足足伫立了三个小时，无奈地离开了；来得最勤的是黑熊壮壮，它挺着滚圆的肚子步履蹒跚地在棚周围迂回，它对自己的“杰作”感到满意，窝就应该是这个样子的。云豹在棚子后面跟壮壮打了一架，它不能容忍壮壮老从它的地盘上过来过去，一副大爷的样子。吃饱喝足的壮壮有着充足的体力，它这个时候也最想打架。云豹更是个喜欢争强好胜的角色，它不能忍受壮壮的目中无人。它们两个在棚子附近的厮杀惊天动地，踏倒了一片灌木，滚下了数块大石头，就这，也没引出棚子的主人……

窝棚里是出奇的安静，窝棚外面却是空前的热闹，在冬日到来之前，老君岭的动物们像是在赶场，谁都到这儿来遛了几圈，对那架窝棚投以关注的一瞥。

它们没看见他。

他下山了，他要到天花镇办一件他认为极其要紧的事情。

这是几年来第一次出山。

与来时比，天花镇多了些漂亮的宾馆和小巧的发廊，多了些花花绿绿的彩旗和挂着广告的大气球，多了些游游荡荡、无所事事的男人和女人。一切都显得很飘浮，很过分，很不稳定，好像谁的心里都很烦躁很委屈很无奈。他与人群的格格不入使他在这一天成为镇上的中心，从他走出山林踏上水泥桥的那一刻起，他就成了镇上孩子们追逐的对象，他们围绕着他，一边高喊着“野人”“野人”，一边向他投掷石头和土块。男人们为他的奇特扮相惊奇得眼睛发直，女人们被他身上散发出的不好气味捂鼻逃窜。

他目不斜视，心境坦然地干着自己的事。

出了邮局进饭馆。

饭馆老板将他粗暴地推出来，一步没站稳，跌倒在脏水沟里，本来就看不出眉目的衣服变得更加污秽不堪。没有人扶他，一圈人围着他看，张着嘴乐，模样都像傻×。他紧挨一泡人粪坐着，面无表情地看着自己擦破了的渗着血珠的膝盖，脑海里一片苍白。一个妇人，脸上带着夸张的慷慨，扔给他半块饼子，那架势就像扔给一只无家可归的狗。

他拒绝了。

立刻那妇人变了脸，拍着胯向众人说，不吃！他倒要了个大！

过来一帮游客，很稀罕地对着他拍摄，小声地传递着信息：天花山里的野人到镇上来闲逛了……

机会千载难逢!

他闭着眼，不做半点解释，他清楚，自己已经走出了人的圈子，已经不属于这个世界了。这一点，从他走进天花镇，进入邮局便已得到了印证。业务员从他手里接过那张被揉搓得不成样子、染成绿色满是草腥气的百元大钞，眼神里竟然满是恐惧，好像他是来自另一个世界的幽灵，他的钱也是从那边带过来的冥票。业务员在验钞机上反复检验那张钱，待她五分钟后抬起头时，“野人”已经离去了。

现在，他唯一的愿望是吃一碗热汤面，吃一碗他想象中的漂着葱花、汪着辣油、埋藏着菠菜的热汤面。

这个目的没有达到——人不给他这个机会。

面对着陌生与丑陋，此时此刻他更想念山中那些率真热情的朋友们，岩鼠、血雉、熊猫、黑熊、云豹、羚牛还有木客，它们不会对他扔石头，不会使用鄙夷厌恶、居高临下的眼光。

这是人所特有的眼光。

一只猫头鹰毛羽不整地从他的面前跌跌撞撞地斜穿过马路，两个孩子跟在后面穷追猛打，猫头鹰在白天的视力极差，它明显地受了伤，已经飞不起来了。这里的人视猫头鹰为不吉，俗称“夜猫子进宅，无事不来”。猫头鹰走投无路地扎进路边的柴火堆里，小孩子拿棍使劲捅……他想，中国的幼儿教育实在是厉害，一只“可恶的大灰狼”，从小就把人和动物对立起来了，把动物按人的观念爱好分成好的坏的、凶恶的善良的，从根上就错了。狼要吃羊，是因为它的生理需要，因为它的食物链所安排，动物有动物们的秩序和规则，不像人，除了同类，什么都想往嘴里填，什么都想往身上披。

两个穿制服的人在入山的水泥桥上拦住了他，要将他带到森林公安管理处去，说他在林区的出现直接威胁了这片山林的安全。他的眼睛直了，他不理解，不知他妨碍了谁，他朝着制服们龇牙，发出了不谐调的吼声。这吼声，黑熊、云豹们都能懂，但是制服们不懂，其中脑满肠肥的一个拽出了一条绳子要绑他，他推倒了两个上来帮忙的好事之徒，绕过了两棵树，以岩鼠般的灵巧和捕捉他的人周旋，人们嗷嗷叫着，热烈地起着哄，两个原本有一搭没一搭的制服也有了精神，对众人喊道：抓住他，他是盲流！

他像那只受伤的猫头鹰。

猫头鹰钻进了柴火垛，下落不明，他在脑满肠肥的肚子上顶了一头，最终夺路而逃。

后面的人一窝蜂地锲而不舍。“抓野人”的呼声在天花镇上荡起，人越聚越多，用不着怀疑，在这一地区的“野人”记录史上，将再一次出现“野人”曝光的记录，目击者有一二三四五六七……

慌不择路，他也不知怎的就来到了窝棚对面的山岩上，搜索他的小分队在身后的沟里迂回，人声狗声在喧嚣，声音里透着亢奋，透着紧张，无论是人还是狗。他站在崖顶向对面望，都是熟悉的景物：半塌的窝棚，高大的庙台槭，茂密的箭竹林，密密匝匝的灌木丛；窝棚里有他，庙台槭里有木客，箭竹林里有三三，灌木丛里有云豹……一种亲切感油然而生，那里是家，是的，那里是家，是他的归宿。他从来没有过现在这般轻松，这般舒展，他深深地吸了一口气，肺泡里顿时充满了薄荷清香，那香来自涧的底部。

有人从侧面攀上了岩顶，他们看见他朝着落日站着，他绿色的面孔带着笑，身上披着一层金辉，有云从下面涌了上来，轻柔的，白得耀眼的云。他踏了上去，消逝在白云中……

风起了，响起了咿咿呀呀的吟唱，没有词语，只有韵律。

他不是在下坠而是在升腾，像是电影的慢镜头，先是他的小棚子和槭树，继而是一片矮化杜鹃，接下来是麻片花岗岩岩体，突出的岩石下面是深色的山的皱褶，一棵通红的枫在迎风摇曳。不是皱褶，那分明是个石洞，也不是枫，是夕阳下的木客，他终于看见了它，它在洞口悠然地坐着，双腿垂下悬崖，一双大脚在空中荡着荡着，嘴里哼着歌……绿升上来了，无休无止的绿，薄荷的气息变得浓郁、凝固……

山鬼木客。

（半个月后，古脊椎动物研究所收到了一份从天花镇寄来的包裹，是一个近似人类的颅骨，附带着一份简要报告。内容如下：

农民李春桃，1902 年生，女性，天花山核桃坪人。1930 年 3 月在田间劳动，被一直立行走的不明动物掠上山，两个月后自行逃回。回来后怀孕，于当年 12 月产下一子，取名王双财。据当地人回忆，王双财从生下起周身便生棕色短毛，足大臂长，面目似猿，身材低矮，不会言语，举止怪异，但能解人意。其兄王双印介绍，王双财活至二十三岁，自然死亡。王氏家族中兄弟六人，只有王双财“与众不同”。征得家属同意，2001 年 7 月 19 日将王双财的遗骸取出，初步测量结果如下：

从腿骨判断，死者生前身高 1.42m，臂长与腿长不成比例。头骨高 8cm，前额低窄，眉脊向前方隆起，脑量不大，是正常人的三分之二。眼眶部结构特异，眉间垂距 5cm，猿人为 5.6cm，现代人为 2.8cm。枕骨大孔较一般人小，枕部平展，枕骨粗窿不明显，与我国晚期化石智人相接近，显示了脑髓不发达的特质。

从以上粗略情况看，核桃坪王双财颅骨与类人猿接近……请进一步研究验证。）

猴子村长

20 世纪庚申年的冬天，天气酷寒。

秦岭深山在冷的基础上又加上了阴，天色铅灰，近一个月没见太阳，涧里的水几乎要凝固了。听不见哗哗的水声，林子里静如亘古，偶有鸟鸣也是懒懒的几声，有一搭没一搭的。竹林密密麻麻，稠得化解不开，挺着一层层老绿，抵抗着这难耐的严冬。一只胖胖的竹鼠，从竹丛里钻出来，昏头涨脑地在岩石上转了一圈，又钻回去了。是它冬眠的季节，不知怎的跑出来了。

侯家坪村长侯长社和他的父亲侯自成走在寂静的山道上，两人谁也没有说话，也无话可说。长社当村长有两届了，上边很有提拔的意思，据说下届乡领导班子提名，长社的名字排在第二，很有竞争力。当了两届村长的长社，已经很有些官派了，虽然工作地点就是在村里，却永远是一身干部制服。当时乡村干部的流行服装是黑呢子中山装，领子口钉着线钩的领条，那领条以细化纤线为主，基调是白色和浅棕，钩针的手艺展现着干部夫人们的技巧和审美观点，是女人炫耀丈夫，丈夫展示女人的重要标识。当然，无论是白和浅棕，最终都会被穿成油光发亮的黑。穿上了黑呢子干部服，钉上了线钩的领条，也还不能说完全就是个干部，要知道，真正的干部他那件干部服永远不会正儿八经地穿在身上，得披着，很匆忙又很随意地披着，露着里面的毛衣，厚厚的化纤毛衣花样繁杂，也是屋里女人的产物。难怪当地人说，男人前边走，系着女人两只手。只要县里乡里开会，你看吧，一色的黑呢子，都披着，没有谁特殊。

现在，长社走在他爹的身后，在这天寒地冻的山道上，他还是那件黑呢子制服，媳妇给他准备了大棉袄，他不穿，他不能想象村长穿着大棉袄出现在营盘梁人跟前的情景。与往日不同的是，今天他的两条胳膊伸进了制服的袖筒，但还是敞着怀，显示了与众不同的风度。毛衣再厚也不挡寒，山间阴冷的风从他的前胸吹进来，又从后背穿出去，打了个穿堂，他还是挺着，硬挺着。这种硬挺的精神在侯家坪年轻人当中长社表现得特别突出，侯家坪有一大拨子“社”，堪社、正社、安社、建社、学社……50年代不知道地区为什么会有个“社”的情结，那个时期出生的孩子都叫了“社”，但无论哪个“社”，谁也没有“长社”有出息，因为长社当了村长，而且是两届。侯长社在侯家坪是说一不二的人物，主意多，有人缘，年轻不大威信却很高，比他的爹有本事。他的爹，怎么说呢，用村里人的话说，有点……有点……窝囊……

侯家坪离营盘梁四十里，一路缓上坡，这个距离不算远也不算近，可以当天打来回。

前天，营盘里的许奉山老汉捎下话来，说省上在营盘梁盖动物保护站，盖房的时候在梁顶杉树林里挖出了几具人骨，其中一具的旁边有颗秦岭籽玉，据他的记忆，好像是侯家老大侯德丞的物件。这种籽玉为秦岭黑河特有，又叫黄蜡石、白蜡石，颜色有白有黄，晶莹剔透，鸽子蛋大，不是什么值钱东西。侯家坪、营盘梁沿河一带男人常在烟荷包上坠这种石头，为的是烟口袋不飘。附近村的人都知道，侯家坪村长侯长社的祖父侯德丞1935年出山卖党参，半道遇到了徐海东、程子华率领的红二十五军，不知受何种动力驱使，这位侯家长子当下就扔了药材参加了红军。长社祖父随着红军走出没有二十里，在营盘梁就遭遇了国民党七十三师和地方民团的阻击，一场恶战打了两天两夜，林间尸骨成堆，血流成河。战斗过后，七十三师转往汉中，红军继续北上，双方匆忙撤离，丢下上千具尸体，散落于山间沟壑，当地老乡看不过去，将尸体就近埋了，也顾不得谁是国民党谁是共产党，谁是白狗子谁是红军，通通埋作一堆，打了乱仗。有人看见，侯家老大也在死难人众中，埋在哪里却无人能记得。后来有人将消息传到了侯家坪，侯家的人才知道去卖党参的大儿子永远的回不来了。长社的祖母多次到营盘梁找寻过丈夫的遗骸，只从一户农家找回了祖父从不离身的长筒猎枪，祖母抱着枪坐在梁顶痛哭了一场，埋怨丈夫心狠，埋怨自己命苦。那年长社的父亲刚刚开始走路，从此以后，祖母每年在祖父离家的这天都要带着儿子到营盘梁的树林里烧纸，以祭奠不归的丈夫。祖母去世后，长社父亲还是按日子年年去祭奠，长社知道，其实祖父在父亲的脑海里是一片空白。长祖做梦从来没梦见过自己的祖父，他相信，父亲跟他一样，也一定没梦见过。

严格说，侯长社的父亲应该是革命烈士的后代，但是父亲一点儿也没利用这个有利条件，父亲不识字，头脑简单，就知道打猎，对什么也没兴趣。当过村支书，当得稀里糊涂，没有任何政绩。解放初期，县上来人，说给安排了粮食局的工作，父亲竟然死活不去，情愿守着两间板房和一个半傻的老婆，在山间靠狩猎挖药过清苦日子。长社却不然，长社是个有头脑、追求进步的人，他看不起木讷混沌的父亲，认为父亲没有抓住最应该抓住的时机，否则他的前程将是另一种样子，他绝不会在三十岁的时候还是个不起眼的小村长。就能力和见识比，他什么也不缺欠，缺欠都在父亲身上呢。

摊上这么一个父亲也是无奈，他不能跳过去直接当祖父的儿子。

现在，在这寒冷时刻，父亲去寻找他的父亲，硬要拉上他，这事具有一代接一代的象征性质，是父亲他们那一代人爱做的套路，长社心里明白，在一坑掘出来的陈旧骨殖中，根本找不出任何结果，不过是完成一项心的历程罢了，有秦岭籽玉的男人有的是，难道都是他的祖父不成，也只有他的傻乎乎的爹才会去认什么籽玉。

爹的手里攥着一刀黄表纸，是准备敬献给祖父的，长社觉得都是瞎掰，什么事让父亲一整治，就带有了某种意义，跟真的似的。在山道转弯处，父亲停下来等他，对他说，见到你爷爷，不要要干部架子，得磕头。

长社说行。

这是条出山的要道，山峰环耸，道路盘迂，小路两侧森林幽暗，细竹茂密，长社想，当年年轻的祖父就是从这条道上担着一担党参，颤巍巍地大步走过的，这竹丛树林，这山间溪水，包括这条不变的小路，都曾经在祖父的眼中闪过，但是祖父根本就没有把它们看在眼里，祖父心里装着大事，祖父参加了革命。侯家在侯家坪是大户，旧时家境尚算小康，过着小康生活的祖父走得那样的义无反顾，那样的坚决，将吃奶的儿子和媳妇撂在家里，连头也没回，究竟为了什么，这个谜一直让侯家的人不解，他们试着做过种种猜测，都不能解读这个执拗长子的率性举止。长社想，自己的性情大概和祖父相近，不喜欢平常，讨厌习惯，总期望着改变什么，调整什么，安身立命，抱残守缺，这是父亲，不属于他和祖父。他若生在那个年代，也一定是个革命者。

奉山老汉和他的两个孙子在半道上迎了，老汉今年八十六岁了，嘴里一颗牙也没有了，白胡子白头发，满脸红光，猛一看，以为是遇到了山神爷。奉山老汉是唯一和长社祖父有过交往，见过祖父的人。据老汉说，1933年冬天，他曾经跟着侯家祖父一块儿上过一趟汉中，是帮着运草药，他们在汉中盘桓了半个多月，住在谢家巷二十一号，药铺宋掌柜的后院。侯家祖父在营盘梁战死那年，奉山老汉十九岁，十九岁的他认不清谁跟谁，枪声一起，奉山就跟全村的人躲在梁对面的岩洞里。那时候，一有情况，甭管是过兵还是闹匪，营盘梁百姓唯一的去处就是上山、钻洞。奉山老汉不止一次地对长社说，怪得很，他祖父死的当天晚上，山上的猿猴哀鸣了一夜，惨哪，漫山的死人，漫山的血腥，那情景连猴子也动情了。长社问打仗跟猴子有什么关系，老汉说猴子在山里是和人最接近、最通人性的东西，除了不会说话，它们的思维和人没有区别。奉山老汉和长社父亲都是远近闻名的好猎手，他们的名声甚至传到邻近的佛坪县，传到更远的青木川，成为当地猎人们师爷级的人物。但是师爷级的人物突然在同一个时刻放下了猎枪，并且永远地脱离了这个行当，这是出乎人们意料的。不打猎的猎人由此变得无所事事，变得迟钝，变得有些婆婆妈妈，大有些英雄气短的模样，这是长社对父亲和奉山老汉不能理解的地方。

当然，现在都不让打猎了，国家将山里的动物按数量多少都给排了级别座次，一百单八将似的，比人珍贵。狩猎的山民也都改行种了苞谷，跟大熊猫似的，由吃肉改为吃竹子，连性情都变了。

没有进村，他们跟着奉山老汉直接到了杉树林子，盖房的工作停下来了，林子里堆了不少建筑材料，几个工人坐在石头上抽烟，都不是本地人，是保护站请来的施工队，看来是奉山老汉有话，这些人在专门等待侯家坪的来人。原来该挖地基的地方已经成了个大坑，坑里杂乱地排列着人骨，人骨发着青黄，无声无息，直面着阴霾的天空。气氛变得肃杀而阴森，没人说话，在场所有人的脸上都映着晦暗的绿。施工队的负责人说那边还有一个更大的坑，横七竖八的骨头有一米厚，不能在死人堆上建屋，保护站已决定另寻新址，等侯家坪的人认领过后，这些坑准备照原样掩埋。

长社朝坑里探了探身子，一股阴气飕飕往上冲，坑里的几具骷髅瞪着空洞的黑窟窿正齐刷刷地看着他，仿佛都在争着说，我是你爷爷！

长社回撤两步，站到了爹的身后。

奉山老汉指着坑里第二具遗骸告诉长社爹，说籽玉就是从它旁边发现的。长社爹听了立即一脸的庄严，毫不犹豫地进到坑里，小心翼翼地将那具骨上的泥土拂拭干净，翻动审视着它们。奉山老汉也下到坑里去了，和父亲小声地说着什么，父亲不住地点着头。长社站在坑沿上，有些茫然，他不可能再下去，下面已经没有他站的地方。他不知道父亲在下头还能翻出什么证据，单凭一颗山里的籽玉就判断是自己的先人，这也未免过于荒谬，再说，祖父当年有没有籽玉全凭奉山老汉的记忆，谁能保证八十六岁人的记忆就那么准确。父亲未离祖母的怀抱就和他的爹分开了，对坑下这具遗骸他究竟有多少熟悉，有多少认同，让人怀疑。

许久，父亲才从坑里上来，身上沾满泥土的父亲很郑重地对他说，坑里躺着的是你爷爷。

长社惊愕得说不出话来。

奉山老汉也上来了，进一步佐证说，长社家的人都是宽额，兜下巴，高颧骨，坑里的遗骨具备了侯家的特征，是侯家祖父无疑。老汉说着洒下两行眼泪，叫着长社祖父的名字说，德丞啊，你该着有这天哪，老天爷安排我活着没死，就是等着今天来认你，等着送你回家呢。长社父亲听了奉山老汉的话，眼里也洇出泪花，嗵地跪在地上，轻轻地喊了一声：爹——

长社这辈子喊了无数回爹，还是头一回听见父亲喊爹，他想，这大约也是父亲有生以来第一回喊爹，祖父死时父亲还不会说话。

爹在坑边燃了纸，奉山老汉想得周到，带来了酒，在坑前洒了。周围的工人们都丢了烟静静地站立着，大家都知道了，坑里边的骸骨是个红军，是革命的先辈，难免有了许多敬重。长社开始不知该怎么办，在原地转了两个圈，终于跪在父亲身后。

天上飘起了雪花，后来变成了冰冷的雨，唰唰啦啦，打在杉树上，打在人们的身上，打在坑里一具具骨骼上。

奉山老汉说，这是德丞在哭，积了近七十年的委屈啊。

父亲又叫了一声爹，虽然声音不大，却是撕心裂肺，让人动情。随着父亲叫爹的音刚落，一声凄厉的猿啼在林中响起，如同哀怆的长哭，如同痛彻心脾的叹息。紧接着，啸声四起，山林震撼，哗啦啦，二三百只金丝猴飓风般向梁顶拥来。猴子们在梁顶，从这棵树悠到那棵树，从那棵树荡到这棵树，鲜活跳跃，像阴雨中的片片霞光，让树下的人看呆了。

猴子并不怕人，人也没有回避的意思，雨越下越大，长社和众人寻了个突出的岩石，在下面躲避这场突然袭来的急雨。猴子们为雨所激，纷纷由高处下来，大小混杂，一圈圈儿围坐在大树下，依靠树冠遮蔽雨水。一时间，数百只猴儿停止了躁动，突然没了一点儿生息只剩下周围哗哗的雨声。父亲告诉长社，每棵树下蔽雨的群体都是一个家族，猴子是极有组织，极有家庭观念的，群再大，家族的小组织不能散，血脉连着呢。

长社下意识地望了一眼那个坑，雨水浇在坑里，溅起了浑浊的水花，他跑过去，拉了块建筑用的雨布，将那坑盖了。回到岩石下，他看到了父亲赞许的眼光，他知道父亲误解了他的意思，爹的想法太狭隘，他盖那块雨布，绝不是为了什么祖父，他是觉得无论是谁的骸骨，也不能让冷雨这样无情地淋。他是村长，村长的襟怀不只是想着家族，想着血脉，他想的是大家，是一个群体。

雨水顺着猴子金色的长毛往下淌，有猴子顺着脊背为对方捋水，捋一把将掌上的水甩几下，动作与人十分相近。一只大猴在各个家族间游走，应该是这个群落的统帅，它很有风度，不慌不忙地巡视着他的臣民，走到哪棵树下，哪棵树下的猴子便纷纷起立，迎接它们的王的到来。猴王摸摸这个脑袋，拍拍那个的肩，于是那些被摸了脑袋拍了肩的便很有了光彩，更加唯唯站立，目不转睛地望着它们敬爱的王。猴王在哪棵树底下，这个家族立即受宠若惊般地一通忙乱，母猴们趋近上前，搔首弄姿，极尽殷勤，公猴远远站立，毕恭毕敬，不敢造次。一只小猴，淘气攀树，从树枝上掉下来，一声尖叫，整个猴群为之所动，轰的一下围过来，将小猴围在中心。猴王走过来，拨开众猴，将小家伙抱起来反复验看，确认无伤，背上它上树去了。

岩石底下一民工感慨地说，头回见，简直跟人一样啊。

奉山老汉说，你以为？你们年轻人，没见过的多了，奉山老汉说这些猴子今天到营盘梁绝不是白来，是给烈士送行来了，七十年前它们为这些人送过葬，为这些人整整哭泣了一宿，是多么仁义的东西啊，人都没做到这一步！

有谁说死在这儿的也不全是红军。

奉山老汉说，可他们全是人，有血有肉、有家有室的人。猴子们不管你是哪拨的，是什么党，就像人对猴子的分群不感兴趣一个道理，无论是猴还是人，都是太阳底下的活物。

长社觉得奉山老汉说话没有把门的，在老汉的嘴里，革命和反革命，人和畜生被搅成一锅粥，都成了“太阳底下的活物”，什么话！凭这一点，老汉就永远当不了村长。

雨下了近两个钟点才慢慢停住，到处都湿漉漉的，父亲来到土坑前，将一块老旧的包袱皮在湿地上铺了，再次进到坑里，从泥水中将他认定的骨殖一块块拣出，小心翼翼地放在包袱皮上。长社看见父亲的双脚踩在脏臭的水里，裤管湿了大半截，花白的头发在坑沿一起一落地，心里很不落忍，他要替父亲干一会儿。父亲不让，父亲说这该是儿子干的事，他到今天才来，已经很对不起他的父亲了。

长社只好和大家一样，站在坑口上看，被捡出来的骨头已经糟朽，横七竖八地支棱着，长社想象不来，这些带有浓郁霉腐味儿的乱七八糟，会和一个鲜活的生命联结在一起，会和他，侯家坪村长侯长社联结在一起。

多么的神奇，多么的不可思议。

许久，父亲才从坑里上来，跟奉山老汉一块儿摆弄那些骨头，一块一块地数，最后说还差两块锁骨，又下到坑里去找。

父亲要把祖父完整无缺地带回去。

那群猴子不知什么时候跑得没了踪影。

有人说长社的祖父早就是地下党，是红军在傥骆道上的交通员，汉中宋掌柜的药铺是共产党的秘密联络站。侯家祖父若活着，论资格，再差也应该是中央级别的人物，可惜死得太早，让侯家的子孙没得着济。而今，中央级别的孙子侯长社在秦岭深山当着村长，每日的工作是催粮要款，组织生产，计划生育，兴修水利，管的是鸡毛蒜皮，家长里短，想想似乎不太合适，现在中央级干部的孙子哪个还在家乡当村长呢，一个也没有。

乡亲们议论，长社的提拔也是明年的事，不谈家世，单说能力，能跟长社比的也不多。侯家坪虽然穷，但长社领着大伙在努力地干，种山茱萸苗子，点木耳，栽天麻，再等三五年就能见成效，三五年后的侯家坪绝不会像现在这样在经济上提不起来，那时他们的村长说不定早就提拔到县里去了，有能力的人哪儿都想要。这样的说法在村里传得很开，大家说这话的时候也不避讳长社，长社听了就装着没听见。

骨头背回来了，小包袱一直在堂屋“天地君亲师”的牌位前供着，祖父的新墓由县民政局拨款，建在侯家屋后的坡上，在院里一抬头就能看见。山里有汉白玉矿，就地取材，没花多少钱，只用一个月便修成了。写墓碑时候，在“红军战士”和“革命烈士”的叫法上，长社和父亲颇有分歧，父亲主张前者，长社赞同后面，最终还是依了父亲的，因为墓里要埋葬的毕竟是父亲的父亲，不是长社的父亲。虽只是遗骨，长社父亲还是坚持做了很正规的棺材，下葬的时候，父亲将那些骨头按顺序一块不错地摆了，盖上了红棉被，又将祖父那杆老式猎枪放了进去。这杆枪原本应该随同村里许多猎枪同时上缴，因为属于革命文物，再说也坏得不能用了，破例留了下来。有时候村里小学进行革命传统教育就将枪借去，成为很重要的教具，所以，村里无论是谁，对这杆枪都非常熟悉。长社看父亲将革命教具也埋了，便揶揄说，背着枪到那边还要接着打仗么？

父亲说，你懂得个屁。

安葬这天，副县长，县民政局长和乡长都来了，送了花圈，奉山老汉作为生前好友，被奉为上宾，坐在副县长的右边。小学校吹起了鼓号，村里放了鞭炮，一时惊得山里的雀儿乱飞，久久落不下来。全村人都来帮忙捧场，但凡沾了点儿亲的都穿了孝服，白花花一片，很是轰轰烈烈，好像侯家的老祖父是昨天才去世一样。县长说，侯德丞同志是全县参加革命最早的老先辈，是侯家坪的骄傲，是秦岭大山的骄傲，是我们永远学习的榜样……

长社父亲作为孝子，表演也十分到位，磕头上香，上供烧纸，一丝不苟。长社虽然跪在孙子的位置上，心里一直在犯别扭，他想，天知道汉白玉碑石下的骨头是谁，也说不准是哪个民团混混，硬是让老头子背回来当了先人。

女人们在厨上忙活，村长家过事，谁能不出来帮一把？大碗的臊子面让官员们吃出了秦地面食的水平，都说是借助了老红军的光，这顿饭实实是侯家的老祖父请的。官员们离去的时候，副县长单独把长社叫到一边，让长社星期一到县上来一趟，说有重要的事情要谈。长社问什么重要的事，县长说来了就知道了。乡长凑过来开玩笑说，侯村长，你现在也是革命后代了啊，星期一路过乡里，我拿吉普车送你进城。

长社脸一红，很有些不自在，心里倒是喜滋滋的。他偷偷瞟了一眼“红军战士侯德丞”的墓碑，墓碑上的字迹通红鲜亮，光彩照人，让人振奋，想及下面那灰暗陈旧的骨，觉得世间很多事情，外表和内里都是不一样的。

奉山老汉悄悄对长社父亲说，这回长社要进步呢，德丞一到家，侯家的势就起来了，挡也挡不住的。要是早些回来，情景会更好……唉，什么都是定数。

长社的父亲只是叭叭地抽烟，不说一句话，从营盘梁拾回来的那块籽玉已经被父亲擦得锃亮，拴在了烟荷包上，成为了父亲的一部分。

长社的媳妇玉芝是精明人，她不失时机又很自然地往主要领导的车里塞了不少核桃、柿饼、香菇、木耳，跟司机们说都是山里的土特产，都是“值不了几个钱”的东西。

要人们走了，忙碌热闹的一天过去，侯家坪静了下来，新立起的“红军坟”在夜色中默默地注视着小小的村落，注视着它脚下安睡的子孙。长社躺在炕上，身子来回地翻。媳妇问他怎的了，他说热，说被里有个跳蚤老是在咬。于是两口子起来掀开被捉跳蚤，折腾了半天，也没逮着。玉芝忽然问长社，县上是不是要把他调上去。

长社说，你别瞎猜。

玉芝说，看县长那神态，很认真的样子。

长社说，女人见识，你懂什么，提拔干部从来都是按部就班，哪儿有从村直接越级上县的。

玉芝说，要越级也不是不可能，陈永贵还不是从大寨一下奔了北京国务院，你问问全县干部，他们谁的先人是红军级别。就是乡长也要拿吉普送你进城呢，他是巴结你。

长社说，也就是咱爹跟那个多事的奉山罢了，抱回堆烂骨头就当爹，鬼知道它是谁。

媳妇听了不高兴，说，长社你是聪明还是糊涂，埋下的骨头它不是先人也得是先人，以后再不许你说这样的话！

长社说，我不是就跟你说嘛，跟爹我都没敢提这碴儿。

玉芝说，星期一上县你要收拾利落点儿，别让县上干部小看了。

长社说，八字没一撇。多半是要给发救济粮的事。

玉芝说，发救济粮也要通过乡里……

两口子一时都没了话。孩子在奶奶屋里哭，长社媳妇想过去看看，懒得起来。外面起了风，刮倒了院里什么东西，媳妇推了推长社，长社翻了个身，打开了呼噜。

长社媳妇很久没睡着，山坡上传来麂子一声紧似一声的鸣叫，月亮从云彩里钻了出来，照得屋里屋外明晃晃的。她想，明天得到供销社买点腈纶线，再给男人钩俩领子，买什么色儿的呢……还得买两个很城里的针织裤头，长社内里穿的大花布裤衩，万一住招待所让同屋人看见了，太怯，太掉价……城里人，眼光毒着呢。

侯家坪的人在等雪。

秦岭山地的大雪一般下在第一个数九的中段，时间提前错后，差不了三四天。

男人们焦躁地围坐在火塘前，抽着烟，等待着村长发出出发的命令。多少年没干过逮猴的营生了，原本以狩猎为主的山村已经不知道什么叫杀戮和血腥。

长社星期一直接从县上领回任务，今年春节以前，要为市动物园捕获六只金丝猴。这是经过国家批准的，有上级红头文件和印章，有国家林业部门的具体批示，只捕六只，不许多也不许少。侯家坪是金丝猴活动的中心地区，据林业方面调查，附近山上至少有三个猴群存在，每群都在百只以上。把这个任务交给猴家坪村长侯长社，是最合适不过的，侯长社的父亲侯自成是老猎手，五六十年代带领着几个大队围剿金丝猴，一次能逮数百只，经验相当丰富。那时候逮猴的目的是为了剥皮，一张金丝猴皮可以卖三块钱，是生产队的一笔副业收入。山里的生产队每年冬天都要逮猴，就跟平原上的农民每年秋天都收柿子似的，平常极了。逮猴必须团队行动，一家一户逮不到猴，人员的安排，队伍的随机调动，坚韧的耐力，适当的时机，很有讲究，不是谁都能干得了的事。现在国家不让逮猴了，就不逮了，猴们也知道了国家政策，开始大模大样地在林子里窜来窜去，糟蹋山民的庄稼，抢摘果树的胜利果实，谁都不怕。山民对这些家伙很讨厌，又奈何不得，因为它们个个身上都背着国家给发的“免死牌”，成了真正的“齐天大圣”。

长社跟交代任务的领导说他父亲早就不打猎了，这次怕帮不上任何忙。

领导说，猎不打了可经验还在呢，三国的诸葛亮也不是回回都冲锋陷阵的。

长社说，你不知道我爹，他倔。

领导说，你爹是老党员，他倔不过国家下达的任务。

…………

长社想的是领导还会给他说点儿其他什么“重要”事情，可是领导却问他还有什么事情。他说没有了，领导就从椅子上站起来。长社也不得不站起来，领导说，之所以直接将长社找来交代任务是事情太重要了，这件事政策性太强，交给侯家坪是对侯家坪的信任，末了领导拍着长社的肩让他好好表现，说组织上对他是十分了解的。

上级一句模棱两可的话，让长社的心扑腾了半天，揣摩了一路，一直到家，他还在咂摸这“十分了解”的意思。

长社回来立即传达了上级任务，将红头文件一字不差地给大家念了。全村的男女老少都很兴奋，尤其是男人们，多少年不让打猎了，这回上头给命令让打，自然是很过瘾、很正当的“工作”，有人提出，当年政府将猎户的枪都收了，现在要逮猴，应该返还回来。

长社眼一瞪说，动物园要的是活猴，不许使枪。

有人马上接上说，不让使枪就得砍树，要不怎能将猴围住。

长社看了看说话的人，是村里的老村长侯永良，按辈分长社应该管他叫“叔”。长社说，永良叔，树也不让砍，不能为了逮猴就毁林子。

侯永良看了长社父亲一眼说，不让使枪，不许砍树，怎样逮法，空手套白狼么。说完，又扫了长社父亲一眼。

长社父亲没有说话，将烟袋锅在火塘沿上狠命地磕。

长社说，所以说任务非常艰巨，所以县上才交给我们侯家坪。要是让使枪，派几个解放军不比让我们干省事。接下来长社宣布村委会研究结果，男人在雪下来之前钉木头笼子，侦察猴群情况，女人们为捕猴队预备干粮，为捕来的猴子准备食料，大雪一下，山上没有吃食，猴子自然会向山洼移动，向村庄附近靠拢，瞅准机会将猴群引诱到村东那块小空地，又冷又饿的猴子必定精疲力竭，再一举“歼”之。这个“歼”，特别说明只许使用棍棒，口袋等家什，只许击昏，不许伤及性命，注意事项一二三……

侯家坪的男人们听了许久没人说话，谁都知道这不是个好干的差事，现在不是过去，那时候逮猴是边围猴边砍树，逮一群猴要倒几片林子，最后的围歼是枪支棍棒齐上，在包围圈的狭小范围内，人猴大战，热血飞溅，双方都拼出最后的力气。农民要的是猴皮，所以将所有的猴一律往死里打，不允许一个漏网。那时候是大队、公社组织的，这样的活动得几个队联合起来人力才够。报酬是丰厚的，逮一天猴不论男女，不论逮到的还是逮不到的，都给记十五分工，尽管一个整工分（十分）才折合人民币三毛钱，可是连着干十天就是四块多，再加上猴皮的分红，不少呢。所以那时候逮猴，对农民来说不啻一个冬季的欢乐节日，人人都踊跃参加。

如今不比从前，让大家逮猴得讲价钱，要的是现钱，不是白干的。

金丝猴是国家一类保护动物，不似山里胡钻的地老鼠，它的所有权属于国家，不属于哪个村，哪一户，国家要国家的猴子，就好像把东西由这个口袋掏出来又装到那个口袋似的，用不着交什么报酬，国家给侯家坪的是逮猴的工费，没有本费，所以这钱就极其有限。拿有限的钱办很大的事，这是时下一种很普遍的做法。

长社和侯家坪的村民并不因为钱少就拒绝为国家逮猴子，好像谁的心里都有另一笔账，只是没有说出来罢了。全村唯一提出不参与这件事的只有一个人，侯长社的父亲侯自成。

没等会议开完，侯老汉就站起身，拍拍灰，回家睡觉去了。

玉芝这几天心里老埋着一件事，几次想跟公公张嘴又不知从何提起，到公爹屋里进进出出好几趟，心里猫抓似的搁撂不下，不是拿不定主意，是拿定了主意找不着说辞。长社从县上回来，带回来一个这样出力不讨好的任务，棘手不说，还要劳民伤财，猴子是那么好逮的么，那些满山窜的玩意儿，能老老实实让你装到笼子里……本想着男人上县能带回什么好信儿……看来是功夫还没下到。香菇木耳都送了，总不能送钱，长社一个小村长也实在没钱，再说，钱也不是土特产。家里真正的土特产在老爷子手里，在老爷子的箱子底上压着——一件金丝猴皮大衣。她知道，这件衣服打她进了侯家门就没见老人穿过，顶多夏天时候拿出来晒晒立即就收进去，衣服里子那长长的金色的毛亮着水一样的光泽，随着太阳的光线而变幻，华贵、美丽、细腻、轻柔，是万千羊皮袄无法相比的。好钢用在刀刃上，好东西用在茬口上，老压在箱子里，什么也不是，就跟钱似的，花着是钱，不花攥在手里，是一沓废纸。

见公爹在堂屋大笸箩跟前搓苞谷，玉芝抱着孩子凑过去帮忙，扯了半天逮猴的事，老爷子没说出什么，好像也不愿意说。玉芝转了大半个圈，终于搭讪着说，爹，今年夏天没见您晒皮衣裳。

长社父亲说：晒了。

玉芝说，皮子好着呢吧？

长社父亲唔了一声。

玉芝说，赶明儿让长社从县上买些卫生球，搁箱子里，老不穿，怕放坏哩。

长社父亲……

玉芝说，爹，你为啥不穿嘛？

长社父亲说，那不是猴皮是人皮。

玉芝说，爹怎这样说哩。

长社父亲说，那皮子看着很漂亮，你拿手将那些长毛一分，露出的是白碴碴的底，没有绒，一根一根的，像人的头皮。你想想，要是把头皮穿在身上是什么滋味。

玉芝说，看爹说的，怪瘆的，猴皮怎能跟人的头皮比。

孩子不耐烦了，开始在玉芝身上挺，唧唧呀呀的要往外奔。

长社父亲说，猴子和人是顶近的。

玉芝按捺住孩子说，您要是不穿，不如把它给了长社，长社穿出去也是件东西。

长社父亲说，他敢？

玉芝拍了一巴掌正在挣巴的孩子说，怎的不敢，又不是偷来的，山里头谁家还没有几张猴皮子。过去打猴，卖不掉不都分了嘛。

长社父亲直截了当对儿媳妇说，你甭算计我那件衣裳，我知道该怎么处置它。

话说不到一块儿去，长社媳妇夹起孩子出去了，看婆婆正在院里穿柿饼，顺手将孩子塞给老太太，自个儿到场上看钉猴笼子去了。

两个白花花的木头笼子已经钉好，面目狰狞地立在村委会的房前头。动物园装猴的铁笼也已运到，跟粗蠢的木头笼子相比，显得精致而现代。届时，逮来的猴子要经过动物园专业人员的严格挑选，挑上的用铁笼运进城，剩下的放掉。

这些细节都在合同上写好了。

大雪如约而至。

秦岭山地成了银白的世界，漫天飞舞的雪花，将天空，将山川树木连成一体，连成了一个混沌寒冷的大盆景。绿色的松花竹在雪的压迫下嘎嘎断裂，大熊猫在雪与竹的海洋里穿梭自由，雪的降临不影响它们的食欲与生活，它们那厚重的皮毛可以抵御零下的严寒。在冬季，有时它们也到侯家坪这样的深山小村里转转，光顾一下圈里的猪食，照顾一下谁家没收的洋芋，村人对它们见怪不怪，不招惹它们，也不理式它们，顺其自然。大熊猫围着村转两圈，觉得没甚意思也就走了。雪地里，来得最勤的是山猪，它们到处拱，拱得房前屋后乱七八糟，有时拱开农民的洋芋窖，一窖的洋芋就倒了霉。黑熊在窝里沉沉地睡着，大雪使山林更加寂静，黑熊的梦便走得更远，它哈出的气息融化了洞口的积雪，有上山搂柴的孩子见到黑乎乎的洞，知道“黑二哥”在里面睡觉，便远远地绕开了。雪豹无声地在它的领土上溜达，睃寻着借着雪天出洞觅食的兔儿。锦鸡没心没肺地往村里扎，图的是那一块块被人扫出的黑地……

猴子们从高处下来了。

从财神岭上下来的这群猴可谓饥寒交迫，疲惫不堪，岭上呼啸的风雪断绝了它们的一切食源，它们从海拔两千九百米的高处向下辗转迂回，明知越往下危险越大，还是得往下，毕竟生命的危机与生存的危机相比，生命是首位的。在半山的这块土地上它们发现了散落在雪地上的玉米棒子，像是收获时无意掉下的，这儿一个，那儿一个，地边儿还有一堆……几个冻了的烂柿子在雪里半埋着，半截萝卜滚在接近树林的草丛里。

雪停了，太阳在天上亮亮地照着，天蓝得发青，一丝云彩也没有，周围没有声响，只有在树梢上穿绕的呜呜的风，吟唱一般，高高低低，断断续续。

这是一个组织严密、纪律精良的猴群，它们并没有因为眼前的食物乱了方寸，而是自动地停下来，停在地边林子里的树梢上，不动声色地观望着。年年它们从山上下来，年年它们经过这里，偶尔这块地上也有东西残留，但从没有过这般丰盛，天哪，这是怎么了？

几只壮硕大猴按捺不住，发出了啁啁的声音，蹲在高处的老猴只轻轻扫过去一眼，它们便立即没了声音。老猴是这支队伍的首领，也是老得很了，毛尖全白了，下巴上长了很长的胡子，也是白的，眼的周围，分外的蓝，黑色的鼻孔向上翻着，嘴边的肉瘤，红得发紫，于是脸的色彩便十分丰富，十分的威严。

不约而同，众猴的目光都注视着老猴，它们在等待着首领的命令。

老猴沉稳地在树上蹲着，微闭着眼，不看那块发亮的土地，却时时地向林子里观望，向地的周边观望。

四周一片寂静。

一个小时过去。

两个小时过去。

半天过去。

有小猴耐不住性子，溜下树来，被它的母亲很快地提拉上，在怀里紧紧地搂了。

太阳渐渐倾斜，林子里越发地暗了，地里的光线却变得灿烂柔和，那些食物变得越发耀眼动心，在猴子们的眼中，这块地真是块“幸福的土地”。几只锦鸡不知从什么地方钻出来，拖着闪亮美丽的大尾巴啄食着玉米粒。贪心的锦鸡们边吃边刨，吃起来似乎没有止境，每只的嗉子都撑得老大，几乎要走不动了。接着来了只野猪，长嘴在苞谷堆里拱，呱唧呱唧吃得很惬意。

一只半大猴，跳到树底下，伸着胳膊探出身去，将地边草丛中的萝卜捡了，极快地蹿上树，迫不及待地啃起来，老猴看了半大猴一眼，没吭声。

天色黑下来，在老猴的指挥下，猴群撤离了，它们撤到了相当远的桦树林里，桦树的叶子已经掉光，那些干枯的枝足以庇护它们，于是一个家族一个家族相拥相抱，忍耐着辘辘的饥肠，在湛蓝的天幕下睡去。猴群们睡得极不安稳，一声寒鸦的啼叫，也让它们惊恐地躁动半天。

它们的梦境全部围绕着那块“幸福的土地”。

第二天，它们从另一个方向又来到了地边。它们不能离开这块地方，活着的本能驱动着它们，它们要将这块地探个究竟。所有的猢狲都具备着好奇心理，这是它们生命的弱点，是它们一次次被击败的原因。地还是那块地，阳光还是那阳光，只是那些苞谷，一个夜晚，被其他野物掠去不少。猴群在地周围迂回，整整一天，它们都在和诱惑抗争，和欲望决裂，痛苦至极。

如是者，两天。

第三天——

猴群照旧隐藏在树林里，老猴照旧沉稳地蹲在高处，看着这块地，努力寻找着地面的破绽，凭它的生存经验，它绝不相信世间有如此轻而易举的便宜，这样的经历在它漫长的生命里已经成为一次次血的记忆，成为一次次惨痛的教训。如今，它得对它的群体负责，得对它有着血缘关系的子孙们负责，不可轻举妄动，哪怕饿死，也不能自投罗网，任何一个判断的错误都将是全群的覆灭，都将要付出生命的代价。它已经看出，诱惑后面暗藏着杀机，暗藏着血光。

那几只大猴有些不耐烦了，颇有跃跃欲试的劲头，在老猴的身后不安地摇动树的枝干，只要头领一个眼色，它们就会立刻蹿出去。

老猴迟迟不下命令。

老猴太知道它的对手了，它的对手是和它们模样相近，两条腿走路的“人”，人是厉害的，是无可抵挡的，山里所有的动物都怕他们，都回避他们。

一只美丽的母猴拿眼睛深情地看着老猴，流淌出企求和盼望，母猴的胸前挂着她的孩子，一个出生不到两个月的小崽儿。小崽儿叼着妈妈的乳头，使劲地嘬，那个干瘪的奶已经供给不出任何汁液，小崽儿用爪抓着妈妈的胸。

另一只老母猴曾经是老猴的原配，在一次突围中弄瞎了一只眼，丢了半条胳膊，此时正倚在树杈上奄奄一息。她的生日不多了，就是有吃食，必也熬不过这个严冬。

那几只健壮的大公猴明显地已经表现出了不满，它们在老猴前面龇牙咧嘴，将尾巴旗杆一样，硬硬地立起来，开始示威了。

老猴知道不能过去，过去就是上当，上大当。

猛然，老猴感到猴群有些异样，回首那块地，却见从那边走过来一个人，这个人反穿着皮大衣，手里挥舞着一根长长的杆子，杆子上拴着红布条，嘴里大声吆喝着，企图将林子里的猴群吓跑。

有些猴见了这样夸张的人就慌不择路地急着要往林子深处钻，看老猴纹丝不动，便爹着胆子抱着树打哆嗦。老猴是太有经验的老猴，这样的情景它不是没遇到过，逢到秋天，地里的庄稼熟了，常有人在地里这样张牙舞爪，目的是轰它们走，不让它们吃庄稼。老猴知道，遇到这样的人用不着害怕，大凡这种情况都是虚张声势，这单枪匹马的人根本奈何不了它们。如果说刚才这块静静的田地还让它疑惑，让它知深浅，那么眼前这个人的出现，恰恰说明了这里很安全，这里什么事情没有。

老猴一声呼哨，上百猴子潮水般从林子里涌出，急切地奔向比篮球场大不了多少的空旷地面。猴子猴孙一只只从老猴跟前欢快地蹿过，奔向那块阳光充裕的田地，它们掠起一阵凉风，也掠起一阵阴影，让老猴体味到一阵眩晕般的激动。很快它感到那个人身上的“皮毛”似曾相识，从那金黄色的毛上，透出一股杀气，一股死亡的气息，这是个不祥的信号，是个真正拒绝的告示。它要收回它的命令，已经晚了，饥饿已极的猴群为地里的食物而牢牢吸引，任凭那个穿猴皮的人用杆子横扫，也赶不走它们。

侯家坪逮猴的人们在等待猴群进入埋伏，万没想到村长的父亲侯自成在关键时刻来了这么一手，这样一来，逮猴的计划全部打乱了。长社气得当下要从短墙后面冲过去，将爹揪回来。刚要探头，被永良老汉拽住了。老汉做了个手势让长社沉住气，长社气得一屁股坐在地上，背靠着墙，不去看在埋伏圈里大喊大叫的父亲。

侯家坪的人都愣了，他们从没见过平日沉默寡言的村长父亲突然反穿着皮大衣，一只大猴子一样在地里滚着、蹦着、喊着，这是干吗呢？疯了么？

东路有人弯着腰跑过来问长社怎么办。

长社赌气说，甭他妈问我，问我爹去！

紧接着西路的人也过来了，问要不要撤包围圈。

有人说村长父亲在圈里跳“忠字舞”，逮猴这事八成要泡汤。大家正不知怎么办好，却见猴子们不顾一切地冲进圈子里来，将长社父亲围在中央，抢吃抢喝，欢呼跳跃，呼啦啦，黄灿灿，将场地遮严。长社父亲被拥得一屁股坐在地上，用手遮挡着从他身上翻过去，跳过去，滚过去的大小猴子，嘴里啊啊着，说不出一句话来。眼前这情景实在出乎他的预料，他没有想到，这群猴会作出相反的决定，没有想到，这群猴会根本无视他的存在，长社父亲朝离自己最近一只公猴扔过去一块石头，砸在公猴的身上，公猴连理也没理，照旧撅着彤红的腚在泥土中翻找玉米粒儿。长社父亲用杆子捅了捅公猴肚子，大声说，跑啊，你们快跑！许是捅疼了它，公猴只刹那间分散了一下注意力，歪过脸来朝长社父亲龇了龇牙，便又顾及它关注的事情去了。穿着猴皮大衣的长社父亲无奈又失望地坐在猴群中间，抬头望着雪后晴丽的蓝天，一张脸扭曲得吓人。后来，老爷子索性站起来，冲着短墙后面喊，长社，你个狗日的不许过来！

侯永良猛推了长社一把，喊叫：还不快拉围子！

长社劈着声喊：拉围子！

立时，东西两路用手扯着塑料条子布，从岩石、从土墙后面飞出，无声地急速地跑着。像戏台上训练有素的龙套，谁都知道该干什么，谁都知道自己的准确位置，长社的距离设计精确到每一个点；长社的时间算计得精确到每一秒。有些精明、灵巧的猴子，在人流的合围之前从豁口逃出，大部分被严严实实地围在了中间。

年轻力壮的男人们进入到包围圈内，他们拿出了口袋，拿出了棍棒家什，进入了实质性的个个击破阶段。猴子们躲闪着，抓挠着，向着逼近的人龇牙、发狠，对向它们进攻的人反扑，但是它们逃不出帷幕去。

兔子急了会咬人，猴子急了也不是善茬。撕咬抠抓，辗转腾挪，猴没抓住两个，侯家坪几个人的脸上已经挂了彩，一个人的腿被咬破了血管，血流不止，着人掩护着，退出了战场。几个被抓破咬伤的见血急红了眼，抡开棒子不管不顾地打起来，猴子的血溅在人们的脸上，手上，热乎乎的，喳喳骨头的碎裂声、惨叫声激起的是人的更凶残的狠，但凡什么事，煽起来就收不住了，失了控，变成一场混战、恶战。长社父亲夹杂在猴群中间，几次被当作猴子，背上着实地挨了几棍，老人有些吃不住劲，倒在地上，被几个年轻的当作大猴要往口袋里装，一看是村长父亲，提起来扔到人墙外头，又扑进去打。

很快的，猴群窥出端倪，围挡的塑料条子布并不是坚不可摧的，揪着塑料布的不过是一群呐喊的没有什么战斗能力的人，他们手中没有武器，只需越过他们，越过那张看起来很吓人的布，便可以逃生。像是得到什么启示，猴子们纷纷蹬上人的肩、头，拼力地向外逃去。人立即变得无措，有一处的“围墙”倒了，猴群向着那边扑去，逃出去不少，“围墙”很快又立起来，猴子们又回头向后折，里面的人就更奋力地打，打昏了往口袋里装。

…………

太阳落山，侯家坪村委会前的两个大木笼子里装了十九只昏昏沉沉的猴，猴子身上基本带伤，大部分伤在脑袋，无论大猴小猴，每只猴子都在流血，有一只好像被打断了脊椎骨，软塌塌地贴在笼子底，动不了了。它们那美丽华贵的毛变得破烂不堪，它们那喜欢支棱着的尾，再也竖不起来了。关在笼子里的猴们沉默着，它们还没有从惊恐中回过神来，此时它们还没有感觉到痛，它们还没闹明白究竟发生了什么事情。

人的情景不比猴子好多少，所有参与捉猴的劳力都不同程度地受了伤，大部分是被抓伤、咬伤的，都伤在暴露部位，也有个别被棍棒击伤的，跟长社的爹一样，属于误伤。被猴子将腿部血管咬断的因血流不止，已经着人送出山去，看来是伤得不轻。还有一个本村的后生，让猴子揪去了半块耳朵，算是重伤，也随着担架出了山。村医疗站的小李领着一帮妇女负责给伤员包扎，主要是抹红药水上消炎粉，需要缝合的交给临时从乡上借来的赵医生处理，也还井然有序。村里的人没说什么，从别村雇来的二十几个后生不干了，他们说被猴子咬了这样简单处理不行，要打狂犬针，让动物咬一下事小，得了病事大，他们不能为了小小的猴子把命搭上。让他们一说，村里人也觉得是个事，纷纷要求打狂犬针。人们的要求吵得长社耳朵疼，问赵医生有没有这种针，有就给打上。赵医生说，这种狂犬疫苗非得到省卫生防疫站去买，四十八小时内注射，一针得七八十元钱。长社粗算了一下账，参加逮猴的有三百多人，一人一针，一针七十块，就是两万多，光药钱两万，开玩笑呢。于是长社咬紧了牙，再不提狂犬针的事。

有外村人找来说，某某被猴抓破了脖子，现在已经开始发烧了，见谁想咬谁，几个人也按不住，看来是狂犬病已经发作了。

长社说，也来得太快了点儿，连个潜伏期都没有，得个小感冒还得三四天才发病呢，这猴抓还没俩钟头……

外村人说，还是得打针，保险。

长社说，保什么险？我给你们保险还不行吗！过去也逮猴，从没见还要打什么狗针。

外村人说，时代进步了呢，科学也发达了，人家外国连牛都疯了。

长社说，咱们的猴还是那些猴，没狂，也没疯。

外村人还磨磨唧唧地不走，本村的几个也围在旁边看结果。外村人下不了台，脸色不好看了，问长社是站在猴的立场上还是站在人的立场上。

长社说他站在国家的立场上。

永良老汉出来打圆场说，这么多人都打针不可能，让长社每人给多加十块钱工钱，愿意打针的去打针，不愿意打针的十块钱割两斤肉，回家包饺子。

长社十块钱也不想出，一人十块，三百人就是三千，这是笔额外开支，侯永良站着说话不腰疼。长社刚张嘴要喊，被永良从后边狠狠掐了一把，就这，他还是说，十块不行，五块！

永良接下来说，五块就五块，都到会计那儿领钱。

一些人骂长社小气，说他对乡亲们不厚道。长社知道自己因此得罪了不少人。

这些人只逮了十九只猴，搁过去不能算战果辉煌，但看是怎么逮的，长社没砍一棵树，除了两只猴碰树上撞死以外，他没“打死”一只猴，还要怎么的呢，够不容易的啦，这事交给谁，谁也想不出这个主意，取得不了这样的好成绩。领导的“十分了解”真不是瞎说。

长社在笼子跟前见到了正抱着孩子看猴的玉芝，问父亲的情况怎么样，玉芝说，甚事没有，就是脊背上青了两块。

长社让媳妇请赵大夫给看看。媳妇说，给看了，没内伤，不好好在家待着，出去瞎掺和，鬼迷心窍了。

长社说，没内伤就好。

玉芝说，可惜了那件衣裳。

动物园的人挑挑拣拣，拣出了六只猴，装进小铁笼，用一辆“尼桑”小敞篷车拉着，晃晃悠悠驶出了村。长社和村干部将车子送到村口，长社让他们再多拿两只，说万一有哪个不行了呢。动物园的人很客气，多一只也不拿，说好的六只，就是六只。装猴车驶上了村外的砂石路，小孩子们在后头追，一直到车拐弯，看不见了。

长社用手挥着汽车扬起的土说动物园的太死板，不灵活，也有点儿不给侯家坪人面子。

永良说，既然人家不领这份情，也就别上赶着送，好像咱们这些猴来得很容易似的。

长社说，这些人，把六只最好的拉走了。

永良说，他们就是吃这碗饭的，别看这些人不说话，都是行家。

负责喂猴的永良侄子跑来说，笼子里又死了一只。

长社问总共死了多少了。永良侄子说，死了三只了。

长社问还剩下几个。永良侄子说，还剩下十个，都不很欢实了。

长社问吃食不吃。永良侄子说，不吃。

长社说，闹起绝食斗争来了。

永良说，猴子们是在赌气，猴的气性大得很呢。

长社说，还是饿得不狠，真饿急了，就什么也不吝了。

动物园的走了以后，侯家坪召开了村委会，商量剩余猴子的问题。原本，按计划将笼门打开，将那些残存放归山林也就罢了，可是，村委员们竟没有一个提出放猴归山的话，他们觉得，轻而易举地将猴放了，对侯家坪来说太亏，费了多大的财力、人力逮猴啊，给了六只工钱，六只，六十只，六百只，对逮猴的人来说费的力气是一样的，现今，笼里的猴对村民来说都是钱，活的钱，不能随随便便地丢到山里去。会议没有不同声音，看法完全地一边倒，最后，由长社拍板，村委会决定，几个干部分头运作，给全国各大动物园发快信，推出侯家坪的金丝猴，只要有动物园要，他们就可以再得一些钱，而且这钱是白落的。往哈尔滨、往北京、往郑州、往合肥、往上海，他们往一切不产金丝猴的地方发信，用复写纸复写，再填上抬头，他们不信那些地方的动物园对金丝猴不动心。这个行动不带任何私人成分在其中，完全是公对公，侯家坪村委会也是一级政权组织，动物园也是国家动物园，本地动物园能要，外地动物园同样能要。本地的动物园能用小铁笼子把猴运走，外地的动物园同样也能用小铁笼子把猴运走。就是道远道近的区别罢了。

如果实在没地方要，他们再把猴放了，早放、晚放，不过是时间的差异，反正他们放了就是。

谁也没觉着有什么不合适。

长社父亲被打得浑身疼，在炕上足足躺了两天，不是那件皮衣裳护着，他可能伤得更重。儿媳妇的脸色一直都不太好看，从他躺下，就没来问过一声。儿子为了他那些猴已经几天不着家，连面也见不到，老汉有一肚子话要对儿子说，他觉得，儿子的路走岔了，照这么下去，侯家坪非出大乱子不可。这天中午，长社父亲喝了一大碗傻老伴熬的豇豆苞谷粥，就着半碟子大叶子浆水酸菜，吃得全身冒汗，自觉着身上轻松了许多。他试着下了炕，腿有些软，脊背还是疼，就近找了根棍，拄着，先到坡上看了看“红军战士侯德丞”的墓，墓碑还是那么新那么亮，不知被哪个淘气的小孩子用蓝粉笔在上面画了个猴脸，使墓碑显得很滑稽。长社父亲用衣角将那张蓝脸擦了，静静地坐了一会儿，慢慢踱到村委会来。

村委会的干部们一个都不在，不知忙什么去了，门敞着，一地的烟头，一地的浓痰，墙根堆着半块撕碎的塑料布，横着几根丑陋的木棍，窗户纸不知被谁撕烂了，山风呜呜地往里灌。一只老鼠，大白天沿着墙根溜，看见长社父亲，停顿了一下，接着大模大样地拐了个弯，冲着几颗玉米粒儿出溜过去。长社父亲捡起块小石头，啪地砸过去，正击在老鼠头部，老鼠就地打了一个滚，蹬了一下腿，不动了。长社父亲为自己手上的准头有点小得意，这点小功夫，别说打老鼠，二十步外就是打兔子，打野鸡，也是一击一个准。老猎人呢。

长社父亲由后头转到前面，看到了那两个巨大的木头笼子，也看到了笼子里那些垂头丧气的猴。笼子里的猴子早没了山野的灵性和精气神，它们在笼里神经质地拥挤着，宁可让笼的大半边空着，无法用家族来区分，它们的家族早已残缺不全。粗砺的木条上沾着猴子们的血和毛，长长的金色的毛在阳光下随着风在颤动，像女孩儿柔韧的发。

对于人的到来，猴子们没有任何反应，它们垂着眼睛毫不关注站在笼子跟前的长社父亲，只有一只小猴，从母猴的胸口前探出一双亮晶晶的大眼睛，眼神滴溜溜随着人转。母猴弯下身，将小猴压在身底下，一会儿，小猴又好奇地从母亲身下伸出小脑袋向外探望了。长社父亲从笼外地上拾了一小根胡萝卜，用棍捅到小猴跟前，小猴立即抓起胡萝卜，却不料被它的母亲一把夺过，毫不迟疑地丢开了。小猴吱吱地叫着，极为冤枉，极为委屈，母猴将其小崽儿再一次压在身子底下，不许它再伸头了。

长社父亲对母猴说，……它还是个崽。

群猴的对面，孤零零地坐着老猴，它佝偻着身子，缩着脖子，神情透过眼前的猴群，看得很远很远，那思路仿佛是再也收不回来了。它的一只胳膊断了，在一侧垂着，看上去像个多余的物件。本来它可以跑掉，但是它没有，它的被捉，带有情愿性质在其中，因了自己的失误，导致了群体的灭亡，它没有不和它的子孙们共赴劫难的理由，如果说它的子孙注定要被关进笼子，那么首先该关的就是它。虽然，突围出去的猴子们还可以继续生息繁衍，组织成新的团体，推举出新的王，但那已经没它什么事了，它的生命历程已经随着子孙们被围进塑料围子的那一刻而完结，而不具备了任何意义，它没有必要再活在世界上，它的辉煌，它的王者的风采和睿智，全部留给了突围出去的后代，现在它只是一只苟延残喘的老猴。

长社父亲来到了老猴的旁边，彼此间只隔着几根木栏杆。老猴的毛变得粗糙而凌乱，上面的血已经凝结成块，它没有躲闪长社的父亲，只是微微闭了下眼睛。

长社父亲说，你怎的就听不懂我的话，让你不要过来，偏要过来。

老猴想，什么都可以相信，人是最不能相信的东西。

长社父亲说，你是聪明过头了。

老猴想，我是让你们人给整糊涂了。

长社父亲说，你和我一样，老了……没用了。

老猴想，原来活到底，人和猴的结局是一样的。

长社父亲说，也未必没用，最后还有最后的用场……

老猴费力地睁开眼睛，注视着长社父亲，两双浑浊的老眼，目光相撞，彼此都感到如同被一道闪电击中，那战栗直传到心底。

长社父亲说，我知道你心里很难受，你得给我时间，容我想办法，容我想办法……

老猴又闭上了眼。

长社父亲说，我得救你们，一定得救你们。说着，他开始摆弄木笼的那把大锁，几股粗钢丝扭成麻花，上下两道，用的是“将军不下马”的头号大锁。老汉用木棍别，企图将钢丝挣断，费了不少力，没有效果，又改对付那把锁，仍是没进展，想的是弄把锯来，把木栏杆锯断……正扶着木笼大喘气，永良侄子掂着一袋苞谷过来说，大伯你在这儿做啥呢？

长社父亲说，我要把这锁撬了。

永良侄子说，那可不敢，村长让我看着呢，你撬了锁，我没法交代。

长社父亲说，这几只猴半死不活的，放了吧。

永良侄子说，谁想放也放不了，钥匙在村长裤腰上拴着，要开笼子先得找村长。

长社父亲气得用棍蹾着地说，长社是想把这些猴关死呢，我得去找县上，让人来开锁放猴，长社他不听我的，不能不听县长的。

永良侄子说，大伯到县上去报告，断了咱村的财路，村里的人可是要怨呢。

长社父亲说，猴子的怨比人的怨不大？什么事就怕调过来想。

永良侄子说，随你老爷子的便。

第二天一大早，长社父亲就搭班车上了县。走时没跟任何人说，只托人给营盘梁的奉山老汉带了个话，让奉山老汉多关照这边的事。

发出去的快信没有回音，十几个动物园竟然没有一个表示要猴的。长社明显感到环节上出了问题，卡在了某个地方。

他还是不甘心。

晚上时候，长社刚吃完饭，想过去看看父亲，永良侄子慌慌张张进来告诉长社，猴子又死了五只。长社问怎的一下死这么多，永良侄子说是集体自杀。

长社说，猴还会自杀！？

永良侄子说，它就自杀了呢。谁也没办法，拦也拦不住。

玉芝听了这话，手里的饭碗差点儿没掉到地上，她说，这些猴莫非都成了精，了不得了！

猴子会自杀，长社是头一回听说，他赶紧下了炕，趿上鞋，顾不得提，就跟着永良侄子出去了。

四周很黑，村路坑坑洼洼，长社深一脚浅一脚来到猴笼跟前，拿手电晃来晃去地照。他看到两个笼里的猴的确所剩无几，那只小猴脑壳碎裂，在笼子地边上脸朝下趴着，红白的脑浆染满了栏杆。长社问谁干的，永良侄子说，是母猴干的，小猴要捡投放的料，母猴管不住，就把小猴的脑袋在栏杆上撞碎了。

长社看那母猴，眼内无光，身体已经挺了。

另外三只不知什么时候一块儿咽了气，微闭着眼，半张着嘴，全身没有了一丝热气。

老猴仍是一动不动地坐在角落里，冷静地看着笼里发生的一切，仿佛这一切都与它无关。

长社示意永良侄子，将这个老猴单独关押，他看出，这老东西不是个省油的灯，它是这群猴子的主心骨，它不吃食，所有的猴子便都不敢吃，宁可饿死也不能坏了规矩，没有它在，这些猴子不至于如此。

永良侄子说用不着单独关押了，这个笼子里除了老猴以外，能喘气的还有一只，料也活不过今天半夜……

长社问另一个笼里还有多少。永良侄子说，那个笼多一点儿，还有三只半。

长社问怎的还有半只。永良侄子说，是断了胳膊腿的。

永良侄子说，侯村长，要不咱们就……放？

长社还在犹豫，想的是明天万一有信来呢。

永良侄子说，这样的破猴，人家来了一看也不会要。

长社说，再观察一个晚上，明天开村委会。

第二天一大早，长社就往村委会跑，几个委员早就在那里了，正围着笼子一筹莫展，见村长来了，大家都将目光转向他，朝他要主意。如永良侄子预料，大笼里的那个猴果然死了，就死在老猴的身边，匍匐着，像一个恭顺的臣民。长社叫人将死猴子拽出来，拖进办公室，将这只死猴和昨天的母猴剥皮、开膛，他到底要寻出个究竟来。

永良干这个是拿手，三下五除二地将皮剥了，刨出肚肠，两只猴胃里都是空的，一点儿食也没有。

人们吸了一口冷气。

没人说话。

长社对委员们说，吃罢早饭开会！

雪又下起来了，一开始就下得很猛，气温也降得厉害。长社心中暗自叫苦，这样的天气，那几只猴又饿又冻，大概坚持不了多长时间，莫若早早放了。一想，放出去怎么办呢，放了它们，它们也是死，漫天大雪，饥寒交迫，伤病交加，孤单离群，哪里还有活路，在笼里还有人喂吃的，出去可是什么没有了。

村委会还没有召开，营盘梁的奉山老汉让孙子们架着，跌跌撞撞，雪人似的来了。老汉进村先看猴，又来寻长社，一进门劈头盖脸地嚷嚷，长社，造孽呀你！你得不着好报！

长社赶紧把老爷子往火塘边让，让媳妇吊上一罐茶煮着。长社悄声问营盘梁的孙子们，吃过早饭了没有。孙子们说，昨天半夜的时候往这边赶，梁上雪太大，一路上连滚带爬的，摔了两跤，差点儿没掉到涧里去。

长社让老婆玉芝先撂下手里的活，快点儿做饭。

奉山老汉青着脸说，你也甭准备饭，我问你，死了几只？

长社掰着指头算了半天也没算清楚，说，没几只。

奉山老汉说，没几只？你哄谁哩，侯家坪的腥气已经冲到梁顶上去了，我来的时候，十几只豺狗在围着村子转。

长社低着脑袋不说话。

奉山老汉说，怎能干下这事哩，猴子是有灵性的，我不止一回跟你说过，你爷爷死的时候，你们侯家的人谁也没来，是它们给你爷爷送的葬，你反过来想想，人还不如一群猴！现在，你又回过头来杀它们……

长社说，我没杀它们，它们是自杀。

奉山老汉说，你说这话不觉得亏心，你不关它们，它们能自杀！士可杀不可辱，你要是关我，我也自杀。

长社说，萝卜、苞谷都喂了，我们花的代价也不小，侯家坪是小村、穷村……

奉山老汉说，小村、穷村才出红军，出有头脑、有理想的革命者，出能给后代增光添彩的祖宗，你这样做是羞先人哩。别的话再甭说了，你紧忙着把那几只猴给我放了。

长社说总得开个村委会，他一人做不了主。

老汉一听就火了，说，啥，还要开会，刻不容缓的事，你爹上县里告你去了，上边来人之前你放了它们是你的主动，来了人再放算你虐杀国家保护动物，哪个轻哪个重你难道还掂不来？我为啥冒着大雪半夜往这儿赶呢，还不是为了你个小兔崽子。

长社觉得脚跟底下有点儿发凉。

吊罐的水开了，噗噗的，滴过火塘里，激起一股股的烟灰。长社似没有看到，他这时才想起，这两天是没看见爹。

被奉山老汉押着，长社来到猴笼子跟前。

老猴还在笼子的一角茫然地坐着，近乎白色的长毛上面落了一层雪。不远处的另一个笼子里，半只猴已经咽了气，另外一公一母两只猴相拥相依在一起，在风雪中战抖着，准备共同度过这艰难的最后时刻。

长社将笼门打开，老猴仍旧一动不动，巍然地坐着，眼睛盯着远处山峰，在想它的心事。长社用棍捅了捅它说，怎的，还闹脾气，不走？

永良侄子大着胆子用手推了老猴一把，回过头来对长社说，村长，死了。

长社说，怎的会死了，早晨我见它眼睛还转哩。

永良侄子说，死不是一天了，都硬了。

长社说，这只死猴，坏了我一笼猴，早知道它是死的，掂出来不至于……

奉山老汉长长地叹了一声说，娃，你的梦还没醒么？

另外两只猴被人从笼子里赶出来，并没有急于逃命的意思，它们木然地在笼子外头坐了一会儿，然后相跟着歪歪斜斜，踉踉跄跄地走过捕获它们的空地，向着林子不紧不慢地走去。它们的尾，又高高地竖了起来。

好像谁的心里都有一种异样的感觉在涌动，说不出为什么，鼻子有点儿发酸。

奉山老汉看着越走越远的猴子对长社说，侯村长，你知道我和你爹为什么再不打猎了么？

长社目光一直注视着那两只猴，他说，不知道。

奉山老汉讲了一个只有他和长社父亲才知道的故事。

1960年，山里饿死了人，公社组织了十几个生产队，围了两个山头，要把这个范围的猴子赶尽杀绝，不为别的，就为了肚子，零星的野猪、麂子已经解决不了问题，饥肠辘辘的山民把目光转向了群体的猴子……两座山的树木全被伐光，最终一千多人将三群猴子围困在一个不大的山包上。猴子的四周没有了树木，为黑压压的人群层层包围，插翅难逃。双方在对峙，那是一场心理的较量，猴群不动声色地在有限的林子里躲藏着，人在四周安营扎寨，时时地敲击响器，大声呐喊，不给猴群以歇息机会。三日以后，猴群已精疲力竭，准备冒死突围，人也做好了准备，开始收网进攻。于是，小小的林子里展开了激战，猴的老弱妇孺向中间靠拢，以求存活；人的老弱妇孺在外围呐喊，造出声势。青壮进行厮杀，彼此都拼出全部力气浴血奋战，说到底都是为了活命。战斗整整进行了一个白天，黄昏时候，林子里渐渐平歇下来，无数的死猴被收敛在一起，各生产队按人头进行分配。

那天，奉山老汉和长社父亲没有参与分配，他们俩为追击一只母猴来到被砍伐后的秃山坡上。母猴怀里紧紧抱着自己的崽，背上背着抢出来的别的猴的崽，匆忙地沿着荒脊的山岭逃窜。奉山老汉和长社父亲拿着猎枪，穷追不舍，他们是有经验的猎人，他们知道，拖着两个崽的母猴跑不了多远。于是他们分头包抄，和母猴兜圈子，消耗它的体力。母猴慌不择路，最终爬上了空地一棵孤零零的小树。这棵树太小了，几乎禁不住猴子的重量，绝对是砍伐者的疏忽，他根本没把它看成一棵“树”。上了“树”的母猴再无路可逃，它绝望地望着追赶到跟前的猎人，更紧地搂住了它的崽。

绝佳的角度，绝佳的时机，两个猎人同时举起了枪。正要扣动扳机，他们看到母猴突然做了一个手势，两人一愣，分散了注意力，就在这犹疑间，只见母猴将背上的、怀里的小崽儿一同搂在胸前，喂它们吃奶。两个小东西大约是不饿，吃了几口便不吃了。这时，母猴将它们搁在更高的树杈上，自己上上下下摘了很多树叶子，将奶水一滴滴挤在叶子上，搁在小猴能够够到的地方。做完了这些事，母猴缓缓地转过身，面对着猎人，用前爪捂住了双眼。

母猴的意思很明确：现在可以开枪了——

母猴的背后映衬着落日的余晖，一片凄艳的晚霞和群山的剪影，两只小猴天真无邪地在树梢上嬉闹，全不知危险近在眼前。

猎人们的枪放下了，永远地放下了。

他们不能对母亲开枪。

听完了这个故事，半天，长社说，奉山爷，什么时候你给我们村的小学生们也讲讲猴子的故事……

笼子空了，长社的心也空了。

长社等待着父亲，他从没有觉得父亲对他是这般的重要，他有一种隐隐的希冀，希望在父亲身上找到一些平日被他忽略了的东西，跟父亲比，他太浅薄，太张扬，太没有根基。

父亲是山，沉默的大山；他呢，是杨树，是山上只会哗啦啦拍手，随风摇晃的杨树。

父亲回来了，带来了县长的亲笔批示，两个字：

放猴！

长社说，猴已经放了。

父亲说，放晚咧。

长社对父亲说，大，你怎没给我讲过和奉山爷打猴的故事。

父亲说，我早就想告诉你，你不听。

没出一礼拜，县上开来一辆小车，白色的，闪着红灯，下来两个警察，将侯家坪村长侯长社用亮晶晶的铐子铐走了。闪着红灯的小白车其实就是个小笼子，比动物园拉猴的笼子更为精致，精致到你不注意就看不出来。这回侯家坪的人离得近，把这辆“笼子车”看得很真切，侯村长在车里。隔着铁栏杆往外看，村民们往里看，大家都觉得这角度很新奇，就跟人看猴，猴看人似的。

村长侯长社走得很坦然，有人说是木然，村长脸上没有任何表情，跟笼里的猴很接近，大约被关了都是这样，无论人还是猴。长社脸刮得很干净，身上还是那件黑呢子制服，不过这回规规矩矩地穿着，连扣也齐齐地扣着，雪白的新化纤领子是才钉上去的，显得很扎眼，只是不知里面的裤衩是不是换了针织的。

村里人像前不久送猴一样将装村长的小笼子车送到村口，孩子们照旧追着车跑了一截子，直到车消失在山拐弯处。

不少人说村长到底是为了大伙，不就是死了几只猴吗，逮猴哪有不死猴的道理。村委会委员联名写材料，替村长承担责任，但是都不行，材料送到林业局就给打回来了。

村里娘们儿说侯自成不像个爹，假积极到县上去告状，硬是将自个儿的儿子送进了公安局，堂堂的村长，上了大铐，现在老爷子踏实了，再不到县上去折腾了，红军的后代，大义灭亲，不是这种灭法。持这种观点的包括长社的媳妇玉芝，她披头散发地跟老公公闹了好几次，闹得婆婆一见她就往灶后头钻。长社父亲架不住儿媳妇的闹，以真正红军儿子的身份跟公安局做过几次交涉。公安局派专人，专车将老爷子恭恭敬敬地送回来，充分体现了对红军儿子的尊敬。也有很多人认为不干长社父亲的事，是往各地动物园的信发坏了，那些信纷纷回到林业部门，成了定案的确凿证据。

总之，侯家坪的村长该着有此一劫。

长社被判处三年徒刑，监外执行，村长被抹了，党员也开除了。

山外人提起这段事往往笑着说，猴年，侯家坪人逮猴，侯村长犯了猴案。

后来说白了，侯村长就成了猴村长。

猴村长的媳妇玉芝，到现在也不和老公公过话。她至今不承认坡上红军坟底下埋的是侯家的先人，说指不定把谁的骨头弄回来了，从骨头下葬那一天开始就没给侯家带来半点儿好处，净是麻烦。

侯长社成了普通农民，倒是比以前厚道多了，是个孝子。

长虫二颤

常山之蛇也。击其首则尾至，击其尾则首至，击其中则首尾俱至。

——《孙子兵法》

一

陕西民间将“蛇”称为“颤”，写出来仍旧是“蛇”，读出来就变为“颤”了。有姓“蛇”的，要是真把它当“蛇”字来念，“老蛇”“小蛇”地叫，姓蛇的人会认为你不懂规矩，缺少文化，就像有人把姓“单”的念成了“单”，把姓“惠”的念成了“惠”一样，很没水平，很掉价。这种变音的读法有敬畏、隐讳的意思在其中，跟古代不能直呼大人的名姓是一个道理。

秦岭腹地的“蛇坪”是隐在崇山峻岭中的一个小自然村，村不大却历史悠久，村子周围丰草长林，层峦叠翠，大山连着大山，地极阻奥。密林中小小平畴坐落几十户人家，山多田少，地势卑湿，生理鲜薄，老百姓多靠采集中草药为生。太白手儿参、猪苓、山茱萸、党参是这里的主产，老百姓拿草药换钱米，生计有限。古代，蛇坪是傥骆道的一个驿站，傥骆道是通往四川的蜀道之一，是开凿最早、最为近便的一条道路。唯其近便也最为难走，遇山登山，遇水过河，几近直线，至今从西安飞往汉中的飞机航线，仍是沿着傥骆道飞行，足见它的便捷。蛇坪村南有大蟒河，河边有碑伫立，记录着这里是北通长安，南接汉中的重要所在。宋以前河上有索桥将路沟通，索桥不断修葺不断完善，茶马盐铁，征伐进退，人去人来，堪称要塞。明代以后，傥骆道逐渐荒废，沿壁栈道卯在榫亡，沿途站赤递铺也颓于褻乱，加之会匪渊薮，伏蟒易生，蛇坪逐渐地被冷落，傥骆道也逐渐被子午、褒斜、文川等道路替代。蛇坪真实的读法应该是“颤坪”，“颤坪”这个名字在太白山南麓存在了千百年，汉朝，唐朝，明朝，清朝，都这么叫，但是到了公元1969年就变了。1969年这里来了一批城里知青，知青们对“颤”不以为然，他们管蛇叫长虫，他们嫌“颤坪”说着拗嘴，不像个正经地名，便将个“颤坪”叫成了“长虫坪”。外来的知青往往左右着一地的文化，当地农民很难与他们较劲，在知青们以后“颤坪”永远地成了“长虫坪”，1985年出版的陕西地图也正式地标上了这个名字——长虫坪。

颤坪变为长虫坪，本来是件无足轻重的小事，但是在当地老百姓的心里却是块挥之不去的心病。长虫是什么，长虫是蛇的小名，大凡什么东西被划入了“虫”的范畴，就成了极为低级的“芸芸众生”，蟋蟀可以叫虫，屎巴牛可以叫虫，牛蝇子可以叫虫，蛇怎么能叫虫？蛇是有灵气的东西，是老山神门板上的锁链，是老百姓避邪的五毒之一。长虫坪的人对长虫是敬而又敬的。

村上有卖饭的小馆子，叫长虫坪饭馆，掌柜的叫大颤，出去当了几年兵回来就开了饭馆。大颤在部队是养马的，没受过专门厨艺训练，一切都是跟着感觉走，所以这饭就做出了饲料水平。饭馆平时没甚生意，偶有山外来写生的画家，搞科学调查的学者或是县上来检查工作的干部，在这儿临时吃几顿饭，也多不挑拣，有什么吃什么。大颤的饭馆除了米饭就是米饭，菜永远是腊肉炒洋芋，死咸，让人吃了一辈子忘不了。村长对大颤的饭食很有意见，说这饭丢了长虫坪的面子，让他在上边来人跟前很说不起话，自认为多年没有提拔，与饭馆的咸腊肉多少有关系。村长跟大颤说了几回改善伙食，提高质量的事，大颤只是问培训费归谁出，搞得村长没有办法。老百姓对饭馆的内容从不过问，也不感兴趣，老百姓的饭食是苞谷豇豆粥，自家腌制的浆水菜，过年才吃米饭腊肉，饭馆的水平如何跟他们没一点儿关系。

饭馆外面窗户下，是村里老汉们的天下，无冬历夏，台阶上常年坐着长虫坪的老年精英们，他们是长虫坪的新闻发布人，也是这一地区的评论家和诠释者，外面来了什么人，到长虫坪来有何公干，待多长时间，说了什么话，他们全一清二楚，时常地，他们会向村长、支书什么的提点儿建议，百分之八十会被采纳，很大原因是领导就是他们的晚辈，没有谁敢惹并且愿意惹这些老爷子们，就像城里各单位的退休办和老干处一样，是轻易不能得罪的地方，得供着，得捧着，否则就不得安宁。长虫坪人说，饭馆外头是长虫坪的众议院，是左右全村方针政策的中心。村长怎么的，村长在这儿也是孙子。

很多的时候，老汉们沉默地靠墙坐着，晒着太阳，各自微闭着眼，谁也不理谁。猛一看，他们是一个个僵硬的没有任何关联的个体，对周围，对彼此毫不关注，其实一个个心里都透着亮呢，什么都逃不过他们的审视。大蟒河在饭馆前面缓缓地流淌，碧绿深沉，碰到河心那块突出水面的铁锈色石头偶尔翻出几朵浪花，打出几个漩涡，又很快地趋于平静。风暖洋洋地拂过绿水，吹起微微一阵细波，夹起一股腥湿水气，扑上岸来，撩在老汉们的身上，老汉们同时打了喷嚏。

长禄揉了揉鼻子看着西边山坡的小庙说，长虫坪名字得改，老喊小名不好呢，《三国》的曹操，小名叫阿瞒，谁敢阿瞒阿瞒地叫他。

三老汉说就是，连着几天了，他夜夜梦见大蟒河的蟒在河心石头上辗转反侧，痛苦难耐。三老汉是长禄的堂兄弟，都姓殷，共着一个祖父。

众人于是纷纷诉说自己的见解，内容不外是“长虫坪”的名字阻碍了这一地域的发展，动摇了地仙保护这块地方的自信，使“颤”的自尊受到了极大伤害。长禄让三老汉把改名的事跟建军提提，建军是三老汉的孙子，是县上管民政的副县长。三老汉说建军有日子没回来了，官当大了就忘了本，娶了个城里娘子，穿高跟鞋，擦洋粉，一年四季老光着两条腿不穿裤子，把好好的头发愣染成了黄的，名字更洋活，叫丽娜，不像个中国人。

长禄说，再怎么样她也是长虫坪的媳妇，不是月亮里的嫦娥。

三老汉说，那女人不愿到长虫坪来，怕蛇。

长禄就问三老汉当县长的孙子是什么态度。

三老汉说，孙子还是好孙子，就是做不得女人的主。

长禄说，这就是修正主义的开始。毛老人说过，千万不要忘记阶级斗争，我们要警惕化装成毒蛇的美女。

众老汉说就是。

有谁小声纠正说应该是“化装成美女的毒蛇”，没人理会。

长禄在“文革”时候当过公社革委会主任，至今话语间常常露出些“革命语言”，让小辈们听得一震，就跟现在有些评论家时不时地要从嘴里冒出些谁也听不懂的词汇一样。这样一来，长禄就和那些评论家特别是文学评论家一样，显得很高深，很有学问，很让人不知深浅。没有谁敢反驳长禄，长禄是永远正确的。

大家从三老汉的孙媳妇说到了殷娘娘庙，长禄侄子松贵说，前天二颤从庙上下来，说娘娘庙的西墙快塌了，西南角的殿顶已经露了天，雨水顺着墙往下流，再不采取措施，夏天雨一来，整个顶就得压下来。

长禄说，殷娘娘庙是长虫坪殷姓人家的家庙，这事政府不会管，国家不会给钱修庙，得村上大伙凑钱……

这时饭馆里出来个提行李卷的中年人，白净面皮，脸上带着笑，扎进老汉堆里自来熟地说，大伙凑钱叫集资，是山外头一种很时髦的做法，集资办厂，集资办学，集资能办很多事情。

老汉们都看着中年人不说话，山里人对外来人有种本能的排斥。中年人倒不介意，自我介绍说他叫王安全，是三十里外王家坝老会计王在修的三儿子，现在在中医学院当老师，这回是利用暑假到长虫坪来调查中草药资源，将来准备把这儿列为学生们的中草药实习基地。

王安全的自报家门，使老汉们觉得这人还懂规矩，加之有人也认识王家坝的老会计，就对王安全就有了几分好感和信任，认定他是一个干正事的人，不是胡吹冒撂的浪荡。

三老汉问王安全会不会看病。王安全说药理懂那么一点儿，简单的小病能凑合着应付，大病却是看不了。三老汉便说自己时常地心慌，喘不上气来，手脚发麻，问王安全能不能给开几服中药。王安全说三老汉的病怕要到医院检查，大概是心脏有问题……长禄对三老汉有些看不上，他认为三老汉初次见面就让人给看病，太有点儿抻不住劲儿，好像长虫坪的人没见过什么似的。

长禄问王安全要在长虫坪住多长时间，王安全说得半个月，得把长虫坪的犄角旮旯都转遍了才能离开。问王安全在哪儿住，王安全说他想住到庙里，他下来的时候县里干部告诉他娘娘庙可以住人，可以和看庙的一块儿搭伙吃饭，也省了他每天上山下山的冤枉路。长禄说，你说的看庙的就是二颤了，二颤有点儿傻，但心眼实诚，住他那儿也成。就让松贵带着王安全去找二颤，松贵说他正要给二颤送米去，刚好一路。长禄让松贵提两只鸡上去，免得委屈了远道来的先生。松贵站起身从大颤的屋后捉了两只半大公鸡，用布条子将鸡腿捆了，告诉大颤，账和二颤去算。长禄又让松贵给王安全多加床被子，说山上比不得下头，山上夜里凉得很。王安全觉得“众议院”的长禄安排工作比当村村长都细致，不愧是当过革委会的。王安全就跟着松贵走，三老汉对王安全说，走道留神，山上颤多，别踩了。王安全说，哎。

二

山路陡峭，蛇径嵯峨，一路急上。

跟松贵上了山，王安全才知道三老汉的“颤多”不是妄说。长虫坪不愧为长虫坪，王安全在不到两公里的迤逦小路上至少碰到了五条长虫，都是麻麻的土色，大的有一两米，小的如蚯蚓，嗖嗖在脚下游动，也不避人，一个个都跟大爷似的，很是张狂。王安全是山里长大的，他非常清楚，无论大小，脚底下这些长虫都有剧毒，当地叫“菜花烙铁头”，学名叫“蝮蛇”。长虫坪的蝮蛇为长虫坪所特有，身体短粗，性情暴烈，腹部微黄，背部有水状黑斑纹，其毒较其他地区蝮蛇更剧。清代县志上有记载：“蛇坪蝮蛇与土色相乱，细颈大头，激怒时毒在首尾，螫手则断手，螫足则断足，七窍出血而死。”长虫坪的蝮蛇胆过去是进奉京城太医院的贡品，殷家是祖传取蛇胆专业户。剖蛇取胆，直到长禄的祖父还在经营这个营生，每年阴历五月，太医院的人就会下来，在西安府住着，等待县知事将炮炙的新蛇胆送去。后来没皇上了，又来了同仁堂、宏仁堂的采办，都是极识货极挑剔的人，当然收购的价格也很可观。长禄还记得小时候跟着祖父上山捕蛇的情景，取胆要捕六尺以上的老蛇，小蛇的胆只是嫩嫩一层皮，里面窝着一泡淡绿的水，没甚药力。老蛇则不然，老蛇的胆厚而韧，胆汁呈黑绿色，黏滞浓稠，味苦性寒，入肝经，能清热解毒，止痉定惊。祖父说过，极品蛇胆药源只限于长虫坪，数量有限，不易得，故十分珍贵，有时一年也取不到两三个。寻老蛇首先要找到蛇迹，所谓蛇迹是老蛇在秋末时候，毒盛无所螫，入冬前将毒泄于草木，草木为气所伤，枯死，是为蛇迹。枯死的草木亦能伤人，划破人的皮肤也能使人有性命之忧。若被蛇迹草木所伤，不解方术，人一日便死。但以刀割疮肉，掷于地面，其肉沸如火炙，须臾焦尽，而人得活也。

有皇上那会儿，每年五月端午，长禄的祖父和他的兄弟要全身涂上雄黄，将捕来的老蛇放在竹笼子里，笼子底垫上细草，挑到衙门去。于后堂院中，在知事的监督下，当众将蛇取出，着官方验看了，认可，然后两个人扯一条，按在地上，肚腹朝上，取十数拐子，从头到尾依次固定，使之不能翻转，殷家祖父于蛇腹上约其尺寸，用利刃划一小口，胆包自行突出，有鸡子儿大，割下以阴阳瓦焙干，以备上贡。朝廷给予殷家的报酬不菲，向毒蛇索胆，是拿生命开玩笑的行当，所以殷家过去那些白花花的银子均来自国家赏赐，置了房屋田地，也修缮了殷娘娘庙，成为了长虫坪的大户。被取过胆的老蛇将伤口用龙胆草捆扎了，依旧挑回，放到娘娘庙前的“养颤池”里调养，这些蛇都还能活，过一段时日就自行钻到草丛里去了。据说，取过胆的蛇多变得胆小敏感，攻击性更强，动辄便咬人，没了胆，它们的上半身可以像眼睛王蛇一样昂起来，呼呼喷气，尾巴啪啪拍打有声，蛇芯吞吐如闪电，让人望之恐惧。长禄的祖父去世快六十年了，至今还有人在殷娘娘庙附近看到过腹部有刀痕的老蛇，有碗口粗，丈余长，夜晚双目炯炯放光。有人说那不是蛇，是精，跟来调查的林学院教授反映此情况，教授笑着说，该不是蟒吧，蝮蛇无论如何是长不到那么大的。

长虫坪的人没见过蟒蛇，秦岭山地的温带气候注定了这里没有那种大家伙，但是长虫坪的人对蟒蛇并不陌生，在当地人的思维中，长虫坪是有过蟒蛇的，而且是得了道的千年大蟒，那只蟒就生活在大蟒河里，是长虫坪所有蛇的先祖。传说汉武帝刘彻过长虫坪，见路边一大蟒，当即用箭射之，蟒负伤而逃。第二天他在射蟒处看见许多青衣童子在捣药。武帝问何故捣药，童子说昨天我主为刘寄奴射伤，命令我等在此捣药治之。武帝问，你主何人？皆不答。武帝大声呵斥，童子纷纷逃窜，一时全无踪影。汉武帝将所捣之药传与世人，皆不认识，便将此药名为“刘寄奴”，成为后世治疗金疮之奇药。至今秦岭山中生长的“刘寄奴”仍是一种珍贵草药，以治疗外伤出血、淤血肿疼而被广泛用于医疗界。长虫坪的蟒蛇大概是条热衷于功名的蟒蛇，被汉武帝射伤之后并未偃旗息鼓，吸取教训，以后，刘秀兵败奔走秦岭，走到大蟒河又被它拦住去路，刘秀惊得跌下马来，盛怒之下拔出剑来插在河心石头上，将蟒赐死。大蟒委委屈屈地缠到剑上，越缠越紧，

越缠越紧，生生地将自己斩为十八段。蟒蛇的血把河心的石头染红了，蟒蛇的身体被水冲到十五里外的山涧，凝固成石头，是为龙骨峡。是夜，大蟒给刘秀托梦说，我拦住你并没有别的意思，只是想向你讨个封号，你却将我杀了，这个代价你是要偿还的。于是就有了后来王莽篡位一十八年的传说。王莽政权从头到了算起来没有一十八年，但是跟传说就算不得这个细账了。

王安全一路小心地跟在松贵后头，两只鸡在松贵手里咯咯咯地不住扑腾，使松贵走得很没有速度。他们来到山顶的娘娘庙时太阳已经滑落到西边的松树尖了，阳光照映得山巅一片金光灿烂，每片草叶都闪烁着光芒，每朵花都化出了金属的质地，仿佛能叮当奏出音响。三间破烂的娘娘庙，坐北朝南，在夕阳中幻化得辉煌无比，在晚霞的衬托下如同半空的玉宇琼楼。

王安全看着雾霭腾起的群山，忙不迭地往外掏照相机，喳喳地按快门。松贵背着米进庙里去了，很快又出来，说二颤不在庙里。王安全说这时候了，二颤能上哪儿去呢？松贵指着崖边的一棵松树说，二颤在树上。王安全这才发现，二颤光着身子像条长虫一样绕在树杈上。太阳照在二颤黝黑的皮肤上，二颤的身体反射出鳞甲一样的光泽。王安全想，这哪里是人，分明是一条长虫。

见松贵喊他，二颤从树上退下来，退的姿势也颇像蛇。二颤来到两个人跟前，看着他们，不张嘴说话。松贵告诉二颤，省上来的老王是个中医先生，要在庙里住些时日，白天先生出去考察草药，晚上回庙里睡觉，二颤的任务是给先生把饭准备好了，把洗脸水烧好了，晚上把熏蚊子的草绳点着了。王安全向二颤伸出手，想跟他握一握，二颤却不接招，两只黑手爪子一样紧紧抓着大腿，把王安全弄得挺尴尬。松贵解围说，别看他不会说话，心里可灵醒着呢，不比你我傻。

王安全眼前的二颤四十开外年纪，一双眼睛小而圆，不会转动，全是黑眼珠，见不到眼白，像是一双蛇的眼。二颤身材修长，头扁而尖，颈细而长，光着上身，一条黄色的军用裤衩，勉强地遮住了裆下的物件，除了裤衩以外，全身上下竟然再找不出一根布丝。

先天性大脑发育不全。王安全脑海里很自然地冒出这样一个诊断。

松贵说二颤内里有热，穿不住衣服，冬天也常常是不穿衣服，也没见冻着哪儿。松贵说王安全在庙里住着，得便给二颤看看病，看好了，他会替长虫坪殷姓人家好好谢谢大夫。往后王大夫和他的学生们来了，长虫坪会好好待承他们。

二颤把王安全的小行李卷拿进庙里，殿堂内光线很暗但收拾得干净利落，殿东面扯了块塑料布，布后头有两张棕床，二颤将王安全的行李撂在靠南边的一张上，王安全看见北边那张床上铺了席，分明已经有人住了。松贵说那是个南方来的人，大颤的朋友，长得瘦小枯干，说是来山里耍耍，看长虫坪空气好，清静，就要多住几天。王安全想，有个能说话的伴儿也好，省得寂寞。

松贵临走的时候嘱咐王安全，别忘了给二颤交纳伙食费，说这是二颤的一笔生活收入。

三

二颤的晚饭做得很不简单，米饭炖鸡肉。

说是炖不如说是清水白煮，没有任何调料只是撒把咸盐。王安全看着那锅白刺刺的汤，看着在锅里上下翻滚的鸡肠和那一沉一浮的鸡脑袋，只是后悔没在山底下买包榨菜带上来。

鸡需要慢慢地炖，一根硬柴半截伸进灶膛半死不活地烧，饭熟还得有些工夫，王安全索性到外面去转。下了台阶，他看见殿堂正前方有块不小的低洼，低洼周边有散落的石条，料定就是当年“养颤池”的遗址了。现今，池子大半被土壅填，长满了荒草，开着些不起眼的小花。王安全跨进低洼，细细分辨那些草，以蛇床子为主，间或还有牛蒡子和鱼腥草什么的，正是蛇床子开花的季节，伞状的白花铺撒在坑沿下，如同一团团冬日残存的雪。有些花已经谢了，结出了小小的卵状果实，王安全揪下一个，用舌头舔了舔，果实很嫩，冒出一股浆液，苦而涩，甚是清凉。这里的蛇床子比别处要肥厚多了，他连根带茎地挖出几棵，准备压干了做标本。草根间有片片蛇蜕，有的甚至很完整，很大，他俯首拾起一片，是头部，蛇是从下颌的地方挣出去的，留下一个空泛透明的头颅和一双苍白的眼睛。难得的上好龙衣，退翳明目，秦岭无闲草，王安全想，明年把学生们带过来，这当是个丰富的中草药宝库。四周草丛内有急速的唰啦啦声响，是蛇们在回避，王安全感到了脚下众多目光的注视，是蛇的目光，他的身上一阵发冷，猛抬头，看见二颤又盘绕在刚才那棵树上，正不错眼珠地朝这边看。

这个二颤，他看什么呢？

天光暗下来，王安全从坑里爬上来，二颤已经将饭在殿内的小桌上摆好了，一盆鸡肉一双筷，一大碗米饭，看来是专为王安全一人准备的。王安全指了指北边的铺说，不等等他？

二颤好像没听见，愣愣地看着王安全，王安全指着饭锅说，你不吃？

二颤不言语。

王安全笑着说，我倒忘了，你不会说话。

一盆白水煮鸡肉，看上去很倒人胃口，但是二颤做了，王安全不能不吃。小鸡儿的脑袋在盆里支棱着，小眼儿睁着，小嘴张着，一只小黄爪子窝在鸡脖子下头，脖子上还有没拔干净的毛……王安全不知道如何下筷，不知是先夹鸡脑袋还是夹带毛的肉。二颤在旁边看着他，使得王安全不得不赶快做出决定，终于他拿起勺子舀了一勺飘着油花的白汤，在二颤的注视下一仰脖灌进嘴里。在汤进入口腔的一瞬，王安全全身一震，一股说不清的异香直抵肠胃，这是一种王安全有生以来从没有品尝过的味道，不是孜然，不是肉桂，不是花椒大料，不是胡椒茴香，这股香和鸡肉味巧妙结合在一起，轻麻、稍辣、淡苦、微甜，似揉进了山川之精华，添进了自然之灵韵，奇香满口，让人荡气回肠，周身通泰，王安全真真地不敢小看这盆清水般的白汤了。

王安全问二颤在汤里放了什么？

二颤蹲在饭桌对面，没听见一般。

王安全到灶边去看，也没看出什么特殊，王安全想，一碗汤竟做出了这样的不俗，就是京城大地方厨师也未必能有这样的手艺，这个蛇一样的二颤是个奇人。这不由让人想起山底下大颤开的“长虫坪饭馆”，想那些单调的腊肉土豆片，想那粗硬的米饭，一母同胞的哥俩，大颤怎就不知跟他的傻兄弟学学呢。

一盆鸡被王安全稀里呼噜吃了个净光净。

二颤用大柴锅烧了一锅水，舀了一盆端到床边，让王安全烫脚。松贵走时交代的话，二颤还记着，并且很认真地执行着。

王安全打开随身带来的半导体收音机，想听听新闻，不想长虫坪山大沟深，半导体在山顶上吱吱啦啦，播音员的话语根本连不成句。举着半导体拉出天线在庙外头东南西北地调半天，才找到一个不知哪儿的音乐台，音乐台哐当哐当播着摇滚乐，砸锅似的，响得很热闹。

王安全嫌乱，关了。

月亮从东山升起来，又大又圆，照得天地一片光明。几片浮云飘过来，遮住月亮，天地立时黑了，一会儿云彩过去，又亮了。王安全躺在铺上，棕床的棕透过单子扎得他很不好受，翻了几个身，睡不着。外面很亮，庙堂里面却黑洞洞的，那个看不出眉眼的神像隐在黑暗中，仿佛有了喘气声，仿佛在轻微地动弹，仿佛要下来。有蝙蝠在房檐下飞，发出尖锐的吱吱声，不知什么鸟儿在夜幕的丛林中不停地咕咕，病妇呻吟一般。月亮渐渐西移，一束光透过窗棂照在对面铺上，铺还是空的，同在庙中借宿的那个人还没有回来。二颤躺下了，在硬扎扎的棕床上还是赤裸着身体，连单子也不盖。躺下的二颤不停地翻转，不停地用手抓皮肤，唰唰啦啦的声音在黑夜里分外清晰，像是抓在鳞甲上。王安全想，明天得给二颤把把脉，赤身裸体的总不是正常，明天还要调查庙南坡的草药分布，明天该仔细看看身边的神像，在殷家姑娘脚底下睡着……

什么时候睡着的不知道，王安全醒来是后半夜，山里的夏夜，越睡越凉，他自带的薄薄小被似乎已经抵御不了越来越重的寒意，睡梦中用手抹了一把脸，脸上湿漉漉的，山间腾起的雾一团团涌进了庙门，人是睡在云彩里了。看门外，月亮没了，灰蒙蒙一片，鸟不叫了，蝙蝠也不飞了，偌大山林静如亘古。王安全将被朝上拽了拽，翻了个身，正待继续睡去，迷迷糊糊却听到头顶有衣服的簌簌声响，虽并不引人注意，可声音竟是那样真切，时动时停，时缓时急，让人体会到动作者的谨小慎微，小心翼翼。

王安全说，二颤，是你吗？

簌簌的声音立刻停止了。王安全等了一会儿不见回应，才想起二颤是个哑巴，又想到，二颤压根是不穿衣服的！

王安全一下变得非常清醒，他坐起来，打亮了打火机，借助那颤抖的火光向发出声音的方向巡视。头顶的神像端坐在神龛内，在光的晃动下面部阴影在变幻，眼珠在微闭的眼睑下透出隐晦的目光，目光随着光的转动而转动，随着光焰的大小而闪烁，鼻翼、嘴角的黑影忽而变大，忽而变小，神像脸上的表情就变得生动而活泛，好像活了一般。泥塑的娘娘披着黄色夹披风，是信奉者的贡献，当地还愿有给佛爷送披风的风俗，常见庙里的神像红红绿绿地披着几层，佛爷的披风披得越多，越说明它的灵验。殷娘娘的身份是皇妃，所以不披红斗篷，不披绿斗篷，只披黄斗篷。娘娘的斗篷披了四五层，最里面的已经烂成了条状，想见时间已经很久远。

王安全看见娘娘的披风角在微微动弹，很细微，却明明在动，他将打火机凑近，见娘娘的衣角平整地垂着，没有任何异样。顺着衣角往上看，是娘娘的左手，整只手从腕部断掉了，露出了泥的内胎和曾经是手的骨架。残断的胳膊在微弱的光线里显得很狰狞，王安全照了照二颤的铺，上面是空的，半夜三更二颤不知干什么去了。相反，北面铺上的人已经回来了，仰躺着，泛着一身酒气，睡得很死。怕影响对方睡眠，王安全熄了打火机，摸索着出了殿门。

外面是漫山遍野的雾，几步之外什么也看不清。夜色夹裹着浓雾，填满了一切沟沟岔岔，角角落落。王安全用手扇了扇眼前的雾，搅起了一团旋涡，泛起了一阵腥气。

不远处，有“嘶嘶”的声音，很怪异，很独特，王安全循着声音过去，发现是二颤，二颤站在“养颤池”边，对着大坑挥舞着双臂，上下跳跃，嘴里“嘶嘶”地往外喷气。

王安全叫，二颤，二颤。

二颤还在嘶嘶。

王安全以为二颤在发癔症，从后面将他抱住想让他停下来。二颤的力气很大，身体也很光滑，一下挣脱了王安全的约束，更猛烈地嘶嘶起来。

王安全大喝道，二颤！

二颤这才停止了舞蹈，望着一池雾气只是发呆。

王安全让二颤回去睡觉，二颤也没反对，怏怏地跟在王安全后面进了殿门，在自己的铺上躺了。王安全说，二颤，明天我开几服药，给你好好调理调理，你老这样不行。

二颤发出了鼾声。

王安全听到二颤的呼噜，无奈地摇摇头，苦笑了一下，拉开潮乎乎的被子躺下，想把松贵带上山的被子拿出来盖上，又懒得起来。一伸脚，脚底下一团冰凉，他呼的一下坐起来，掀开被子打亮了打火机。

——一条手腕粗的肥硕蝮蛇，闪烁着美丽的斑纹，优雅而从容地顺着床腿游走了。

王安全一身冷汗，坐在床沿，将脚翘得高高的，许久不敢着地，也不敢躺下。

四

第二天是个艳阳天，太阳红艳艳地照着，夜里那一山的浓雾不知什么时候竟然消退得无影无踪，好像从来没有出现过一样。王安全睁开眼睛的时候二颤正弯着腰在灶前煮粥，苞谷糁的香气弥漫在清晨的空气中，温馨而舒展。北面铺上的人已经起来了，正蹲在床前翻弄他的口袋。见王安全醒了，那人主动打招呼说，你睡得好死，外面的鸟吵得昏天黑地也没把你吵醒。王安全朝他笑笑，以表示友好，对方个头不高，高颧骨深眼窝，说话略带沙哑，看模样是个精干的南方人。

南方人说他姓佘，佘太君的佘，叫佘震龙，今年43岁，又问王安全贵姓，王安全说了，老佘说王安全长他两岁，应该是大哥了。王安全问现在几点了，老佘说九点半了。王安全没想到后半夜这一觉竟睡得这么实，坐在铺上愣愣地看了半天脚底下，想着夜里床上那一盘蛇，总觉得不真实。回过头看身后的娘娘像，慈眉善目的也正看着他。娘娘的披风端端地在身上披着，他掀起娘娘的衣角往里瞅，里面是泥像的座椅，再往里就是砖墙了。放下娘娘的披风一回头，他看见二颤正用蛇一样的目光使劲盯着他。

吃过早饭，老佘提着口袋要出去，被王安全拦了，王安全说东边山顶有雨云，待会儿会有场不小的雨。老佘半信半疑地留下来，坐在台阶上等着下雨。果然没有半个时辰，天空就被云彩遮严，噼里啪啦掉起了雨点。开始雨水顺着房檐往下滴，很快就流成了一条线。一道电闪，将天地连接，几声炸雷，在脚下炸裂，轰得地动山摇，整座山头要塌了似的。雨越下越大，雨借着风势将草木砸得歪斜，匍匐到地面，狂暴的水帘好像将人间的所有水流汇集在这里，倾泻，一味地倾泻。一只狐狸，从雨中慌慌张张地跑过来，到庙檐下避雨，狐狸好像对这里很熟悉，它心安理得地蹲坐在台阶上，也不避人，像是农家的小黄狗。王安全和老佘看了半天下雨，都显得有些无聊，老佘继续变戏法似的在翻检布口袋，在上面寻找破洞，后来又将个白玻璃瓶子对着窗户使劲照，说是二颤偷了他的白酒。

大雨倾盆，没有停止的迹象，雨水顺着西墙往下流，王安全帮着二颤用塑料布遮挡那个窟窿，搞得浑身精湿。老佘拿一块干馍馍逗弄檐下的小狐狸。小狐狸睬也不睬，端坐着，很严肃地看着雨中的山林。

王安全换了身干松衣裳穿了，对老佘说，你招它干什么？

老佘说，好玩儿。

二颤要出去，王安全拽过二颤，将他的腕子按在小饭桌上，给他号脉。二颤不愿意，身子在桌边扭了几道弯，王安全在他的肩上用力拍了一巴掌才不动了。老佘见王安全会看病，也好奇地凑过来，想听听王安全说些什么。

下雨天，闲着也是闲着。

王安全在二颤的腕子上按了半天，脸上渐渐现出疑惑，按完了左手按右手，没按出半点儿名堂。应该说王安全是个很不错的中医大夫，在学院也是个副教授级人物，望闻问切，辨证施治，临床经验也相当丰富，带出的学生一批又一批，其中不乏杏坛优秀，而这会儿竟然被二颤的脉象难住了。王安全说不清手底下是怎么回事，二颤这两个手腕，六脉不分，寸、关、尺混成一统，用力按之，指下如循游蛇，虚滑流利，弯曲绵延，说是肝肾虚弱，风寒异受，似又不是，看脉象已病入膏肓，无药可医，应该是起不了床的，而眼前的二颤却是这般灵动强壮，脉不应病，实难解释，除非他不是人。

王安全看了看二颤的舌头，舌头黑紫细长，吞吐灵活，只那么虚虚地晃了一下便将王安全吓了一跳，险些没从凳子上翻下去。

天哪，这是什么舌头啊！

老佘饶有兴致地看王安全诊病，见王安全号完脉立即追问，这个精身子满山跑的黑汉子得的是什么病，是不是精神有问题。

王安全说二颤的病他看不了……

王安全还是第一次在人跟前说这样的话，这对大夫来说真是很丢面子的事。老佘说不用号脉他也知道，这个二颤在娘肚子里没长熟就出来了，呆笨憨傻，不懂人事，是介乎人和虫之间的物件。

二颤用蛇一样的眼睛将老佘翻了几翻，老佘说，你甭这样看我，我说的就是你，别看我是你哥的朋友，可不是你的朋友。

王安全对老佘说，二颤不傻，你别当着面这样说他。

老佘说他怀疑二颤是从蛋里孵化出来的，正常的人不应该是这个长相，这个做派。

…………

凶猛暴烈的豪雨来得快走得也快。太阳从云彩后面绽露出来，万道霞光，普照着滴翠群山，西边天际现出一道彩虹，七彩缤纷，随着云气的浮动越来越近。于是，远处的山峦便浮现出连绵不断的淡蓝淡紫的线条，山川草木反射出晶莹的光亮和浓郁的清香。

二颤抱着一摞碗到泉水边去洗了。

小狐狸悄悄钻进了草莽之中，两只太阳鸟在松树上叫。老佘有一搭没一搭地拨弄着王安全的半导体，音乐台正在播放民乐合奏《金蛇狂舞》，旋律活跃欢快，优美流畅，老佘将声音放得很大，半导体的音量已经调到了极限。

王安全说，你给我省些电池吧。

老佘说，怕什么，用完了我让人从山外头给你捎来，不就两三块钱的事儿么。

王安全不想跟老佘再说什么，一抬头他看见二颤在阳光里随着音乐在扭动着身体，他那活泛柔韧的身子忽而蹲下蜷成一团，忽而站起抻成一条，胳膊随着身体变化上下伸展，“浮云柳絮无根蒂，天地阔远随飞扬”，二颤的动作颇像训练有素的舞蹈家，衬着雨后青山，衬着霞霭蒸腾的山谷，伴着传统经典民族旋律，二颤昂着头，伸展着臂膀，看着遥远的天边，沐浴着灿烂霞光，脸上的表情幸福舒朗，如入无人之境，达到了一种天人合一，物我两忘的境界。

王安全说，二颤在跳舞。

老佘说，这不是人，这是一条长虫。闻乐而舞，跟印度耍蛇人口袋里随着笛声摇摇晃晃的长虫没有不同。老佘说着啪地关了半导体，音乐戛然而止，二颤像受到什么指令，突然地恢复了常态，他呆呆地愣了一会儿，从地上抱起那摞碗，跟刚才完全判若两人。

王安全说，这倒怪了。

老佘说，这有什么怪的，长虫是没有听觉的，它是靠振动来感觉旋律的，二颤为什么不会说话，因为二颤根本听不到声音，他的所作所为完全是凭感觉。老佘告诉王安全，二颤是二颤他妈和长虫杂交的产物，是个地道杂种。

王安全问谁说的，老佘说山上山下人都这么说。王安全说这是一派胡说，人和蛇就不能相交，就是交了也产不出任何结果。老佘说二颤他妈殷姑娘活着的时候会下蛊，大颤的爹就是殷姑娘蛊来的，他爹原先是华阳那边塑神像的工匠，有一年背着家什跟着他父亲出山去找营生，爷俩走到长虫坪又渴又饿，就歇在了殷姑娘门口。殷姑娘生得俊，爹妈早早死了，是个孤女，见来了两个过路的，很是殷勤招待。这爷俩知道长虫坪的女人惯会干那种事，心里警觉着呢，坐在殷姑娘门口老老实实只啃自己的干粮，不碰主家一点儿东西。殷姑娘看不过去，从屋里拿了一个碗，当着父子俩在屋边的流水里一遍遍洗了，恭恭敬敬地端过来。也是父子俩太渴，也是殷姑娘的模样可人，爷俩想，这么个小姑娘，料也不会使那手段……就喝了水，也的确没见怎的。歇够了脚继续上路，殷姑娘送出几步说，下回还来啊！儿子回过头也向殷姑娘挥手说，回来路过还喝你屋的水。应了姑娘“下回还来”的话，没走出五里地，儿子就犯了病，脸色煞白，口吐白沫，肚子疼得直不起腰，眼看命在旦夕。当爹的明白是姑娘给水里下了蛊，背起儿子就往回跑，来到殷姑娘家门口，扑通给殷姑娘跪下了。姑娘说，老爹你这是干什么？当爹的连连磕头，只求姑娘救儿子一命。姑娘说，我哪儿会救命，你儿子是得了绞肠痧，是吃了不洁净的东西。当爹的求姑娘手下留情，只要救儿子一命，要什么给什么，倾家荡产也行。姑娘没说话，到屋后揪了一把扁豆花，煮了，给儿子灌下，儿子到半夜病情便平息了。后来这个儿子就不走了，后来就成了大颤的爹。

老佘说，大颤说他妈根本没给他爹下什么蛊，是他爹看上他妈，故意使了个留下来的小心计，哪儿有什么绞肠痧，都是瞎掰。但是村里的人一直认为是殷姑娘在水里下了蛊，下蛊的手法很多，可以把蛊虫藏在指甲缝里，当面洗碗不过是个障眼法。

王安全说，扁豆花倒是用得很对，那是治疗肠炎解痉镇痛收敛的主药。

老佘说，山里女人懂得什么主药次药，野方子罢了。

王安全说，有时候野方子也能治大病。山野的事，常常让人说不准。

老佘说，可不说不准，这个二颤就是个来历不明的东西，他哥说了，他妈怀了他六个月就生了，生下来细长的一条，不会哭，就会嘶嘶地叫唤。

王安全说，怎么可能，六个月的胎儿根本就不能成活，他身上的许多器官还没发育完全。

老佘说，长虫蛋的孵化期是多长时间？六个月大概够了。

老佘指着殷娘娘像说，这座像就是照着二颤妈的样子塑的，塑像的是二颤的爹。

王安全就看那像，果然与见过的神像不同，隐约间透出了乡村妇女的风韵，除去那些凤冠霞帔，眉眼与大颤倒有些相像。王安全说，大颤、二颤一母同胞性情竟是不一样。

老佘说，大颤是人，二颤是虫，虫怎么能跟人相比。二颤一落生，他娘没来得及看他一眼就咽了气，他是喝风饮露长起来的，禀性不同于常人，连他的哥哥大颤也摸不透他的脾气，二颤是长虫坪一怪。

王安全说，不是怪，是神智上有问题，大脑发育不全。

老佘说，二颤是长虫托生无疑，人们都说他身上长满了鳞，隔一段时间就要脱层皮，肚子上的刀痕是有目共睹的，那是取胆留下的痕迹。

王安全问老佘什么时候看过二颤的肚子，老佘用手比画说二颤睡觉的时候他看过，在右侧，长长的一条。

王安全问老佘怎么认识大颤的，老佘说他和大颤是战友，一块儿在新疆当过骑兵，友谊牢不可破。现在他在城里干餐饮，开酒楼，发了点小财，他也得让大颤发，要不怎么叫战友呢。王安全问怎么发，老佘说这是商业秘密。王安全说他是教书的，跟商业没搭葛，让老佘但说无妨。老佘这才向四周巡视了一遍，确认二颤真的不在，小声说，就地取材，逮蛇，蛇肉烹饪，蛇胆泡酒。

王安全说，一个长虫坪有多少长虫能取多少胆？

老佘说，长虫坪蛇胆固然有限，但是“长虫坪纯天然蝮蛇胆酒”牌子一打出去，就鸡鸭猪狗什么胆都可以弄来充数了，关键是头三脚必须得像回事，得货真价实。

王安全问这事可跟村里打了招呼，老佘说大颤知道就行了，再没必要跟其他人宣传，长虫坪的长虫是自然的，就像河里的石头山上的草，都是没主儿的东西，搬块石头难道还要跟村长打报告。王安全说这些东西生在长虫坪就和长虫坪有关系，就是到河里挖沙子还得给当地交自然资源费呢，没有白拿的事。老佘说事情从大夫嘴里一说就变得复杂化了，说王安全在山上到处挖药，是不是也该交资源管理费。王安全说性质不一样，他是为了教学，不是为赢利。老佘说，高调谁都会唱，现在办学校比哪个行业都赚钱，师道已经不再尊严了，教师也进入了经济市场，要是不赢利，投资办学的也不会蜂拥而起。

倒让王安全没了话。

五

半山有狗在吠，不大工夫草棵里钻出只细狗来，细狗的模样长得怪，瘦腿长脸细腰，丑陋无比。因为雨水，一身毛湿漉漉地贴在身上，像只正换毛的小鸡子。细狗是大颤养的，跟二颤也熟，常山上山下地窜，有时跟着人来，有时也自己来。细狗很熟稔地在庙里转了几个圈，这儿嗅嗅，那儿瞅瞅，颇有视察派头。老佘跟在狗后头转，给狗吃鸡骨头，拍狗的马屁。

一会儿，松贵从山道攀上来，披着块塑料布，气喘吁吁的，说是来请王安全下山，长禄病了，病得不轻。王安全一听，赶紧收拾家伙，准备跟松贵下去。松贵喊来二颤，传达村长的话，让二颤别靠着西墙睡，说才下过雨，西边山墙说塌就塌。二颤很听话，当下把铺横过来，挪到神案下头，然后又把西边的东西依次搬过来。二颤搬东西的时候细狗就在二颤的腿间盘来绕去，故意捣乱，二颤也不恼，时不时地推狗一巴掌，狗就使劲儿摇尾巴。老佘说这是条名贵狗，产于梁山，有皇族血统，是狩猎撵兔高手，山外有细狗撵兔协会，隶属于体育界，年年进行比赛，冠军狗价值上万。老佘说着很爱惜地抚摸那狗，狗一闪身冲老佘一龇牙，“呜嗷”一声，吓得老佘蹦了个高，嘴里直说，这狗，这狗，怎是个这……我在大颤家吃了那些顿饭，喂了它多少腊肉它还是个生生。

王安全跟着松贵往外走，开玩笑地对老佘说老佘一定是属兔的，招得狗不待见。老佘说他是属老虎的，专跟狗斗。松贵说老佘应该跟长虫斗，龙虎斗才是真斗。老佘说他们南方有这道菜——龙虎斗，把猫跟长虫在一个锅里炖。

老佘见王安全要下去，也跟着一块儿下，他不愿意一个人和二颤待着，说是跟那条长虫在一起厮混害怕。于是三个人就顺着精滑的山路往下走，细狗不下，细狗今天想留在山上跟二颤亲热亲热。

山很陡，松贵走在前面，不时地回身招呼王安全。王安全问长禄怎的病了，松贵说早起还好好的，喝了一大碗甜汤，吃了一块糍粑，要给孙子编草蚂蚱，低头揪马莲草，就歪下去了，抬进屋里，当下人就不行了。

王安全沉吟半晌说，麻烦。

松贵说，可不麻烦么，不麻烦也不会上山来请城里的专家。

王安全让松贵快些走，于是大家都加快了速度。

下山的路，不是松贵护持着王安全得摔成泥猴，老佘在后头走得也很艰难，他边走边向草丛间寻睃，看见长虫用带弯的铁棍嚓地压住脖子，用两个指头捏住蛇头，容不得长虫挣扎就丢进了布口袋，速度之快，动作之熟练，让王安全吃惊。

松贵说，你逮它们干什么？

老佘说，我就爱逮它们。

进到村里，老佘口袋里大大小小已经装了不少，蛇们在袋子里不安分地蠕动，看着让人心里很不舒服。

有人在街口迎了，大人孩子簇拥着大夫往长禄家走。王安全进门的时候长禄已经换上老衣被抬到了堂屋的门板上，村长和几个至亲围在周围，只等着长禄咽最后一口气。长禄似乎并不想走，张着大嘴在呼呼地倒气，一口痰在喉咙里微微震动，人的脸色已近苍白。长禄儿子趴在长禄身上在号，被三老汉拉开了，说是眼泪不能掉在死人身上，死鬼带着亲人的眼泪走，大不吉利。

众人见王安全来了赶紧闪开，王安全来到长禄跟前，看了看病人的瞳孔，压了压两个手腕，也不说话。松贵问还有救没有，三老汉示意松贵在这个时候不要多嘴，以免影响了大夫的思考。众目睽睽之下，只见王安全从包里取出银针，在长禄的人中和十个指尖扎了，着旁边的人压挤手指，放血。人们依着王安全的话，使劲地挤老汉的血，想的是死马当活马医，谁也没期望发生什么奇迹。长禄躺在门板上没甚动静，新崭崭的寿衣套在身上，被众人一动，哗哗作响，纸糊的一般，活人穿上也成了死人。长禄的老伴在里屋毫无顾忌地呜呜，任谁也劝不住，儿子蹲在墙根一脸茫然，没了主意，儿媳在指挥着女人们临时赶制孝衣。

挤了半天血也没挤出几滴，村长说，血都凝了，不行了，赶紧烧倒头纸吧，免得死者空着手上路。

松贵就掂来个盆，在长禄头前点着了几张黄纸。

王安全不管烧不烧纸，用两柄长针扎进病人的头顶和脚心，不住地捻动。随着针的起落，慢慢地，长禄的呼吸加粗，眼球开始急速转动，三老汉见状趴在长禄耳边大声喊，哥！哥！

儿子见父亲有了起色，从墙根跃起，奔到门板跟前，拼了全身力气叫爹。

村长嘴里念叨着，有门儿，有门儿。

如同阴天突然冒出的一缕霞光，灿烂了瞬间又被乌云遮住，人们刚兴奋起来立即变得失望，回光返照般，长禄老汉又恢复了常态，死相渐渐泛出。

松贵说，救得了病，救不了命……

三老汉说，寿数到了，再救也没用，让我哥安安静静地去吧。

儿子腿一弯跪在王安全面前，扯着王安全的裤脚让他无论如何再想想办法。

王安全说，只有最后一招了，要冒大风险的，我从来没用过。

儿子说，大夫，我不怨你，治死了绝不怨你。

村长代表亲属们表态，人都这样了，黄泉路上已经走了大半，出了什么事断没有再怨大夫的道理，有什么法子就拿出来试试吧。

王安全让老佘剖两条蛇胆，用温水调了，设法给长禄灌下去。

老佘很配合，为挑个大的，老佘将一口袋长虫倒在院里，长虫们四处逃窜，几个人捉住两条大的，抻着，让老佘剖。老佘拿刀，将长虫肚子从上到下划开，那些肠肚乱七八糟在地上摊出一堆。老佘弯腰在花花绿绿的脏腑中翻找蛇胆，找了半天竟找不着，急了一脑袋汗，剖开肚子的长虫在旁边翻卷挣扎，血糊刺啦，拖着一肚内脏满院里爬，弄得现场十分惨烈。有人哧哧地笑，三老汉看不过眼了，抓过老佘的刀子，在另一条蛇的腹部一点，噗地，一颗碧绿的囊就翻出来了。众人一阵喝彩，三老汉得意地把刀扔给老佘说，手生得很，有几十年没干这个了，这是我们殷家人祖传的绝活。

老佘傻眼了。

蛇胆汁很费劲地给长禄灌下去，长禄喉咙深处的痰渐渐往上翻，有人要将长禄扶起来，王安全说这会儿千万不敢搬动病人，他将长禄侧过脑袋，立刻一股股黏液顺着长禄嘴角流出，继而是呕，黏液变得浑黄浓稠，腥臭难闻，长禄的老伴接了一小盆……后来王安全又开出方子，让小辈们赶紧到镇上抓药，折腾到半夜，长禄老汉终于沉重地“唉”了一声。

众人都松了一口气，长禄儿子激动得在屋里转了一圈又一圈，说他爹遇上了活神仙。三老汉说王安全到长虫坪来就是为解长禄这一劫的，王安全和长虫坪有缘。村长说平时请城里的大教授也请不来，长禄有病，教授就来了，长禄的福气大得很呢……

六

第二天长禄儿子让大颤做了酒席，犒劳王安全，村长、三老汉和台阶上有头脸的“众议院议员”也进来几个作陪，王安全理所当然坐上位，老佘是大颤客人，老佘也算上一个。

大颤的“席”是腊肉土豆片，米饭。

长禄儿子过意不去，从村里小卖部买来午餐肉和凤尾鱼罐头什么的，大部分都是过期食品，花里胡哨堆了一桌子，还摆了几包方便面，说是干嚼可以当下酒菜……老佘在南方是见过世面的人，对这一桌吃食很是不以为然，提着他那不离身的口袋，到厨房撸胳膊挽袖子，说要为王大夫添道大菜。

开席前，长禄儿子说了不少感谢的话，三老汉说长禄的命除了大夫的神力以外还仰仗了那两条颤。王安全说那也是没法的法，平时没人这样用，他这么干也是头一回。三老汉说，一回就用得很好，怪道以前县上的官年年要给皇上进贡蛇胆，长虫坪的蝮蛇胆在全国都是独一无二的。

王安全说，蛇胆的作用是祛痰镇惊，清窍平肝，按中医说法，长禄老汉得的是紧痰厥，肝阳暴亢，引动肝风，所以才突然昏倒，人事不省，这样的病在城里是常见病，应急的时候用安宫牛黄丸有奇效。

长禄儿子想托王安全从城里给他爹买几丸安宫牛黄备着，打听价格，一丸要 350 块钱，舌头伸了半天没缩回去。

村长让王安全以后常来长虫坪走走，说山外很时兴“名誉”这个词，他现在就委任王安全为长虫坪的“名誉村民”，只要他来，无论什么时候，家家的门都向他敞开着。三老汉说，自从二颤妈死后，还没有人在长虫坪这么受敬重，王安全是第一个。

王安全问二颤妈为什么受敬重，三老汉说，那女人是蛇母，不是凡人。

王安全问村长，长虫坪怎还有个长虫的母亲。村长说大伙那样说罢了，主要是二颤妈会看病，懂得些土方子，山里缺医少药的，能有个这样的人就显得特别珍贵，附近的人都爱把她当神看。

王安全说，可惜死得早了，要不能从她那儿学到不少草药知识。又问山上的娘娘庙是不是供奉的二颤妈。

三老汉说不是二颤妈，是殷家另一位姑奶奶，是个皇上封过的娘娘。还是当年那个败逃到山里的刘秀，刚在河边斩了大蟒，后边追兵就赶来了，刘秀情急之中看见地里有个村姑在耪地，把剑藏了，过去就帮着姑娘干起来。兵来了，问姑娘耪地的是什么人，姑娘看刘秀气宇不凡，就说，是我男人。兵问刘秀，姑娘是什么人，刘秀说，是我媳妇。兵问看见有人跑过去没有。刘秀说，有，朝南边走了。兵们就去追了。刘秀感谢姑娘的救命之恩，让姑娘等着，说将来成了事一准来接。刘秀一去不回头，当了皇上早把秦岭里的姑娘忘了。皇帝亲口封过的娘娘谁人再敢娶，就这么耽搁着，后来殷家人在山顶上为姑娘修了座庙，让姑娘住着，为的是山外皇家来人接，在上头远远就能看见。殷姑娘苦苦地等，等了一辈子，也没见婆家来人。一条小蟒叫二颤，是大蟒的兄弟，每天盘在姑娘的裙子底下给姑娘做伴，一直到今天。每年二月二，到了龙抬头的日子，全山的长虫都来朝见娘娘……

王安全说，真是个凄美的故事，刘秀害了大蟒也害了殷家姑娘，他对秦岭是欠了情的。

村长说山里这样的传说多得很，他跟县上说了，将来开发旅游，长虫坪是个很不错的地方，就是这个名字叫坏了，“长虫坪”，让人一听怪吓人的，没人敢来了。村长说王安全如果能给长虫坪想个妥帖的、能在外头叫响的名字，那将是为长虫坪又干了件功德无量的事。

松贵说，人家九寨沟、张家界什么的名字就取得很好，像个村似的，很有人气儿……

王安全说，改名是大事，得全村在一块儿商量，还得上报请求批准……

正说着，老佘的大菜端上来了，热腾腾一大盆，满满当当蹾在桌子正中间。大伙不看则罢，一看惊得脑袋上冒出了汗，汤锅里盘着两条白花花的长虫，随着汤的沸腾正起起伏伏。三老汉一下丢了筷子退得好远，其余几位也捂了鼻子嘴，瞪着锅里的长虫说不出话。

老佘动员大家尝尝，没人响应。老佘带头舀了一勺汤喝了，闭着眼陶醉了半天，说要是有胡椒和香菜味道会更鲜，又说这样的汤在大地方没有三五百块是下不来的。

三老汉说，长虫坪的人从来不吃颤，以前就是取胆也从不杀颤。

老佘说，观念得改改啦，北方的馆子以前也不做蛇，现在不是也卖得很红火，油煎、清炖、红烧、黄焖，人家日本还做成了生的撒西米，吃的花样多了，菜市场活蛇笼子跟前老是围着买主，买主不都是南方人。

几个老汉还是不动筷子，有的想离席，碍于王安全的面子又不好走开。王安全看着那一锅蛇汤，想到在长禄家院里拖着肚肠翻转的长虫，有些反胃。老佘往他的碗里舀了勺汤，夹了一段蛇肉，说王安全是大城市来的，在城里肯定是吃过蛇的，这回应该带个头，给长虫坪的父老乡亲们做个榜样。

王安全说他没吃过蛇。

老佘说，头一个吃螃蟹的人是勇敢的人，这也是饮食的突破。

王安全看着碗里的白蛇肉，看着蛇的一条条伸出的刺一样的肋骨，肋骨弯弯的，弯成了弧形，弯出了蛇腔的轮廓，想着那些肉在肋骨上的收缩舒展，他实在伸不下筷去，一阵恶心，将碗推开了。

饭桌上的气氛有些冷。

三老汉说，大颤呢，大颤！

大颤从厨房跑出来，擦着手站在桌旁边，问三老汉有什么事。

三老汉面色严峻地说，你给我把它端下去，以后在长虫坪的饭桌上，再不许出现这类东西。

大颤喏喏地端着汤进去了。

老佘有些下不来台。王安全没话找话，说在山上喝了二颤的鸡汤，喝出了一股神奇的味道，到现在他也不明白二颤怎么会做出那么鲜美的汤。三老汉说那样的汤只有在山上，在娘娘庙才做得出来，三老汉说二颤用的是“养颤池”里生长的细辛跟鸡在一起炖，才炖出这种效果。王安全问别处细辛成不成，三老汉说大凡细辛炖肉都会炖出美味，唯独“养颤池”的最好，那是颤们偎过的，别处不能比。

老佘接过来说，早知道这样，在他的蛇汤里放把细辛，这汤会更美。

蛇汤的话题又被提出，众人都不说话。

村长看看王安全，看看三老汉们又看看老佘，不想让大家不愉快，正好大颤端出酒来，村长接过酒壶，张罗着说，喝酒，喝酒，大颤酿的苞谷酒，地道得很。

长禄儿子给王安全敬酒，给老汉们敬酒，热腾腾的酒斟满了各人的杯子，大家这才发现今天的酒与往日不同，发青发绿，有股说不出的味道。长禄儿子问大颤在酒里放了什么，大颤看老佘，老佘说放了蛇胆，汤锅里两条蛇的胆都被他搁在酒里了。

老汉们端起的杯子又放下了。

老佘说，蛇胆是好东西。

三老汉说，要是为了治病救命，用多少蛇胆长虫坪的人都不在乎，长虫坪的颤们也不会在乎，那是积德行善的功德，怕的就是无辜杀生……

两个老汉站起身，对着王安全一拱手说屋里还有其他事情，改日请王大夫上屋里喝酒，说罢走了。三老汉也说不放心长禄老哥哥，离了席。最后桌旁剩下了王安全、村长和老佘，村长说，瞧瞧这顿饭吃的……

老佘说，乡下人不开窍，改革开放的春风还没有吹进来。

王安全让大颤给他下碗面。

老佘也要吃面，蛇汤面。

大颤问王安全是不是也吃蛇汤面，王安全说吃清汤面。

七

老佘说他白天逮的长虫一夜间又跑得一条不剩了，他对他那个布口袋百思不得其解，他说，我挽了个扣，口袋里的长虫竟能解开扣扬长而去，神了，这不是长虫，这他妈是人。

老佘对他那些长虫的集体逃跑怒火万丈，对二颤似乎也恨之入骨，渐渐地他不在庙里吃早饭了，他说，二颤这条长虫精说不定什么时候会在饭里下了蛊，他不能不防。二颤当然对老佘也没有好脸色，他常常用蛇眼毫无顾忌地盯着老佘死看，特别是老佘隔三岔五往山下运长虫的时候，二颤的脸简直就黑得失了原来的模样，完全变成了一条蛇。山下长虫坪饭馆有老佘在山外的朋友骑着摩托来接，一口袋长虫夹在摩托后座上，突突突地出了山，据说几家饭店和老佘都有固定关系。长虫坪的长虫属于大自然的绿色食品，价格在城里一直是居高不下的。

白天，王安全庙前庙后地转，大部分时间在“养颤池”的低洼里考察那些变异了的植物，比如茎干变得扭曲了的大蓟，叶子变得肥厚了的细辛，颜色变得暗红了的蛇莓，汁液变得酸涩了的紫苏……他不知道这些和蝮蛇的频繁往来是不是有关系。“养颤池”里的蛇非常多，抬脚就会遇到它们，王安全行动前必须小心翼翼地敲击着草木，给它们以回避的信号，就这，也常常的“不期而遇”，给双方一个惊吓，半天心情定不下来。老佘也在洼地里转，他说“养颤池”里的长虫又大又肥，通过长禄老汉的事他看出来了，不光蛇肉值钱，蛇胆更值钱，一个老蛇胆能值几十条活长虫，因为那是长虫的精华。王安全感觉到了，只要老佘一下“养颤池”，二颤就上树，缠绕在树上，用他的蛇眼不错眼珠地盯着老佘。二颤和老佘两个人在娘娘庙叫上了板，成了不共戴天的仇人。二颤几次往山下轰老佘，老佘死皮赖脸就是不走。

王安全已经习惯了夜里的簌簌的声响，他知道那是在神像后面安息的那条美丽的老蛇。那条蛇夜夜从娘娘的脚底下出来游逛，一股水一样，悄无声息地流出来，垂下神龛，沿着墙根流动，先往东，折头再往南，一会儿亮在夜光下，一会儿隐在黑影里，如一个威严肃正的老爷子，在自己的领地巡视。巡视一圈的老蛇绕过王安全睡的床腿，围着老佘的布口袋转悠，老佘的布口袋无论是空还是不空，老蛇都要盘桓一会儿才离开，然后径直奔二颤而去，很熟练地顺着床腿爬上去，或一条带子似的缠在二颤精光的身子上，或猫儿般盘绕在二颤的脚底。二颤和蛇似乎很熟悉，好像这一切对他很自然，他与蛇在一张床上相安无事地睡觉，并没觉得有什么不便。

初时，王安全见到大蛇在屋里游荡，心里恐惧极了，整夜不敢合眼。后来他窥出蛇的规律，知道它的游走路线都是固定的，轻易不会改变，更没有攻击人的意思，悬着的心才慢慢定下来。他知道，这是一条有了岁月的老蛇，过于角质化了的鳞甲滑过地面，那轻微的沙啦声不注意往往会被人忽略，身躯的转动也不似小蛇那般灵活，特别是老蛇时不常地抬起上身，快速地吞吐着蛇芯，向四周谨慎观望的时候，王安全感觉这简直就是一个安然踱步的老者……

王安全不知道这是不是人们传言的，陪着殷娘娘等待皇上的那条小蟒——真正的二颤。如果是，它从东汉活到现在，近两千岁了。

二颤对王安全的照顾是出自真心的，他对王安全的尊敬同样也是出自真心的。王安全救活了长禄老汉，在长虫坪地区被传为神医，常有附近老乡，搀着抬着，到庙里来请王安全看病，王安全一再声明他是搞教学的，不是临床大夫，老百姓哪管那个，能救活一个就能救活一群，能治一样病就能治百样病，把王安全弄得很为难。山里人朴实，懂礼性，看病不空手来，挎一篮土鸡蛋，提两条腊肉，灌两瓶苞谷酒，装几块蒸米糕，于是庙里的吃食就变得很丰盛，生活质量大大改观。王安全爱吃土鸡蛋，那些农家自由放养的鸡下的蛋，香醇自然，能让他吃出儿时吃鸡蛋的感觉，现在城里卖的鸡蛋，整齐划一，机械化养出来的，激素催出来的，吃鸡蛋的感觉如同吃鸡饲料。王安全很小心地将那些蛋收在墙角，想的是将来回城时别的可以不带，这些鸡蛋得带回去，让同事们都尝尝，什么叫鸡蛋。

有人来看病，二颤也很高兴，来了人，他会很自觉地在身上套个背心，以示礼貌。背心上印着"中国皇帝"的字样，那是电视台一个拍摄《中国皇帝》专题片的摄制组到长虫坪来拍摄汉武帝和光武帝传说，送给二颤的。背心是杏黄色的，二颤很喜欢这个颜色，至于上面的红字是什么意思，二颤不在乎。有人来了，"中国皇帝"会很自觉地端凳子，倒开水，人们会说，这个二颤啊，心善着哪。二颤就越发在人前表现，二颤爱听人们夸他的话。有时候山下抬上来危重病人，二颤会很快地从"养颤池"里逮来长虫，以备王安全随时选用。二颤一手攥一条活长虫，站在人们面前，把人吓得够呛，王安全告诉二颤说，并不是所有的病都用蛇胆，蛇胆也治不了所有的病。二颤就把长虫放了，蹲在旁边看王安全给人看病。人走了，二颤照旧脱个精身子，照旧往树上缠，照旧和老佘对着干。来的人多了，王安全觉出二颤的兴奋不是为了那些吃的，他是另有目的。

来看病的人都要拜一拜娘娘，要在案上留下少许香火钱，二颤把那些钱仔细地收起来，天天晚上坐在台阶上一遍一遍地数。王安全开玩笑地说，二颤，你是不是要拿它娶媳妇啊？

二颤看着王安全，极快地吐了吐黑舌头，蛇眼一翻，竟露出了眼白。

王安全立即意识到，长虫是用不着娶媳妇的。

这天半夜，王安全被吵闹声惊醒，原来是老佘冲着二颤在庙外“养颤池”旁边嚷嚷。老佘拍着空布口袋说，我早猜出是你，没言语罢了，我憋了你两天了，你个贼长虫，偷我的东西！

二颤抱着胳膊冷冷地看着老佘。

见王安全出来，老佘说，长虫一口袋一口袋地跑，我就知道这里头有鬼，留了个心眼，一下逮个正着，原来是这小子半夜偷偷把它们放了，整个是个贼么！

王安全这才想起有天夜里看见二颤站在池沿嘶嘶地挥手，原来是在放长虫。王安全让老佘不要和二颤计较，二颤毕竟脑子有毛病。

老佘说，他有毛病，他有毛病为什么把钱认得那么真，见天在台阶上点钱，比老财迷还老财迷。他不管不顾地把口袋一解，我白天晚上的辛苦全完……

二颤好像听不懂他们的话，进屋去躺下了。

王安全说二颤再怎么着，老佘也别骂他是贼长虫，忒不好听。

老佘说，难道长虫不是贼吗？长虫都是贼，看看你篮子里的鸡蛋吧，数数它们还剩了几个？都让那条花长虫吞了。

原来老佘也注意到了半夜在屋里游动的老蛇。

老佘说，我早晚得抓住它，那瓶白酒就是为它准备的。

床上的二颤，身子扭动了一下，床板发出吱吱的声响。

八

一大早，二颤就被大颤叫下山去了，说是大颤妻弟娶媳妇，让二颤和嫂子过去帮两天忙。二颤平时在庙里能一个人静静地待着，也有待不住的时候，就是山底下办喜事，二颤最爱看娶媳妇，他爱那吹吹打打的响器和花里胡哨的热闹，唢呐声一起，二颤便醉了酒一样地手舞足蹈，长虫坪无论谁家办喜事，二颤是必到的，二颤里里外外地瞎张罗，高兴得像个小孩子，哄起一团喜庆。

办喜事的时候不能没有二颤。

二颤下山的时候穿上了“中国皇帝”的背心，套上了长裤，山道上，日影下，二颤在大颤前头欢快地跑着，将他哥落得很远，浓浓的绿色中，黄衫红字很是醒目，“中国皇帝”的大字离得老远都看得清清楚楚。

山路转弯，“中国皇帝”隐在山背后，看不到了。

大山里，空剩下一片静谧，几声鸟鸣。

王安全去看放在墙角的鸡蛋，果然没剩了几个，那么一大篮蛋，有几十个，让那条老蛇今儿仨明儿俩地吃得差不多了，这家伙的食量也真是大。老佘在他身后说，怎么样，我没瞎说吧，晚上我看得真真儿的，一口吞几个！

王安全真是心疼他的鸡蛋，抱起篮子寻了半天安全地方，最后将一篮鸡蛋高高吊在房梁上，想的是这下那条长虫无论如何是够不到了。

白日一天无话。

晚上，王安全点着油灯整理标本，旁边的老佘裹着一条毯子发出了均匀的鼾声，老佘的睡相不雅，四仰八叉，睡梦中的一张脸透出了狠相，蠢相。二颤的铺是空的，此时的二颤正沉浸在欢乐中，明天才能回来。夜深了，王安全伸了个懒腰，将桌上的枝枝叶叶推开，不小心碰掉了老佘的小刀，他将刀子捡起来，才发现老佘这把不起眼的刀子其实锋利无比，是能伸缩的瑞士名牌。熄灯躺下，王安全想起了那条老蛇，他抬眼看了看房梁上挂着的篮子，篮子平平稳稳地在半空吊着。王安全笑了，他有一种跟老蛇做游戏的小快乐。

半天睡不着，他等待着那簌簌的声音。

天上月亮很亮，照得庙堂里明晃晃的，王安全转了个身，将脸正对着房梁，他突然觉得篮子哪儿有点儿不对劲，好像比白天大了一圈。想的是自己眼花没看清，睁大眼使劲看，的确是大，不但是大，而且还在缓缓地动——原来是那条老蛇正一圈圈缠绕在篮子上，缠得很艺术也很巧妙，不仔细根本看不出来。王安全不动声色地看着，只见老蛇从篮子沿悄悄伸进头去，一张嘴，将一个鸡蛋吞进肚里，一张嘴，又一个鸡蛋进去了，老蛇连着吞了四五个，脖颈下面清清楚楚鼓着几个卵形包块。老蛇扬起头准备照原路顺绳子爬上房梁，毕竟吞了几个鸡蛋，有些力不从心，它索性转身向下，尾巴绕紧篮子，脑袋和上半身轻缓地垂下来，探了几次，感觉差不多，于是一个漂亮的软着陆，到达了地面。蛇尾从上面下来时到底弄出了轻微的声响，老蛇很冷静地滑到桌下，闭气凝神地蜷缩了一会儿，见无动静便舒展开身子，让那些包块依次向下滑动，滑止半截，老蛇将身体来了一个翻转，又一个翻转，绸带一般，接连不断地扭转，用身体的转动将体内的鸡蛋撞碎挤烂，那些包块奇迹般地消失了，老蛇停顿了一会儿，摆动了一下身体，向着神龛方向游去。

就在老蛇刚刚掉过头的刹那，只见老佘哇的一声从床上跃起，顺势从毯子里带出了捕蛇的铁钩子，没等王安全看清楚，那钩子已经牢牢地压在了老蛇的颈部。老蛇比一般的蛇要粗壮有力许多，身子急剧地翻，扭得麻花似的，蛇尾巴啪啪地抡击，将地上的土攘起多高。王安全第一次看见，蛇的挣扎原来是这样的猛烈，这样的不顾一切，他呆住了。老佘让王安全赶快打亮手电，王安全在老佘床上摸索了半天，摸出手电，按电门时手竟有些哆嗦。

圆圆的光柱下，王安全看到了那条老蛇的脖子被老佘的铁棍紧紧地压在地上，蛇嘴张得老大老大，粉色的口腔，两颗晶莹弯曲的毒牙，细长分叉的黑紫舌头，完完全全暴露在电光之中。蛇嘴里往外喷着气，不是嘶嘶而是呼呼，那双圆圆的小眼，由于愤怒而变成灰白，由于绝望而渐渐蒙上一层翳，但却明确地传达出了仇恨的信号和复仇的决心。

王安全对老佘说，放了它吧，怪可怜的。

老佘喘息着说，放？我稍微一松手它就会给我一口，到时候可怜的就是我了。

王安全说，没准它是从汉朝活过来的二颤哩。

老佘说，我还巴不得它是侏罗纪的恐龙呢。什么大颤二颤，全是扯淡，迷信。

老佘让王安全帮着把桌上的刀拿过来，王安全不愿意帮忙，老佘探着身够，硬是将刀够了过来。老佘左手压着老蛇，右手拿着刀，咬牙切齿就要下手。王安全上去阻挡，这时候，蛇的尾巴一抡，正抡到王安全的胳膊上，王安全感到，蛇的劲头已经显得无力，显得力不从心。老佘将王安全推开，让他不要添乱，在这关键的时刻，没有他老佘的退路，他必须将战斗进行到底。王安全关了手电，他不想再做老佘的帮凶，他期望老佘在黑暗中能就此罢休。

老佘冲他嚷，让他打亮手电，他说不。老佘说，你以为这样就能制住我么，我在酒楼杀了十几年蛇，就是摸黑，我也能把问题解决了。

噗的一声。

王安全赶紧打开手电，老蛇的头与身子已经分了家。蛇头在北，蛇身在南，蛇头悄无声息地陈在地上，蛇身从腔子里淌着血，在很怪诞地扭曲。

王安全说，你到底把它宰了。

老佘说，我是宰蛇的。

老佘扔了刀，用棍将死蛇拨到墙角，蛇身不再动弹，挺挺地展着，蛇血鲜红而浓稠，在地上洇出一大片，王安全没想到一条蛇会有这么多血。老佘用布口袋把蛇盖了，说明天天亮再剥皮取胆。

王安全一夜无法入睡，他无法在老蛇的罹难之地闭上眼睛。那摊血，在他的床下洇得很大。鸡蛋篮子还挂在房梁上……

老佘鼾声依旧。

第二天，老佘将蛇身挂在柱子上，准备剥皮了。无头的蛇直直地伸展着，像一根用久了的绳子，蛇的斑纹很美丽，土黄中盘旋着黑色和淡棕，以致王安全一直在怀疑，这究竟是蛇还是蟒。老佘捋着直挺挺的蛇身，估摸这条长虫得有一二十斤，说他从业十几年还是头一回碰到这样大的蝮蛇。老佘用手试着他那把锋利小刀说，宰大蛇必须先斩首，大蛇的劲大，难以控制，宰小蛇直接钉到板子上用刀片一划就可以，省事，跟鱼市宰杀鳝鱼差不多。

台阶上放着那瓶白酒，是老佘预备下搁放蛇胆的。

王安全看到老蛇微黄的腹部有一块鳞甲并没有严丝合缝地对齐，形成了一条小小的错位，极像一个疤痕。按当地传说，这是当年被殷家取过胆的标志，王安全告诉老佘，这条蛇是没有胆的。老佘说，你信那个，亏你还是教授，传说永远是传说，要信这个我们永远挣不到钱。

王安全站在老佘身后，关注着老佘能不能在蛇肚子里找到胆。

老佘不愧是酒楼里的宰蛇大厨，刀起刀落麻利干脆，毫不拖泥带水。老佘破开蛇腹那层薄薄的皮，没有了头的连接，蛇的内脏哗地全掉在地上，王安全才知道，原来蛇的肚肠只是隔着一层皮，紧贴着地面，并没有肌肉的阻隔，跟人肚的结构完全不同。蛇的心脏比他想象的要大得多，肝脏也很红润，那个小小的肺泡细而长，粉色的，颇像东面即将升起的一缕霞光。没费多大劲儿，老佘就在肝脏下面找到了蛇胆，老佘小心地割下那个柔软的囊，浸泡在白酒瓶子里。空了多日的瓶子里终于有了内容，黑绿的，深沉的，圆润的一颗胆，沉在瓶底，如一颗宝石。阳光下，那瓶酒泛出了晶莹的绿色，艳丽得让人惊奇。

这不是人间的颜色。

王安全觉得有些失落，为着一个传说的破灭。

蛇肉被老佘炖了汤，老佘学着二颤的样子在汤里放了细辛，是从“养颤池”采来的新鲜细辛，细辛放下去，一锅汤竟变了味，酸而苦，腥气冲天，老远就能闻到。王安全闻着这气味想吐，干呕了几回，吐不出来。老佘吃了几口肉，觉着不是味儿，把锅里的内容都倒在庙后墙外边，和那些蛇皮、内脏堆在一起，生的熟的，乱七八糟一大堆，想的是山上的野物到晚上自然会吃了。

王安全看着老佘里里外外地折腾，他预感到二颤回来一场麻烦准小不了。

九

本应该上午就回来的二颤过了中午也没见露面。

王安全站在庙门口往山下的来路看了几回，以期看到那件杏黄色“中国皇帝”的汗衫。可是山路在太阳下晃晃地亮着，连个人影也没有。

吃了蛇肉的老佘开始泻肚，一趟一趟地跑到庙后去拉，又拉不出什么内容，肚子疼得龇牙咧嘴，跪在床上，撅着屁股脑袋顶着床板不住地哼，模样像一条颠来倒去的大长虫。老佘让王安全赶快给弄点儿草药吃，说他不能守着大夫让病给拿住。王安全说蛇肉大寒，寒气在腹内凝结，虚狂起倒，阴盛隔阳，非一两服草药能解决问题，他建议老佘赶快下山，否则病情越拖越重。

老佘说今日下去也出不了山，他的摩托明天才来，他让王安全像扎长禄老汉那样，也给他扎两针，全为应急，只要肚子不疼就好。王安全说别处疼痛都好说，只有肚子疼不敢随便扎针，要耽误事，出人命的。

老佘说王安全太残忍，看着病人痛苦没有救死扶伤的白求恩精神，说着，提着裤子又往庙后跑。

王安全算计二颤怎么也该回来了，他想二颤回来就让他到山下去叫人，把这个吃坏了肠胃的老佘想方设法弄下去才是正理。刚想到半道去迎一迎，就听庙后老佘一声惨叫，仿佛见了鬼一般。王安全赶紧往后头跑，转过山墙看见老佘提着裤子在使劲甩脚。

王安全说，老佘，你在干什么？

老佘说，它在咬我，使劲咬我。

王安全说，谁咬你了？

老佘说，那个老东西！它现在还在我的脚上。

王安全看到，被老佘砍下的蛇头，牢牢地咬住了老佘的脚背，再不撒嘴，任老佘怎么抡怎么甩，纹丝不动，就像长在了脚上。

原来老佘看到墙角的一堆生熟物，气不打一处来，冲着那一堆踢了一脚，却万万没想到，被蛇头一口咬住了。

王安全取来老佘捕蛇的铁钩子，撬老蛇的嘴，无济于事，这个蛇头好像聚集了全身的精力，拼尽全部的力气，将两颗牙深深地扎进老佘的脚面。老佘哇哇地叫着，在地上跳跃，肚子疼已经退到第二位，面对不屈不挠的蛇头，他恐惧得面部变了形。

王安全叫老佘不要跳大神般的胡蹦，关键的关键是要安静下来，让气息平缓，心跳放慢，让血流速度减下来，避免毒素的快速扩散。老佘抓住王安全，像抓住了救命稻草，再不撒手，后来索性咧开大嘴哇哇地哭起来。王安全安慰老佘，大可不必这样紧张，尽管形势很严峻，天还没有塌下来不是。

老佘说，天会塌下来的，天马上就塌下来了。

王安全扶着老佘在床上躺下，老佘的脚上还挂着蛇头，嘀里嗒棱，像拖着一只鞋。老佘颤颤巍巍指着蛇头说，你看，它还睁着眼，它在瞪我！

王安全不得不冒着危险用手掰开蛇嘴，他发现，老蛇的眼尽管目光炯炯，细看已经散淡，其实老蛇在咬下去的时候就死了，它根本没有能力再将牙从老佘的肉里拔出，就这么死死地扎着……

老佘的左脚上留下了两个狰狞的红点，那是老蛇最后留给他的记号。王安全用带子将老佘的大腿紧紧地扎了，让老佘尽量少活动，减少毒液扩散。老佘紧张得说不出话来，嘴唇哆嗦着，眼泪哗哗地流。老佘说，王大夫，你得救我，我不能死在这老山林里，我还有许多事情没干。

王安全说，我只能先给你应急包扎，再到山底下喊人，抬你下去。

老佘跟王安全要笔纸，说是要趁着神智还清醒赶快写遗书，否则一切都来不及了。王安全让老佘不要乱动，遗书到山下再写也不迟。说罢，王安全到"养颤池"里揪来一大把蛇莓草，连果带蔓捣碎了，往老佘的伤口上敷。只这一会儿工夫，老佘的脚便肿得失了形，发黑发紫，连带得小腿也变得肿胀透明，像根冻透了的大萝卜。王安全用老佘宰蛇的刀将伤口割开一个口子，黑红的肉立刻翻出来，老佘爹呀妈呀嘶着声地喊叫，又踢又踹在床上挣扎。王安全说，你这样，我没法操作，你要忍着，要安静，像你这样折腾，到不了下午就得死。

老佘怕死，老佘不折腾了，使劲咬着牙，任着王安全在脚上动刀。

王安全用嘴吸伤口内的毒血，一口又一口，吐在床边的地上，黑黑的一摊。老佘看了心里很不落忍，喘息着说，我要是能好了，一定认你当哥，亲哥一样地待你。

王安全呵斥道，别说话！

王安全将药浆给老佘敷上，让老佘躺着，他下山叫人。老佘不让王安全走，说他一个人在庙里害怕，他把娘娘的二颤给杀了，娘娘肯定饶不了他。

王安全说，那都是传说。你不是不信迷信吗？

老佘说他现在信了。王安全说如果今天不把老佘抬下去，老佘必死无疑。

老佘只好放王安全走，让他无论如何快去快回。

王安全连跑带颠，一路飞奔，直奔长虫坪饭馆。

饭馆门锁着，台阶上的老头子们说天不亮大颤妻弟就派人把大颤叫走了。王安全问村长在不在，老头子们说村长也跟大颤走了。王安全说了山上老佘让蛇咬了的事，让组织几个青壮上去抬人。

人们一听老佘让蝮蛇咬了，都摇头。

王安全让松贵给县上打电话，让县医院寻找抗毒血清，派救护车到长虫坪来拉人，松贵不敢耽搁，跑着到镇上去打电话。

王安全带着人们回到娘娘庙的时候，老佘已经面色青紫，只剩了出气的份儿。山里人一看老佘这模样，都说没救了，抬下去也是个死。

十

被身首分离的蛇头撕咬，听起来是奇事，但据动物学家解释却不足为奇，离开身体的头在一定时间内仍可存活，这是脊椎动物的本性，人不行，但是蛇可以。老佘在山上遇到王安全也是万幸，是缘分，一切的救助还算及时、到位，所不幸的是老佘后来锯了一条左腿，坐上了轮椅。老佘再不宰蛇了，也再不吃蛇肉了，老佘改了行，在商店里支个小摊子给人修表。没人问老佘的腿是怎么丢的，老佘自己也不说。

真正死的是二颤，不是老佘。

二颤是在亲戚的婚礼上倒下的，在器乐演奏得最热烈的时候，舞蹈着的二颤突然像被谁抽了筋，哗啦一下散了，在地上成了一堆，提也提不起来了。大颤和村长赶来的时候，他的身体早都凉了。人们说，二颤能活到现在其实很不容易，从根上说，他就不是个正常的人……

得知庙里老蛇被宰杀的消息，长虫坪的人都非常遗憾，在他们的感觉里，两个二颤就是一个，也不知人是蛇，也不知蛇是人……

第二年暑假，王安全领着他的一班学生来到长虫坪，长虫坪的饭馆还开着，卖腊肉炒洋芋和米饭，洋芋片炒得死咸，让人吃了一辈子忘不了。饭馆外面的台阶上坐着“众议院”的“议员”们，为首的长禄老汉手脚已不利落，嘴角歪斜，半个身子不听使唤，但还是蛮有兴致地参政议政。

看见王安全来了，“议员”们都很恭敬地站起来，包括长禄老汉。大家管王安全叫“王先生”，学生们看得出，王先生在长虫坪很有威信。

山上的娘娘庙已经修缮一新，一部分资金来自二颤常年的积攒，一部分来自村民的集资。

王安全带着学生们仍旧住在庙里，娘娘的披风完全换了新的，那只断了的手被补上了，还描了彩。夕阳中，在满山的霞光里，王安全放了《金蛇狂舞》的录音带，他放了一遍又一遍，声音很大，传得也很远。

学生们莫名其妙。

王先生一脸庄严。

狗熊淑娟

一

淑娟是只黑熊，雌性，二十年前在深山被地质队拾得，当时不满一月，不知何故被母熊抛弃在溪水的乱石间，惊恐万状，茫然无措时被队里做饭的老孙误认为是农家的黑猫，拾回帐篷拴在面袋旁，以作捕鼠之器。傍晚大家来逗弄“黑猫”，“黑猫”龇牙咧嘴，大伙才知道这黑家伙是熊不是猫。小熊病恹恹，软弱得蜷成一团，抬不起头来，后来被老孙的一锅面糊糊灌足了精神，欢腾雀跃，做出种种憨态。于是大家都知道小熊那提不起来的软弱不是病态，而是饿的。

半月后熊崽已长到十余斤，抱在怀中也不如初来时那般小鸟依人的安分，那身软软的绒毛也开始发硬，扎人。脾气伴着食量渐长，除常招惹附近老乡的狗以外，对山里稀疏惨淡的苞谷棒子也发生了兴趣，盗窃之事时有发生。农人来索赔，出资者往往是老孙，包括队长在内，都认为是老孙管教不严所致，活该老孙出钱。熊崽对地质队员们充分地表现着它的友善，它的知恩必报，只要是穿工作服的，谁都可以抚摸逗耍，甚至可以提着后腿玩倒立。然而只要穿烂衣裳的农民来，十几丈外它便开始呼噜，直起身子做欲扑状。有一次，农民山蛋故意跟老孙换了衣裳，熊崽亦照扑，大家便知道，这畜生不是凭衣裳认人而是凭气味认人，它视山民那烟熏火燎的柴火味为敌。据老孙推测，这一定与它在幼崽时的经历有关，跟人一样，熊也是有记忆的。老孙看着舞动前爪，向山民愤怒咆哮的熊崽说："这家伙长大了不得了。"大家都不以为然，反而戏耍地给它取了个淑静美丽的名字叫"淑娟"。淑娟实则是队长贤惠美丽的妻，地质队的男子汉们多为娶妻老大难，对队长有妻淑娟，羡之慕之，巴不得也有淑娟之类在旁陪伴，今有小熊在帐篷内外为大家调笑解闷，且不避男女之嫌，逢饭必吃，遇被便钻，实则给寂寞鳏夫们很大安慰了。搂着温热的"淑娟"入梦，亦如与可人的淑娟同榻，只是这"淑娟"的呼吸粗了些，鼾声大了些。

秋凉从野外收队归城时，淑娟与队员们已难舍难分，为彼此时有关照，队员们让它随队返回城市。淑娟由农村户口转为城市户口，改吃商品粮，倒也简便，没交什么城市建设费之类。

饲养员林尧就是在那个时候接触淑娟的，那天，地质队全体野外队员如送亲妹子般将淑娟送进了动物园。进园时淑娟骑在老孙脖子上，东张西望，神气得如同凯旋的英雄，若不是嘴里塞满了烤红薯，它一准会激动得吼起来。熊舍在接受淑娟的同时还接受了地质队员们的大批馈赠，出队剩余的肉罐头、香肠和精白面之类。林尧对这些东西并不看得重，相反他甚至有拒绝馈赠的念头，他知道，被地质队惯宠坏了的淑娟，面临着动物园的正常伙食将是生活水准的跌落和失去自由的精神煎熬。这一切，人可以理解，可以调整，可以自我控制，熊呢？林尧清醒地认识到扬扬得意的地质队员们干了一件傻得不能再傻的蠢事。

果然，小熊刚被关进笼子，笼里的和笼外的立即同时产生了愤怒效应。淑娟不习惯这个狭小拘谨的空间，它用身体撞击笼子，一下又一下，沉重而猛烈，后来又用牙齿啃咬笼子，直至牙齿和嘴角冒出了血花，左前掌一个赘生的肉瘤也被磨出了鲜血。笼子外淑娟的“亲戚”们也不干了，他们责问林尧为什么要把这么可爱的小东西关进铁笼，限制自由？他们说在山野他们把淑娟看作是随队的一只小狗，连锁也不锁的淑娟已习惯了人的生活，它完全可以像孩子一样在动物园的草地上嬉闹玩耍，为动物园增添一景。林尧说，如若那样，动物园将路断人稀，再无人敢入。

这都是二十多年前的事了，那时的林尧才从插队的乡下回城，才与一同插队的陆小雨结婚，那时陆小雨还是一名普通工人，没有到日本留学，跟淑娟进笼一样，一切才从头开始。

现在，淑娟已经老了，它一动不动地躺在墙角不吃不喝已经有四天了。这不是冬眠，是病态，长期的人工饲养它已失去了冬眠的习惯，非但它，连它产下的众多子女也没一个冬眠的。那些庇护过它的地质队员们自从看见淑娟被林尧关进铁笼后再没来过，或许他们忘却了淑娟，或许自那以后他们在山野再没遇到过猫一样的熊，也或许遇到了，再不想往这摧残“兽性”的笼子里送。

下班后的林尧骑着车往家走，满脑子都是狗熊淑娟的事。年过不惑的他依然显得年轻有活力，特别是在动物园里，他穿着米黄色的夹克（实际是工作服）给淑娟投食的时候，淑娟完美的配合无异于马戏团的精彩演出。直立接食的淑娟很懂得如何取悦观众，它转着圈向栏杆上的男人和女人行礼，前掌上的肉瘤在阳光下闪着光，如同握着一枚黑石子，粗而短的后腿笨拙地移动着，肥大的臀部与粗壮腰肢的扭动像成熟又多子的村妇，引来一阵阵笑声。问题是现在的淑娟已经四天没吃没喝，连牙龈都没了血色，呈严重贫血症状。下午时候，林尧找过园领导，反映了淑娟的情况，园领导让饲养科长解决这一问题，科长对林尧说：“一头老熊，走到生命尽头都是这个样子，你我到老了的时候也许还不如它呢。”林尧说：“这事你不能撒手不管，淑娟没病的时候给这园子增了不少彩，咱们不能没良心。”科长说：“园里经费困难，每天光饮料开支就让人难以应付，门票收入又极其有限，现在大伙都忙，谁还有心来逛动物园。你要真顾念淑娟就给它一个自自然然的安乐死吧，看住了它，别让熊贩子给开膛剁爪就是万幸了。”

嗅到了蜡梅的芳香，林尧猛地意识到：到家了。

陆家院子里栽满梅花，都是岳父陆浚青种的，花色除了黄便是黄，清素清素的，使得偌大院落给人一种陵园的感觉，让人从心底发颤。陆家宅门高大沉稳，尽管砖雕残破，油漆剥落，但气派依然。瓦上摇曳的衰草，棱角也变圆滑的石阶，清晰地留下了时光的印痕，从那磨砖对缝、前廊后厦的建筑，那雕刻精美的门侧石鼓上，似乎仍能找到院主昔日的辉煌。附近人称这里为“陆家大宅”。“文革”期间，大宅一度为市革委会某机构所占，后落实政策，归还原主，所以与一般市民侵占的大宅门不同，内中建筑并未受到太多损坏，也没有小厨房、防震棚一类建筑出现，较好地保存了旧日原貌。更可称道的是下水道各类设施的建设，连厕所也装上了抽水马桶，可谓古今结合，使陆家大宅较以前又进了一步。大宅前后院落三进带后花园各房由游廊相连，东西跨院有月门相通，院内方砖墁地，园中曲径铺石，俱是精心设计。三间花厅坐落后园东北角，隐匿梅花丛中，当是院中最为幽静所在。陆家老祖父在世时，花厅是谈论政事的地方，老爷子是民国初年参议院参议，所参事物诸多，受理当地人民请愿，以法律及其他建议于政府，提出质问书于国务员等等，所以东花厅便成了运筹的帷幄，机密的中心。当年陆家旺盛时，宾客盈门，凡体己亲友的到来及重大问题的商议，都请到东花厅叙话。东花厅在当时看似僻静，其实是家中最热闹的所在。

现在东花厅是林尧的住所，他与陆小雨结婚，住进花厅已经二十年，开始他不习惯三间几乎只由花隔扇相隔的房间，一进门，屋内一切便一目了然，连那本来应隐于背处的双人床也醒目地睡在西墙边，给人一种舞台演戏的感觉。他建议把隔扇拆了，换成木板墙，但岳父不让，说花厅便是花厅，不可因住人而更改，那硬木雕花隔扇拆下便失了艺术价值，花厅也不能称之为花厅了，如若林尧住不惯，可搬到前院东厢房，那里反正是空的，进出也方便。林尧想了想觉着还是住花厅好，一来这里清净；二来住东厢房，他不愿应了东床快婿的典故，他认为，对陆家来说他算不得快婿，至多是个伙计。林尧推着车往后走，月光下，树影婆娑，他需穿过三重院子再进东侧月门，绕过花丛才能到达自己的房间。这条路他已走熟，他想，换了其他人难免会迷路，这院子太深了。自从政府将院子返还以后，大部庭院都是空的，岳父陆浚青和岳母住在前院，第二进院子是陆浚青守寡多年的二嫂，人称二大大的住处。第三进院子是陆浚青的儿子陆小雷的住处，陆小雷三年前去了美国，房子也空着。当市民疾呼住房紧张，市政府为每人平均每年增加零点几平方米住房而绞尽脑汁的时候，陆家大宅人员的住宅面积却宽松得不能再宽松了。院子一空回声便大，草也往荒里长，林尧和岳父将极多时间花在修整园子上，毕竟人力有限，东院草刚拔完，西院的草又长疯了。梅树要剪枝，藤架要浇水，落叶要清扫，沟眼要疏通……就这，园子仍显得荒凉，加之大门终日紧闭，使人有隔世之感，常有旅游者驻足，好奇地从门缝往里窥探，以为这里是未开放的景点。也有《聊斋》电视剧组要来租用场地，遭到陆浚青拒绝，他说本来这院已寂寞清冷，再弄些狐鬼进来不是添乱么。摄制组很失望，说找这样理想的场地实在不易，陆家不同意，他们只好搭景了，可惜了这所宅子。

林尧拐过梅花丛时，见到自己屋内有灯光，这使他头皮有点发麻，念及蒲松龄笔下将脑袋摘下来梳头的女鬼，想到纪晓岚《阅微草堂笔记》中四百年修炼成的狐狸精，他心里直发颤。但后园只此花厅，如有什么事连人也是喊不应的，即便喊来也是两三个老朽，于事无补，不如自己了断。他将自己隐在花影中，拨开树枝向房里看，只见岳父正将一床电褥子往自己床上铺，他心头一热，迈进屋去叫了一声“爸”。

陆浚青直起身来说：“你这儿该生火了，园子里太潮，以前花厅后头是水池，水虽然早枯了，潮气仍是大，别怄出什么病来。”

林尧说：“我只不过晚上睡睡觉罢了，小雨也不在，生什么火。”

陆浚青说：“我知道你不肯生，所以给你拿来这床电褥子。”后来陆浚青又问林尧的那只熊怎么样了。林尧说还不行。陆浚青说：“不妨用蜂蜜和糕干粉试试。”

林尧说：“现在到哪儿弄糕干粉去？”

陆浚青说：“把米磨碎了自己蒸，这是你二大大今天教给我的法子，让我告诉你。”

林尧说：“二大大就会研究吃，不光精通人吃的，连动物吃的都精。”

陆浚青说：“老祖父在时，陆家每天都请客，陆家请客的特点是不用厨师，由当家太太领着媳妇们亲自下厨，味道自然独特，非馆子里的菜肴能比。媳妇中最出色者，首推二大大，这两年也是老了，不愿动了，做得少了，以前可是了不得的人物呢。”

林尧说：“二大大的‘柴把鸭子’称得上是陆家菜一绝，自进了陆家也不过吃过三回。”

陆浚青说：“这‘柴把鸭子’怕是要失传喽，小雨不会学，小雷更不会学，完了……”说着朝外走，转回身又补充一句：“晚上多盖些。”

这时电话响了，是小雨由东京打来的，小雨告诉林尧，东京正在刮台风。林尧问台风是什么样，小雨说就是刮风下雨……

陆浚青直摇头，说：“大老远的打电话来就告诉个刮风下雨的事，现在电话可真是方便了，东京到这儿，足有万里之遥呢。万里之遥就说刮风下雨……”

二

谁都为钱在伤神。

动物园的经济状况与一些国营大中型企业相差无几，大部分靠国家拨款的体制已使资金难以周转，在园领导为多找财路，多种经营，使动物园在经济旋涡中不致沉没的忧心中，园内饲养的数千只禽兽并不因为情况的窘迫而照旧胃口大开。

亏空似乎越掏越大，使一切陷入恶性循环之中，大型猛兽组首先告急，他们那只正在发育期的母虎一天的消费是八公斤上好牛肉，二斤牛奶，四十片维他命 C，二十片维他命 E，六个生鸡蛋外加一只白条鸡，费用在百元以上，就这，仍处在减肥状态。虎是国家一类保护动物，也是全国重点之重点，试想一个城市的动物园如若没有一两只老虎来撑门面还叫什么动物园？为此园里开会，压缩其他以保重点。熊猫在园中享受着“贵族”待遇，每三天由山区运来大批新鲜松华竹，全国性的基金会也常有小关怀送至，国外对它也很关照，称得上是先富裕起来的一群。逢有外宾参观，多由此物出迎，也是这几年宠得厉害了，使这畜生性情大改，貌似憨厚，内心的弯弯绕却不断增多，见有金发碧眼者出现便呈人来疯之势，做尽万千憨样，以博一笑。继而是洋人掏腰包搞赞助，熊猫自然要提成，于是修馆舍，喷清新剂，以备下次再上一个台阶。

可怜了狗熊淑娟。属国家二类保护动物，在山区，狗熊并不稀罕，甚至成为偷偷猎杀对象。中央电视台曾为猎杀东北虎的罪犯曝光，却无人对杀熊取胆的人说一句话。不是那个勘探队多事，淑娟决不会来这里，山间自有它自由的天地……在那个天地里淑娟被剐被杀自是它的命了，与今日这般景象完全是两码事。一想到这儿，林尧就特别恼恨那个让淑娟骑在他脖子上乐呵呵走进饲养组的老孙。林尧想，老孙若看到淑娟今日，不知有何感想。今日自打林尧接了李玉的班以后，淑娟就一直卧在墙角，脖子窝着，爪儿缩着，跟它儿时被拴在勘探队面口袋前保持着一个姿势。林尧将通向室外的小门打开，冬日的阳光照射进来，照在淑娟杂乱的皮毛上，闪出一圈由尘土和光线组成的光圈。林尧透过小门看了看外面，熊山的围栏外靠着一男一女，看来是专为搞对象而来，那心思多不在熊上。这么一来，林尧倒是很希望淑娟能利用这难得的安静出去晒晒太阳，活动活动身体，它身上的螨与跳蚤已经猖狂到肆无忌惮的地步了。身体好的时候可以用药水为它冲洗，现在不行，现在弱不禁风的淑娟比“二八的俏佳人”还娇。

李玉用盆端来淑娟的午饭，几个掺了菜的糠窝窝头。林尧问：“这不就是昨天端回去的那几个窝窝头吗，怎么又回来了？”

李玉说:“人家给的这，我有什么办法。上头说了，国家调拨的资金和门票收入得保重点，淑娟属杂食类，跟那些猴的伙食在一块掺和着，猴们不吃肉，淑娟自然也不吃肉。”

林说:“胡闹！猴跟熊属两个科类，让熊吃猴的饭，长此以来，不贫血等什么。”

李玉说:“反正人家就给这，不吃也得吃。”

林尧端起盆子来到科办公室，将那些糠窝头朝桌上一撒，敲着桌子问正填表格的科长:“咱们这么大园子还养不活一只狗熊吗？”

科长说:“你应该说清楚，老狗熊，熊奶奶，活不了几天的熊家婆。”

林尧说:“它不老，它还能活，只要营养跟上去。”

科长说:“歇着去吧你，何必为只老熊操这么大心，在山里它现在连糠窝头也吃不上，现在它已经很共产主义了。”

林尧强调淑娟的伙食必须跟那些猴子分开。

科长说:“那不行，就这点经费，难道都喂了熊？长颈鹿呢？猩猩呢？还有那只马来象呢？这都是洋人送的，隔三岔五他们要来人看，不能让它们见了人一个个都跟饿狼似的。”

林尧说:“只有淑娟是土著。”

科长说:“当然，特殊情况下土著必须做出牺牲。”

林尧悻悻地出了办公室，远远地看见猴山的陈红旗在喂他的猴子，无精打采的陈红旗与那些无精打采的广西猴倒也相得益彰。陈红旗与林尧关系不错，没事常来熊山串门，有时候还要下盘棋，临走再偷偷捎带走几个窝窝头，照顾他的猴子猴孙。几个窝头对淑娟如同塞牙缝，对他的猴则可和夜宵享用。林尧不想回熊舍，他不愿看淑娟那难受的样子，想起昨晚二大大出的主意，他就跑出园门去商店买糕干粉。

糕干粉自然是没有的，现在的孩子都娇贵，早已不是吃糕干粉的时代了。林尧急得在柜台前直转，卖食品的是位大嫂，她望着林尧说：“孩子大了，要换换口味是吧？”林尧胡乱地点头，其实他没有一点儿带孩子的经验，妻子陆小雨因为出国，坚决不要孩子。

售货员拿出一袋星牌营养粉说：“试试这个，大米磨的，还有鸡蛋，比糕干粉有营养。”

林尧看看价格说：“太贵了。”

售货员说：“哪有你这么当爹的，给孩子买吃的还嫌贵，一包进口婴儿奶粉都一百多呢，这才八块钱，能说贵？”

林尧不好意思再让人家拿回去，只好说：“就是它吧。”

售货员将营养粉用塑料袋装了，准备收钱。

林尧说：“我要十袋。”

“啥？”售货员瞪大了眼睛。

“十袋。”林尧用手比画出数目，不慌不忙地又重复了一遍。

售货员说：“我看你是第一回当爹，不会给孩子买东西，先买一袋，孩子爱吃再买。”

林尧说：“那家伙饭量大，一顿得吃四五包。”

售货员问：“男孩女孩？”

林尧说：“女的。”

售货员说：“什么姑娘这么能吃，别不是你要做什么试验吧，其实啊，你买得越多我越高兴。哪怕您拿营养粉打糨子去刷大字报呢。”

林尧提着十袋营养粉又到另一柜台买了一瓶蜂蜜，才在售货员疑惑的目光下走出店门。

喂营养粉时，淑娟几天来第一次睁开眼睛，抬起了头，许是蜂蜜的气味唤出了山野的气息，刺激了它的食欲，淑娟吃力地舔食着盆内的糊糊，终于体力不支，又疲倦地将头伏在冰凉的水泥地上，闭了眼睛。林尧想，不管怎么着，淑娟总算吃进一些，营养粉和蜂蜜总有些许热量，这种吃食最好能持续一周，或许能挽留住淑娟的生命。

下班时林尧路过猴山看见陈红旗正往猴笼内投放橘子。陈红旗向他打招呼，他才想到陈红旗有几天没到熊舍来了，便问："你怎么不来偷窝头了？"

陈红旗笑笑说："我们提前奔小康了。"说着从筐里挑出几个大些的橘子给他。

林尧看看筐里那些橘子，不过是有些硬伤，并不很烂，不但猴子，连人也完全可以吃。他剥了一个橘子填进嘴里说："今天是猴儿们过节吗？"

"过屁节。"陈红旗说，"这些家伙都有主儿了。"

"卖了？"

"有人领养了。"陈红旗说着朝猴笼扬了一下下颌。

林尧看见笼上醒目处已经挂出一块亮晃晃的铜牌子，上面有几个鲜明黑字：

友邦贸易公司领养。

"这倒新鲜，"林尧说，"又不是小孩子，还要把猴弄到他们公司去不成。"

陈红旗说："领走也没必要，甭说多，只三两只，就能把他们办公大楼闹翻了天。"

林尧问："怎么个领养法？"

陈红旗说："他们给咱们钱，咱们给他们挂牌子。"

林尧问："这个友邦公司怎么偏偏领养猴？"

陈红旗说：“听说是靠出口树皮树叶子发了大财，为那些树很伤了猴子的感情，总经理觉着有愧，也搭着总经理的母亲是属猴的，就领养了它们。”

林尧说：“总经理的父亲为什么不是属狗熊的呢？要那样我的淑娟也有着落了。”

陈红旗说：“这也是一条路子，现在什么都讲搞赞助，总得让人有发泄爱心的地方吧？全国不止一个动物园有领养现象出现，你是孤陋寡闻了。”

林尧说：“这儿挂块牌，那儿挂块牌，动物园寒碜不寒碜。”

陈红旗说：“老脑筋了不是，现在都什么时代了，还讲面子！只要动物们能好好活下去，哪怕上头挂希特勒的牌子呢，猴们照样吃橘子。”

林尧与陈红旗坐在栏外剥橘子吃，边吃边聊。

广西猴们坐在栏内啃橘子吃，边吃边闹。

陈红旗说：“听说老虎明明也要有人领养了，领养人是美国华侨，不知和老虎有什么亲戚关系。”

林尧内心一阵焦躁，他为淑娟的命运感到不平，倒像被领养是件选模范的光荣事。陈红旗看出他的心思说：“熊不太招人喜欢，特别是老掉牙的熊。”

“谁说的？”林尧声音一下高了，“你是没跟它长处！”

陈红旗说：“废话，跟耗子处长了也有感情呢。”

林尧说：“你那是抬杠。”

受陈红旗的启发，林尧认为该去找一找人，首先他想到的是星星营养粉厂。他便折回熊舍去寻找袋上的地址。李玉已经接班了，正准备给淑娟弄晚饭，他看了营养粉说：“一袋八块，十袋八十，几顿就把工资折进去了，这么干不行。”

林尧说了想找星星厂支持的想法，李玉说他弟媳正好在那个厂看洗澡堂，明天可以去找她，让她帮着引见引见。

两人商定好，明天去星星厂。

进家门的时候林尧在院里碰到岳母，岳母说：“今天包了饺子，二大大亲手调的馅，你就在这儿吃吧，甭回去做了。”

林尧答应了一声，回到花厅拿了一瓶日本大关清酒，这是上回小雨带回来的。

走进岳父住的正屋，他立即觉得光线暗了一大截，这主要由于岳父的那套红木家具所致。靠西墙有块立式玻璃砖穿衣镜，年代太久远了，竟然反射出七彩的光，让人想到雨天在马路污水中见到的油花。一架古老的木钟迈着衰弱的步子嗒嗒地走着，钟表指示的时间只有参考价值而无实际意义。窗前的大书案上铺着白毡，摆着笔墨纸砚，花瓶中的蜡梅含苞未开，他的岳父陆浚青正伏案精心为画中的梅花点蕊。林尧不懂画，但他知道岳父画得很好，在画界也颇有名气，话又说回来了，那毕竟与养狗熊是毫不搭界的两码事，他与岳父关系虽好，却难得有共同语言。

林尧将酒放在桌上，岳母正摆放碗碟，二大大推门进来了，年近八旬的二大大依然硬朗，瘦小却不枯干，头脑也相当清晰。

岳母见了说：“正要叫林尧去搀您呢，院里的方砖都长了青苔，滑。”

二大大笑着说：“走惯了的，哪儿滑哪儿不滑心里有数。”

岳父见二大大来了，丢下笔向饭桌走来，见到那瓶大关清酒，皱了皱眉说：“还是喝白干吧，中国饺子，日本酒，给人一种当汉奸的感觉。”

林尧说："清酒只有十二度，不难喝。"

岳父说："洗脚水一样的。"

于是就换了一瓶白酒。饺子端上来了，只有三盘，一人轮不上十几个。岳父问饺子怎么这么少，岳母说："这种馅岂是三十五十地吃的？"

林尧问："什么馅？"

二大大说："吃到嘴里再猜。"

林尧咬了一口饺子，肉细而嫩，微苦，有一股说不出的清香。他仔细审视着手中的饺子，却始终看不出是什么馅。

岳母说："是鸡肉、鸽肉和菊花。"

林尧才知道菊花原来还可以吃，可以包饺子，难怪岳父房中那几盆花不见了。

二大大说："西太后就爱吃厚瓣白菊花，过去宫里有品火锅，叫菊花锅，是鸡鸭汤涮菊花，就是为老太后设计的。后来宫里的掌案太监张兰德出宫，将这道菜告诉了陆家祖父，成为陆家菜的保留节目，火锅里最后下的元宝小饺子，就是鸽肉菊花馅的。"

岳父说："这样吃才能吃出节气，吃出清雅来。吃这种文化跟作画一样，深奥得很呢，有人一辈子也研究不透。"

岳母说："皇家吃的东西难怪细发，只是这菊花饺子禁不住大肚汉吃，来几个拆火车的，一顿能把全城的菊花吃光了。"

林尧知道，岳母是城关"济仁堂"药铺掌柜的女儿，文化修养远不如格格出身的二大大，说话就难免粗俗，但心计却比二大大多多了，十个二大大也比不过。

三

早晨，林尧记着去星星厂的事，一起来就往熊舍打电话，问淑娟情况。

李玉在那头睡意蒙眬地说："还好。"

"怎么叫还好？"

"这家伙把一锅营养糊都喝了。"

"现在它干吗呢？"

"老样子，躺着。"

两人就约好九时在南立交桥见面，临放下电话林尧又嘱咐一句："别跟别人说咱们干吗去了，特别是猴山那位，咱要饭的，要不来丢人。"

"你还是拉不下脸，"李玉说，"花子在旧社会都不是下九流，何况今天，那些拉广告的，搞推销的比咱们不惨？人家都觉着没什么你还嫌寒碜？经济社会就是把脸皮撕下来塞进裤裆的社会……"

李玉还在那头神侃，林尧把电话挂了。

两人来到了营养粉厂，见到了厂长，原来也是"老三届"学生，跟林尧在一个县插过队，虽然不认识也都听说过，所以很快搭上了话。

厂长说："我对领养狗熊不感兴趣，如果我们的婴儿营养粉是狗熊牌，还有哪个家长肯掏钱，哪个孩子敢张嘴。"

李玉很夸张地说了一下淑娟目前的危机情况，说希望能得到厂长短期内的物质援助。

厂长说：“不行。一只熊一天喝八包星星营养粉，十天八十包，现在粮、蛋、油价格一涨再涨，我每生产一袋粉赔本一毛六，这样算下来我这个小厂负担不起。”

这么一来双方便都没了话，林尧没想到三句话就把事情说到了头，到了非要说再见的地步了，只要一说再见，谁他妈还会再见谁，那样淑娟的一切，包括生命在内，就全完了。“……我……我想……看看车间，我从来没进过食品厂，不知道……”林尧不知怎么的憋出这么一句。

“很欢迎。”厂长说，“我陪你们去。”

林尧从与厂长打交道中体味到了该人行动言语的直率与简练。这个梳着平头，讲话爱用手势的厂长是他的同龄人，但在气势上绝对压倒着他。

来到车间，厂长用行话介绍着生产流程，林尧不住地点头，装作很用心地去听，内心却想着怎么把话往淑娟身上转。他指着在粉尘中操作的工人说：“应该引进国外生产设备和生产工艺，你这一套太落后了。”

厂长说：“倒是很想，但资金不足，又找不到合适的合作伙伴。”

林尧站住脚说：“我可以帮忙，但你们要有诚心。”

李玉赶紧补充说：“他爱人在日本当研究员，专门研究经济，认识不少企业家。”

“真的？”厂长也停住脚步，严肃地看着林尧。

林尧点点头。

厂长说：“我许个空诺，将来与外商合资搞联营，赚了，第一件事我便是要领养淑娟，而且无论生产什么，牌子一定与熊有关系，以纪念我们相识的契要——熊。”

林尧说：“一言为定，你的钱赚定了。”

几个人又转了一个车间，林尧看见机器下面和墙角堆了一些营养粉，便问：“这些都不能吃了吗？”

厂长说：“这都是清扫机器时扫出来的，不能食用。”

“你把它们给我吧。”有了前面的铺垫林尧觉得底气足了些，“给我们那头熊吃。”

厂长说：“也许可以吃，不过你得筛筛，闹不好里面会有土块、金属什么的。”

林尧听了感激得不知说什么好。李玉也很激动，对着厂长一个劲儿道谢，把厂长闹得很不好意思说：“一点儿废料，值得不谢，你们要早说这可以用，问题不就解决了。”

厂长让工人找来笤帚，李玉非要亲自扫，李玉扫得非常细心，每个角角落落都顾及到了。林尧看着李玉伏在机器下的身态，忽然感到一阵心酸，眼圈有些发潮。他的神情被精明的厂长捕捉到了，厂长拍拍他的肩头说：“该叫你一声兄弟吧，你是个好人，至少这么多年来你的心还是软的，还没有磨出茧子来。”

林尧说：“这是因为我一直跟畜生打交道。”

李玉已将那些营养粉归集一处，一捧一捧往口袋里装，而后提起面袋，兴奋地对林尧说：“足有三十斤。”

林尧说：“过几天我们再来扫一次。”

厂长说：“用不着你们亲自来，我叫工人注意收集着就是了，凑一定数给你们送过去。”说着又从生产线上拿下几包营养粉送给林尧与李玉说：“这是给你们孩子吃的，不是给熊的。”

厂长帮林尧将营养粉绑在自行车后座上，一直把他们送到大门口。

林尧说："闹了半天竟没记住你的名字。"

厂长说："我叫丁一，姓丁的丁，一二的一。"

李玉说："要是当什么代表你的名字准占便宜，按姓氏笔画老排在第一。"

丁一说："如果生产再搞不上去，我这个厂长都干不长了，还想什么代表。"

林尧说："那不一定。"

李玉也说："别太悲观，前途是光明的，道路是曲折的。"

双方握手言别，走出好远了，林尧还在念叨着丁一的名字。

两人回到动物园门口，见门口吵吵闹闹围着一群人，售票的小窗口已经关了，售票员小米正坐在门卫室里掉眼泪。李玉跟小米正搞对象，赶紧支起车问她怎么了。小米说："这怪得着我吗，是园里安排外地人来这儿搞个名猫展览的，加收门票五块钱，又不是装我自个儿腰包了，都冲我嚷什么。"

这时一个游客在门外喊："我们是来看动物的，不是来看猫的，我们家养了四只猫呢，不稀罕。"

一个扯着孙子的农民也搭腔："都说俺农民富得流油哩，俺卖了四升苞谷带着孙子进城来看老虎，非让俺看猫，那猫多得走路绊人腿，轰都轰不动。俺说俺不看猫，还不行，门票猫票一块儿卖，两张猫票就一升苞谷哩，回去一学说，村里人准笑俺是吃饱了撑的。"

李玉自然替小米说话："老虎也属猫科，不过是大猫罢了，看完了猫再看老虎更有比较。"

"啥话？"另一个游客搭腔了，"这么说动物园也可以养鸭养猪养兔子了，让大家放假带孩子来动物园认哪只是公鸡，哪只是母鸡。"

一干部模样的人说："应该好好向上反映，这叫乱收费，乱摊派，不正之风。"

李玉还想说什么，林尧把他拉走了。林尧觉得领导也难，谁也知道动物园办猫展有点不伦不类，但又有什么办法。领导这么干就跟他今天厚着脸皮去替狗熊要饭似的，不得已而为之。

李玉说："小米真可怜，让一帮人围攻得往门卫室里钻，这季度门票收入还得减。"

林尧说："一句话，都是为钱所累。"

林尧在为淑娟煮糊糊时，李玉从伙房端来一大锅骨头汤，他将大半锅汤毫不吝啬地倒进糊糊中说："骨头汤是大补，得让淑娟好好补一补。"

补的结果是淑娟下午便开始拉稀，严重的腹泻使本已无力抬头的淑娟在笼内不安地挣扎。林尧知道，这是腹疼的原因，他痛苦地看着淑娟发出人一样的呻吟却不能给以任何帮助。以往他可以放心大胆进入笼中，但今天不行，病痛中的熊是暴躁的，它完全可以翻脸不认人。

给医疗科打了电话，杜大夫来了，说淑娟这种拉法，拖不了一两天就得死。

李玉一听脸都变了色，因为是他给淑娟端来一大锅骨头汤的，严格说他是"元凶"。

杜大夫说："胃肠极度虚弱的狗熊哪里承受得了那样油腻的东西，爱欲其生，反欲其死，这就叫欲速则不达。"

李玉直给杜大夫说好话，林尧也不住央求，说淑娟是只很可爱的熊。

杜大夫没说话，掏出铁筒注射器，抓住淑娟的脖颈就扎进去，淑娟很不乐意地反抗，两只爪扇来扇去，不肯就范。杜大夫到底是杜大夫，竟巧妙地利用了淑娟的扭动而将药液推完。

林尧问：“什么药？”

杜大夫说：“麻醉药。”接着收拾药箱准备离去。

“就打一针麻药？”

杜大夫说：“等药劲上来，你们用车把它拉到医疗科来，它得住院治疗。”

李玉说：“你不跟我们一起干吗？”

杜大夫说：“我还要去猴山。”

“那些猴子怎么了？”

“也拉稀。”

李玉说：“该不是陈红旗看我端肉汤也给他的猴端了肉汤？”

林尧说：“别管人家的猴子，先想想怎么弄这庞然大物吧。”

“只有让陈红旗他们来帮忙。”

“你没听说他们的猴也拉稀了吗？”

“上次给南方一个动物园抓猴咱们可是全体出动的，他们连饭也没请，欠着咱们的情呢。”

两人正说着，淑娟已渐渐不支，圈子越转越小，眼睛也慢慢闭上了，呼吸眼见着急促起来。

“快去叫人，”林尧吩咐，“待会儿药劲一过，在半道上醒过来谁也弄不住它。”

“我找谁去呀？”

“找领导。”

李玉飞快地跑了。

林尧走进铁笼，用手抚着淑娟的背部，张开手掌，竟是一把熊毛。

林尧想到病到极致的人，那头发也是一把一把往下掉的，看着手中杂乱的毛，他不知淑娟还能活多久，心里有些怅然。

园领导带着几个民工来了，民工们害怕，死活不肯走进笼舍，他们说合同上没有直接接触凶猛动物一项，要干得加钱，这是件冒大险的活儿。

林尧说："别怕，它是打了麻药的。"

民工们说："万一药劲不够，它要是醒来怎么办？你是养熊的，它当然不会攻击你，只会冲着我们咬。"

林尧说："淑娟是头好熊。"

民工说："好熊也咬人，连狗还咬人呢。"

领导当下拍板，每人加工资十元，如果发生意外，动物园赔偿一切损失。

李玉说："快动手抬吧，待会儿它醒了你们跑都来不及。"

听李玉这一说，原本进来的几个民工轰的一下又跑出去了。林尧说："一时半会醒不了，快把车推进来。"

车推进来了，大家七手八脚把淑娟往车上的笼里拖，笼子很小，刚能装下一只熊，这便是淑娟的"病床"了。

往医疗科推的时候围了不少游客，人们说："咳，死了一只熊。活着不显眼，死了这么大一堆。"

民工们拉拉熊爪，向游人张扬："活的！"

游人四处逃散，民工们显得很得意。

淑娟住进了医疗科，被麻醉后躺在墙角的笼内接受治疗。林尧和李玉除了应付熊舍的工作以外还要轮换"陪床"，这几日把两人搞得苦不堪言。跟淑娟同时住院的还有两只广西猴，因为是繁殖旺盛阶段的猴，所以才有资格被送进来治疗。猴子被关在笼内，不知注射了什么药物，竟乖乖的，人一样地躺着，睁着眼，可怜兮兮地望着进进出出的人。林尧最怕见这种眼神，那是与淑娟一样的，天真无邪的，满是哀乞的美丽眼神。陈红旗也来，来看他的猴。林尧问他是不是也给猴们喝了肉汤，陈红旗说："有肉汤喝就好了，它们是着了那些橘子的祸。"

林尧问橘子怎么会让猴们拉肚子。

陈红旗愤愤地说："都是打过农药的，人会剥皮，猴有的会剥皮，有的整个儿吞咬，拉稀是轻的，没药死几个就是万幸。以后来了苹果之类的我他妈还得坐在笼子旁边给这些祖宗们削皮。"

林尧说："可不是祖宗嘛，咱们都是由它们变来的，伺候先人应该。"话是这么说，心内却想，领养也有领养的弊端，什么事都得从正反两方面看。

林尧在铁笼边给妻子小雨写了封信，请她帮星星食品厂寻找合作伙伴，除了说食品厂厂长曾是在一个县插队的哥们儿以外还特别谈到了厂长对淑娟的许诺，淑娟生命一线全在此举，万望全力相助。信写好了突然又异想天开，捋了一把熊毛，装进信封，在信尾又加几句："淑娟病已十分沉重，只用手一摸，便脱下这些熊毛，观之能不让人心寒？"写完后再看陈红旗那边，猴子的情况似乎不大妙，民工正将一只死猴由笼里拖出，猴的臂无力地晃荡着，圆圆的小脑袋如熟睡的孩子一样垂下来。

林尧走过去，陈红旗仍旧背对着他。

陈红旗说："它怀了崽儿。"

林尧知道，陈红旗眼里满是泪。

四

下雪了，新年到了。

岁末的酒宴照旧由二大大来操持。二大大烧陆家菜，连采购也要亲自前往。陆家兴旺时她正年轻，上街选购山珍海味不问价钱，只求上好，质量要求极严，哪块鱼翅有节沙，哪些燕窝燕羽多，她都一清二楚。当年她与各海味店，各山货店的掌柜都很熟，谁也不敢哄骗内行的二大大。二大大为陆家酒宴操持多年，久而久之，陆家人待客的饭菜便形成一种程式：六个酒菜十八道大菜，外加汤类和甜点。而现在，二大大无论如何是做不动了，今年，正巧她娘家的侄女金静来看她，二大大索性顺水推舟，指导着金静做出了陆家的几样传统菜。金静是下岗女工，原先在京剧团唱过青衣，后来进了陶瓷厂，厂里不景气，转产，就把她裁下来了，终日在家闲着，闲得心烦意乱的。

新年的饭桌上因为多了金静，自然多了不少生气，金静是演过戏的人，人很活分，一点也不拘谨，很得老头老太太们钟爱。金静称赞了半天陆家菜以后说：“你们怎么不把这大院子和这美味佳肴利用起来开办陆家菜馆呢？”

一时在座的人都惊奇了。

金静说：“把我姑姑的手艺全挖出来，要不失传了是一大损失呢。”

陆浚青说：“二大大连自己都顾不过来，还做什么陆家菜。”

金静说她可以过来帮忙，她姑姑动口，她动手。

“我看金静这个想法可以考虑。”岳母说，“陆家菜，这个设想好，谁不想尝尝旧社会官宦人家的菜肴啊，咱们家二大大手里许多菜新奇独特，外头人甭说见，听也没听说过，这对越吃越刁的中国人来说当是最乐意接受的。咱们既然有这个条件，就应该充分利用。”

岳父说：“中国人都知道川、粤、鲁、苏四大菜系，那是从地域上划分的，但是从中国菜形成来分就有宫廷菜、官府菜、民间菜、外来菜、民族菜等等，目前官府菜也是人知道得不多。不过，陆家没人哪……”

金静说：“姑姑做指导，采买、烹饪我可以承当，在家闲着也是闲着，不如找点事干。咱们再从劳务市场雇两个小姑娘就够了。”

林尧虽然没有说话，却也为之心动。

后来陆家人跟金静又商量了一整天，由金静列出计划，二大大设计出陆家菜宴席菜谱，每日晚间只供一桌，以家宴形式待客，一桌不超过十二人。宴席分正宴与闲适宴两类，正宴在前院正房，闲适在后园花厅。

经过一通紧锣密鼓的准备，陆家大宅内部发生了很大变化。

首先是金静进驻陆家大院。接着是陆浚青老两口腾出正房搬进东跨院，林尧腾出花厅住进外院的南小屋。

正房在岳母的坚持下被古建队修整一新，三间房打通连成一片，东西小套间改装成休息室。在陆家堆房内闲置了几十年的尘网蛛封的大圆桌也被请出来，擦拭得锃光瓦亮，铺上了雪白的桌布。西间安置了木椅茶几，对门条案上挂着陆家祖先身着二品顶戴的画像，案上供奉着时鲜水果，进门给人一种鼎彝之家的雍容富贵之气，让人有肃然起敬之感。

花厅的装修以雅为主，墙上挂了幅主人画的《寒江垂钓图》，左右各一联，上为“宠辱不惊，闲看庭前花开花落”；下为“去留无意，漫随天外云卷云舒”。花厅东部一个大八仙桌，八把花梨椅子，西部书案临窗，上摆文房四宝。案后一硬木花架，一盆四尺多长的天冬草泼墨般垂下，映出一派生机。这一切向人们显示出房间主人的修养是非同一般的，使来客不得不收敛起粗俗。

在二大大和金静的精心安排下，陆家菜突出了自己的风格，以干制海味和山珍为主，原汁原味地保留了旧日官宦人家的饮食特色。之所以少用生猛，是由于过去没有冰箱，保鲜几乎不可能，各官府包括宫廷，欲吃海货山珍多用干货发制，如鱼翅、鲍鱼、海参、鱼肚、鱼唇、熊掌、驼峰等等，吃的是不温不火、功到自然成的慢工细做，品的是一种宁静心态下对中国饮食文化的理解与认同，让人从中领会到中国五千年文化的堂奥，不仅仅是一种美食的享受，更是一种精神的滋润。

购置干货，装修房屋的大部分经费来自岳父的画款和小雨、小雷从国外寄来的“孝敬”。林尧与金静虽然没钱却肯跑腿出力，也按一股计算分红，岳母事先讲好，头年赢利不分红，扩大投入，第二年再按股分红润一半，以这种滚雪球的办法将陆家菜逐步推向市场。大家深谙岳母是个好管家，这当得力于她药铺掌柜父亲的教诲，小家出身自有着小家出身的精明，当陆家大宅在深夜仍响着岳母噼里啪啦清脆的算盘声时，竟使人觉得唯有这声音才是生意兴隆的根本。二大大的技术，岳母的算计，成就了陆家菜和市场发展的可能。岳母将未来的收银处设在门房小屋内，用的是老式算盘，记的是黄纸红格流水账，这一切都给人以古旧之感，与陆家菜的形式很般配。

万事俱备，只待开张。依着林尧、金静是要放炮、挂牌的，但岳父死活不答应，他再三强调：“陆家不是开饭馆的。”

“明明是饭馆。”林尧跟岳父争执。

“是饭馆也不能叫饭馆。”老爷子晃着脑袋坚持。

岳母笑而不语，许久才缓缓地说：“不是饭馆也好，陆家也不可能开饭馆。”

林尧与金静大惑不解。

岳母说：“当然也不能功亏一篑，对外咱们谁也不说是开饭馆，只说陆家做官府菜请客，谁要品尝，提前三天预定，陆家当家的还要出面作陪，否则恕不招待。”

大家都觉得这主意新奇独特，只是不知能否行得通。

果然，开张数日，人们从陆家门外过来过去，并没人知晓里面可以办饭局。两个雇来的小姑娘没事干，岳母就让她们剪树枝，扫院，把个陆家大宅收拾得干干净净，一尘不染。

丁一把林尧找了去，说日本有家“日森食品株式会社”后天要派人来厂里考察，是林尧妻子陆小雨给牵的线，丁一让林尧一定过来帮着张罗张罗。

林尧说：“这事不能盲目乐观，十个考察九个扯淡，国内有些企业也恰恰利用这一点，谈不成也设法弄套假合资，先登记再把外资还回去，干赚优惠条件。”

丁一说：“我不能这么干，我要把星星厂搞上去，弄不出上档次的产品再给优惠条件也白搭。”

林尧说：“丁一你真行，我没看错人。”

日本人考察团来的那天恰巧是正月十五，林尧早早给李玉交代了，让淑娟在医疗科再赖几天，不必急着出院，那样多少能混点好吃食。他则一早就来到星星厂。

令丁一和星星厂全体职工十分沮丧的是天空纷纷扬扬下起了雪，泥泞的路面使得全厂职工辛勤打扫了数日的车间地面，办公大楼，经鬼子考察团的踩踏变得湿漉漉的含混不清。鬼子领头的是个叫横路达三的小老头，这位横路青着脸在车间里走来走去，用挑剔的目光看看窗户，又看看顶棚，就是不往机器上瞄。这使丁一很懊恼，因为他一直将重点放在了下面，忽略了尘土多厚的房顶。于是他便企图吸引横路的注意力，反复向对方介绍本市的投资环境和优惠政策，说这里是北方产麦区，对小麦食品加工有着得天独厚的条件，城市的风景文化古迹也是全国数得上的。

横路用日语说了什么，翻译说："必须把厂房掀顶重建，这样烂旧的棚子不符合生产要求。"

丁一说他正有这方面打算。

横路又看了厂里其他几个地方，丁一让一个高挑美女替横路撑着伞，一步不落地紧紧跟随着。雪越下越大，人人身上白了一层，都缩着脖子。横路因为有美女撑着伞，仍旧风度依然，指手画脚地扎着势，倒是可怜了撑伞的美女，一身薄薄的旗袍，让雪打得精湿，强忍着哆嗦紧咬着牙，为了厂子的前途毫无怨言，甘愿冒雪受冻。林尧只想过去冲着横路那张傲慢的脸狠狠地来一拳，但是为了淑娟，他眼一闭，权当什么也没看见。

招待鬼子考察团的晚宴设在陆家。这个主意是林尧出的，对日本人说是副厂长林尧乃官宦后裔，请家里人做了官府菜让友邦品尝，纯属私人家宴，不是商业应酬。这一说，横路似乎来了点儿兴趣。

傍晚，几辆小车停在陆家大门口。给冷落了多年的陆家大宅添了不少辉煌。横路在丁一和林尧的陪同下刚迈上大宅的石阶便被那森严的气势震慑住了。向后深深退去的朱红大门，给人一种引而不发，退而不让的威严齐整，足让来人感到微小鄙琐；冰冷的扁圆石鼓无言地站立在门的两侧，其傲慢与冷峻由形态上淋漓尽致地表达出来，众人霎时连说话也不敢高声了，横路大概也体味到了什么，正了正领带，神情变得恭敬起来。

大门右侧，台阶下有块方石头，横路问是干什么用的，林尧说是上马石。外国人不解什么是上马石。

林尧说："踩着石头蹬上马鞍，这是封建时代级别的象征，可置这种上马石的人家，官衔必在二品以上。"

横路问二品是什么级别。

林尧说："外官正二品相当于省长。"

横路对陆家更是刮目相看了，将称呼林尧的"林君"马上改成了"林桑"。

一块上马石便有了立竿见影的效果，这使林尧对合资办厂和开办陆家菜增添了信心，也对淑娟的前途感到乐观。

走进大门，绕过影壁，穿过垂花门才来到正院，院内清扫得干干净净，不见一丝雪痕，廊柱上挂着一木刻楹联：

芝兰君子性
松柏古人心

两盏明亮的大红宫灯为整座宅院增添了上元之夜的喜庆。一轮圆月，初上东屋兽脊，不知何处传来管箫之声，竟让几个东洋人惊奇得不知今昔是何年了。

陆浚青已在廊上恭候，白髯飘洒，鹤发童颜，一副神仙派头。陆浚青朝横路一拱手，慌得横路双脚并齐，直起直落地朝陆老爷子鞠了一个大躬。老爷子说："不必行此大礼。"就笑着把横路往屋里让。

进到屋内，横路见到墙上陆家祖先影像，又是一躬，其郑重程度不亚于见到祖宗本人或日本天皇。林尧只觉得好笑。

宾主先在茶几前就坐，陆老爷子与日本人聊的话题是“君子必慎其独”，这些连现今年轻人也听不进的清谈鬼子何以能理解，这便使陆老爷子显得更加高深莫测，笑容、有礼、智慧、风骨，何等风度，令人只有敬重的份儿了。

穿滚边小袄的小姑娘端上来六个干果碟，琥珀核桃仁，烤腰果，酥糖，花生粘，渍金橘，瓜条和清茶。饮茶的茶具是福建德化白瓷盖碗，碗内泡的是上好四川蒙顶茶。

横路打开盖碗只呷一口便大呼：“好茶！好碗！”

陆老爷子拈髯微笑。

林尧、丁一含而不露。

金静招呼说晚饭已备齐，于是大家向饭桌走去。

入座时彼此客套了一番，虽说圆桌不分上下，陆老爷子还是以主身份坐在横路右侧，丁一为便于说话，紧挨横路而坐。

端上“丹凤朝阳”大拼盘，洋人纷纷照相，说是不忍下箸。

两个小丫头将菜轮番上端，都是少见的奇特之物，令人眼界大开。一小坛黄泥封就的花雕被抬进屋来，当众开封，酒香立时四溢，令人垂涎欲滴。小丫头将酒温了，给每人斟上，陆老爷子举盏相邀：“请——”

一杯酒下肚，横路的筷子迫不及待地伸向了一盘樱桃肉。陆家的樱桃肉是用瘦猪肉切成樱桃大小的方块，与樱桃汁共同放入小罐中用文火煨七个小时，直到汁味全入肉味，肉色红润如樱桃般才收汤起锅，装入盘中，食之甜润绵软，果味十足，是上好佐酒佳肴。桌上其余的几碟桂子熏鱼，蒜茸干贝也无不各有特色。温热的花雕，使不胜酒力的日本人脸上都泛出了桃花色，横路再也端不起架子来，竟与陆老爷子排起年庚，结果一问，陆老爷子整大了他两轮，便更不敢造次，只一口一个“奥涛桑”了。

头道菜是黄焖鱼翅。

二道菜是罗汉大虾。

吃过红烧鲍鱼后，小丫头给每人端来一个装了清水的洁白茶盏。众人不知此物有何用场，怕露怯，都不举动，单看陆家老爷子如何。只见陆老爷子用盏内之水轻轻漱了漱口，吐在备好的盂中，丫头送上手巾，老爷子擦了嘴，大家这才明白，盏内的温水是漱口用的，遂也学着当家人的样子漱了嘴。

丁一说：“吃得好好的，漱什么口哇？”

老爷子说：“下道菜是清蒸燕窝，是品味儿的菜，满嘴浓酽怎能体会出它的妙处，必须净了口才好品尝。”

正说着，一只带盖描金汤盆端上来，丫头掀开汤盆，粉红的火腿丝下鸡汤蒸就的燕窝，燕窝丝一根根透明而晶莹，以引人食欲。小丫头给每人分了，林尧尝了一口，果然味极鲜美，可惜只一小碗，两匙便光了，再看盆中，已然分净，不禁为厨师的精密算计而叫绝了。

晚宴以甜点核桃酪和豆沙山芋饼宣告结束。

饱开眼福，饱尝美味的东洋人为中国的官府菜彻底折服了。

临告辞时，横路要见一见做这套宴席的厨师。

陆老爷子说：“那是家嫂亲自在厨下操持，家嫂七十有八，十六岁进入陆家，为不少达官贵人做过饭，其中不乏慕名而来的。”

这一说横路更要见，着人去厨房请，小丫头带话过来说：“二大大累了，已经回去歇着了。”

日本人又遗憾半天。

陆老爷子将考察团送至垂花门便止了步。林尧告诉横路，按大宅门规矩，主人陪客人走至垂花门便算是远送了，一般只在廊下拱拱手就算告别了，当年陆家老祖父送大总统黎元洪也不过送至院中间，连垂花门也没有走到。

听到这些，横路忙回身向陆老爷鞠躬，表示感谢。横路对丁一说：“很好，我来了几次中国，这一次才算真正到达了中国。丁君，我对你的诚意由衷赞赏，将来我们的合作也会很愉快的。”

丁一听出横路的话中之音，不禁暗喜。

送走了东洋人，林尧与岳父转回厅堂，见饭桌上放着一个信封，打开来看是三十万日元，想必是横路悄悄留下的礼金，大概是想，陆家既然不是饭馆，不便当面付款，但又不能白吃，留下一份的“二品”级别相当的“薄礼”以示礼貌罢了。

三十万日元的“薄礼”当夜在岳母的账簿上记下了“陆家菜”开业以来收入的第一笔。

五

淑娟止住了腹泻，由医疗科回到熊舍，依旧是半死不活的模样，牙齿一颗一颗地往下掉，毛一片一片地往下脱。

林尧满怀希望地等待着丁一的消息，李玉从他弟媳处得知，丁一已经与“日森食品株式会社”签订了合资联营的合同，日方机器已经送到，随同机器到达的还有四个日本工人。

不久，林尧接到了“日星食品公司曲奇生产线投产典礼”的请帖，当时他要为淑娟清理身上那些螨和跳蚤，就让李玉去了。

李玉从星星厂回来时夹了两盒曲奇饼干，说是丁一让带来的。林尧问仪式怎么样，李玉说："丁一那小子会整，请去了不少头头脑脑，还弄了一帮子吹鼓手，洋鼓洋号搞得很热闹。车间也变了样，大厂房套着小厂房，机器是白色的，工人的工作服也是白的，都戴着口罩和帽子，口罩和帽子也是日本进口，一次性使用，用过就扔的。头脑们剪过红绸子以后机器的传送带就开始转，转得没一点儿声响，一会儿皮带上就出现了许多黑的、白的小物件，工人们就将这些黑白装到小铁盒子里去……"

林尧问："丁一没说领养淑娟的话？"

李玉说："他忙得鬼吹火似的，那儿不是说领养的地方。"

林尧看着李玉手中的两个盒子说："记得吧，丁一答应过我们，只要合资成功，他的第一个产品一定与熊有关。"

李玉说："这曲奇……不可能与熊有关，林尧你不要太认真了。"

林尧说："我可以不认真，但他不能不认真，说话算数，这是'老三届'之间打交道最起码的准则，我说给他联系外商，就联系了，他说领养淑娟，就看他的了。"说着撕开李玉带回点心盒接口处的透明胶带，"咱们看看丁一生产了些什么东西。"

李玉说："曲奇，丁一告诉我是曲奇，名字怪怪儿的。"

林尧说："曲奇是英文'点心'的译音，丁一小子在这儿故弄玄虚呢，笨狗扎狼狗势。"

铁盒打开了，林尧与李玉惊奇得说不出一句话。

盒里的曲奇是一种奶油很多的小点心，造型是胖嘟嘟圆肚子的狗熊，小白熊的臂平伸着，腿紧闭着，黑色的熊大约是含了巧克力，两腿分着，两臂贴着身体，小熊的圆眼睛是两颗亮闪闪的糖粒，十分可爱。林尧和李玉将黑白熊由盒里取出，沿着桌沿排成一排，黑白相间，猛眼看去，一排小熊胳膊直起落下，双腿关闭分开，整个儿动了起来造成了有意思的动画效应。

李玉抓着头皮说：“狗日的丁一真可以啊，亏他想得出来。”

林尧说：“倒真与熊有关。”

李玉说：“甭管怎么着，人家履行了诺言。”

林尧说：“看下一步的吧。”

美丽的小熊们在桌上跳舞，除了淑娟吃了一黑一白两个同类以外，两人谁也舍不得吃一个。

蜡梅已谢，迎春又开，陆家大宅里依旧是黄灿灿一片。

生意红火得出人意料，主要是岳母又与旅游局挂钩，使陆家菜成了本地区旅游的一大特色。在官府之家吃官府菜，不唯洋人来吃，国人也来品尝，尽管价格贵得出奇，吃过的人都说值，有不少还是回头客，常来。

陆浚青白日作画，晚间陪着客人吃饭，遇着文人名士还要填词作画，奉唱答和，赏花饮酒，雅谱摆尽。陆家天天晚上是高朋满座，盛宴不衰，一日一桌，有时摆在正房，有时摆在花厅，更有别出心裁，于月圆之时摆在园中花下石边，举杯邀明月，对影成一群，既不寂寞又很有意境，况且陆家笔墨随时侍候，意兴大发者尽可留下各类墨宝，是“宝”者糊裱高挂，是“墨”者与烂酒瓶子一同送于废品收购站，各得其所。陆家名声传出，又有电视台人来拍“下岗女工再创辉煌”专题片，金静尚未出境，只那鱼翅燕窝，树影花墙，便已有意思得很了。陆家菜名声于是更噪，订席者需按日依次等候，每席价多在数千元以上，至万余不等。公款吃喝风愈盛，中国餐饮业愈发达，街上“向阳花”餐厅，窝窝头饭馆，傣家饭楼，韩国烧烤，吃出了各种风格，各种花样。然而真正够得上孔夫子“食不厌精，脍不厌细”的怕还首推官府陆家菜。私家名厨胜于公家菜馆，一旦官府菜被人们认识，各类人士无不以品尝过为荣。吃便要吃得好，吃得正经，所以都是大把地、不吝地往林尧岳母的账台上撂银子。

金静充分发挥了她昔日京剧演员的特长，依着旧关系，联系了往日剧团的师兄师妹，那些人丢不下艺术又苦于挣钱无路，无可奈何时有金静来邀，说是晚间可以去陆家清唱，管饭，依时定价。这些人中，不少人空有一身本事，剧团发百分之六十工资，其余亏空自己去找补，常有人为办丧事者去吃拉弹唱，今有这等好事正是求之不得，都欣然允诺。也有放不下架子的，但架不住囊中羞涩，架子毕竟当不了饭吃，一想，旧社会也有唱堂会一说，并不丢什么人，便也痛快来了。夜宴中加上戏曲清唱，陆家大宅内整个儿再现了五代时期士大夫《韩熙载夜宴图》的精彩场面，吃者无不陶然。

金静聪明灵悟，承袭了姑姑严格的烧菜工艺，结合时代又有创新，使陆家菜越做越精，根据需要又雇了一名厨师，一般菜肴由厨师制作，逢有陆家传统菜由金静亲自上灶，初时二大大还在一旁照看，后来便不再监制，放心地躲在自己房里不出来了。

陆浚青毕竟年纪大了，难以夜夜陪宴，便在席间空设一位，摆副碗筷，以示主人在此相陪，依旧是初时那副姿态——我不是开饭馆的。逢有特殊人物，也象征性地出来吃几口，扯几句“深院无人，空锁满庭花雨”的屁话，引出一片故作的风雅，人人都摇头晃脑，仿佛都变作了哀婉情种，那情景实在的有意思。

岳母账上的银子在飞速增加着，每晚一桌的局面已难应付日益迫切的需求，排队登记者往往要提前半个月。林尧对岳母说能不能再添一桌，同时白天也开业。

岳母拨弄着算盘珠子说："那样陆家就真成了饭馆了。"又说，"解放以前火神庙西边有个卖卤煮火烧的王老剩，小门面一间，吃主不断，小铺里老是拥着人，生意红火得让人眼馋。谁要吃王老剩的卤煮火烧，得在炉子边等半天，等得人心急火燎的。后来有人给王老剩建议，把隔壁三间火神庙盘过来扩充店面，一来地方宽敞，二来省得人站炉子边等。王老剩照办，重修了店面，新添了伙计，谁料生意一日不如一日，竟没人上门了，知道这是为什么吗？"

林尧说："撞了神灵吧？"

"那是迷信。"岳母说："王老剩生意红火的关键是在于店面的挤和吃主的等上，站在那里看着别人吃，越看越急，越急越吃不到嘴，好不容易挤了座吃上一碗，花费的代价非同一般，自然觉得格外珍惜。做买卖如同你爸爸画画，也要扬长避短，陆家菜能有今日，是沾了大宅院和特殊风味的光，吃主讲的是一种气氛，越难轮得上才越尊贵，想来就来，想吃就吃，又不是街西口的包子铺。"

林尧自愧比岳母在见识上差了一筹，做生意，他实在不是行家。自此也极少问陆家菜的事，把一门心思扑在病熊淑娟上。

应该说近来淑娟的嘴并不太亏，陆家的众多剩饭几乎全被林尧囊括而来，他每天上班自行车后头都带个塑料大口袋，桌上撤下的肥鸭嫩鸡源源不断由陆家大宅搬到熊舍，淑娟的体力得到相应恢复。李玉说："以目前这样，丁一领不领养淑娟这个问题不太迫切了。"

林尧说："说话总得算话，不是迫切不迫切的事。"

李玉说："听说丁一的钱赚老了，市里准备把他列为十大优秀企业家之一呢。"

林尧说："这回他的名字的笔画可派上用场了。"

李玉就笑。

这时金静提着兜进来了，说是打扫冰柜，扫出不少过期食品，怕搁坏了，就给淑娟拿来了。

淑娟对金静的到来显示出了不安，它低声咆哮着，向金静示威。金静也是头一次与熊离得这样近，虽说隔着铁栏杆也害怕，一个劲儿向后退。

淑娟看出金静的胆怯，越发来了精神，竟直立起来，将爪伸出栏外。金静见状，大叫一声，扭身朝外跑，被李玉拦住。李玉说："它是成心逗你呢。"金静这才不跑了，定住神看淑娟，说："林尧回家老是淑娟淑娟的，我以为淑娟跟小狗似的呢，却没想这么大个儿，站起来跟塔似的，谁遭到它手里准没个活。"

林尧说："没那回事。"说着伸进手去抓淑娟的脑袋，淑娟见林尧肯跟它玩耍，便把嘴也由栏内伸出，发出轻声哼叫。林尧说："它性善，你看它的眼睛，多漂亮。"

金静壮着胆子凑到栏前，想仔细看看淑娟。不料刚一探头，淑娟一巴掌扇过来，把金静吓得又退了好几步。

李玉说："这家伙今天怎么了？经常不是这样的，上次陈红旗带他的女儿来，跟它玩得好好儿的。"

林尧对金静说："你身上有柴火味儿。"

金静嗅嗅大衣说是，早晨她穿了这件衣裳抱果树枝来着，后来又用果树枝烤鸭子。

林尧说："难怪。这东西打小闻不惯烟熏火燎味儿，你快把衣裳脱了洗洗脸去吧。"

金静洗完脸，脱下外套又来到栏前，这回淑娟安静多了。林尧拍拍淑娟的脑袋指着金静说："她叫金静，朋友。"

金静说："你把它当成小孩子，它知道什么是朋友。"

“它怎么不知道什么是朋友，”林尧说，“它的智力相当于一个三岁孩子的水平，就是不会说话罢了。”

“真的呀。”金静再一次靠近了栏杆。

林尧从金静提来的兜里拉出半截肉肠，交给金静，让她去喂。

金静仍心有余悸说：“它会不会把我手也吞了。”

林尧说：“不会。它已经知道你是朋友了，不信你试试看。”

金静拿着肉肠走近淑娟，淑娟已乖巧地张开了嘴。

金静犹豫。

林尧说：“快喂呀，它等着呢。”

“它真不咬？”

“不咬。”

金静终于鼓足勇气把肉肠丢进那个与她近咫尺的大嘴里，淑娟吧嗒着嘴，快乐地叫着，小眼睛因为高兴而越发明亮，这使金静想起了商店售出的小绒布熊那扣子一样的黑眼睛。同这样聪明的动物是可以对话的，金静第一次对一只熊产生了人一般的感情，她试着摸了摸伸出栏外的毛茸茸的掌，看到了掌上那个鸽蛋般大小肉瘤，乌黑圆润的瘤因为淑娟常常舔它，竟变得小石头般光滑。她又喂了一些食物，栏内的淑娟高兴地转了一个圈儿又坐在栏前，伸出带瘤的掌作乞讨状，或许它认为金静很喜欢掌上的瘤。金静又喂食物，借机抚摸了一下那个亮亮的瘤。淑娟读懂了金静的表情，当它明确地知道金静是爱它的时候又高兴地原地转了一个圈儿。

林尧对金静说：“它喜欢你。”

金静说：“我也喜欢它。”

林尧进入到铁栏内，用铁刷沾着消毒液为淑娟刷理皮毛。淑娟舒服地哼着，脑袋来回摆动，有时候故意推林尧一把，故意拿脑袋顶林尧一下，完全像个调皮的孩子在与大人嬉闹玩耍。人与熊在栏内和谐欢乐的场面吸引了金静，她问林尧她可不可以也进来，林尧说:“不行。”

“可你在里面”。金静不甘心地说。

林尧说:“我可以，你不可以，我把它从这么点儿喂大的，它跟我熟。”说着掰开淑娟的嘴，把手放进去，淑娟果然把林尧的手噙着，并不使劲往下咬。

六

随着陆家菜生意的兴旺，日星食品公司的生产效益也在直线上升。丁一在陆家频频请客，成万成万地往外扔钱，已经没了昔日为两包营养粉而较真儿的小家子气。笔挺的西装，昂贵的名牌领带，都是舶来品，日渐隆起的将军肚内也填塞了不知多少陆家的海味山珍。小熊造型的曲奇得到广大用户的喜爱，被评为全国优质产品，已呈供不应求之势。星星厂的厂房更是今非昔比，开发区自有新建的宽敞明亮的车间……丁一自被评为优秀企业家以后更忙了，到陆家来的次数也更勤了，所骑的自行车换了一辆普通的桑塔纳，就这竟为他赢得了一片好名声，说他谦虚谨慎，勤俭持家，据说有可能成为下一届人大代表候选人。总之，他在生意场上和官场上都走得很开。

这天晚上，林尧在账房桌子后面帮岳母装订各种票据，丁一进来结账，他一共花了七千四百元，嘴里一边咬着牙签一边说:“下礼拜还要订鲍鱼宴。”

岳母说:“一桌鲍鱼宴没一万五拿不下来，现在由香港进来的头等干鲍，每只要数百元。”

丁一说：“万元就万元，该花的也得花，吝惜银子有时候要坏大事呢。”

这时林尧插嘴说：“该花的时候是得花……”

丁一抬起头故作惊奇地说：“哎呀，林尧也在这儿，我还以为是谁呢……”

林尧直截了当地说：“丁一，淑娟那件事也在你该花的范畴里吧？”

丁一说：“那当然，这事我一直记着呢，厂里有了效益我一定领养淑娟。”

林尧不客气地点着丁一刚签过的支票问：“现在效益不好吗？”

丁一咽了口唾沫说：“外面一个虚假繁荣的空架子，内里都掏空了。树大招风，名声响了，应酬更多，谁都拿眼盯着你。”丁一把脸贴近林尧说：“不瞒你说，以前我还有给你扫几袋废营养粉能力，现在你再让我扫，半袋也扫不出了，鬼子的机器设计得没有半点浪费。”

林尧说：“你的意思是淑娟的事不能考虑了？”

“我没这么说，淑娟的事一直记在我心里，一旦……”连丁一自己也觉出了许诺的苍白无力，他没有勇气将下面的话说完，林尧不是小孩子，用不着拿话去搪塞他。

岳母也从花镜后面抬起眼睛看丁一，这使得丁一更不自在。

林尧仍穷追不舍：“你们厂怎么才算效益好呢？”

丁一说：“谈判的时候你也在场，我们跟日商的利润分成比例是三比七，三成利润顶着个合资企业的牌子，腆起肚硬充合资中方大老板，内中的酸楚只有我自己知道。希望工程请求赞助，你不能不掏；市里要修四环马路，各单位出资相助；市中心要建文化广场，这是公益事业，领导张了口，你得立马有表示；电管局说我们厂所在区用电量增加，要换加压线，那钱也不是三万两万能打发的……”

林尧听着丁一诉苦，越听心越寒，他重重地打了一个冷战，知道淑娟是彻底没指望了。

丁一看林尧的脸色十分难看，就拉住林尧的胳膊说：“我知道你是为淑娟才帮我们联系合资伙伴，这份儿情谊我会永远记着。林尧，你的事就是我的事，我下月要与外商洽谈办黑米醋加工车间的事，说成了我马上领养淑娟。”又拍拍林尧的肩说：“体谅兄弟一下吧，兄弟现在是身不由己哇。”说着丁一竟有些动情，眼里有泪花在闪。

丁一是怎么离去的林尧压根没注意到，岳母推动着算盘珠子对他说：“你不要对姓丁的小子抱有任何幻想了，生意人的话，水分太多，我刚才大概算了一下，自从他第一天到咱们陆家吃饭到现在，已经花了三十万了。什么样的家当，经得起这么折腾？我看你得给你的狗熊另打主意，别一棵树上吊死。”

林尧说：“我现在找不着树，想死也没处吊。”

岳母说：“那你那只熊可就惨喽。”

林尧觉得喉咙被一个巨大的块状物阻塞住，憋得他喘不过气来。他抬起脚，缓慢而无力地向自己的房间走去，周身酸软得像被谁抽去筋一样。

七

林尧病倒了。

诊断结果是可怕的出血热。林尧在死亡线上苦苦挣扎，陆小雨一天往家中挂两个电话，询问他的病情。陆家没有陪床，金静除了晚上张罗那桌饭，白天大部分时间都待在医院里。林尧度过了高热、少尿、昏迷期，终于艰难地活下来了。全身蛇一样地蜕了一层皮的林尧躺在病床上，无力地将面孔转向窗外，外面，房檐在轻轻向下滴水，院中传来泥土在雨水中发酵的气息，玉兰花雪白的花蕾在细雨中微微战栗。这是春雨，林尧想，春天来了。往熊舍打了两次电话，没人接，李玉来看过他几次，问到淑娟情况，说："还那样儿。"最关心他的是医生，年轻的传染医生通过林尧的病正准备着手研究，以黑脊线鼠为主要传染途径的出血热是否也可以借助熊身上的蚤或螨进行传播。

出院以后，林尧又休养了近大半个月，总算可以下床走动了，他扶着墙走出屋门。这是一个春光晴丽的上午，院中一株海棠开得正盛，一只娇弱的白蝶似乎感到出来得早了，羞怯怯地落在海棠花上。阳光照在林尧毫无血色的脸上，大病初愈的他虚弱得几乎站立不稳，他摇晃着身子，一手扶着门框，一手挡住刺眼的阳光，愣愣地望了半天院子。院内新植了草皮，甬路碎旧的方砖也换了新的，路边栽了许多草花，正屋及东厢房已油漆一新，连廊柱上的木头楹联也重新描了金，今日的陆家大院已变得王府一般阔绰了。

林尧缓缓朝前院走去，拐过月亮门见金静和李厨正在厨房外面宰蛇。粗壮的蛇在李厨手里扭曲、挣扎，最后被李厨毫不留情地钉在廊柱上。李厨一松手，蛇身立即痛苦地卷成了花儿，尾巴有力地拍打着柱子，发出啪啪的脆响，那蛇越挣越痛，简直到了发疯的地步。金静对李厨说："你怎么不把活儿干利落，让它挂在上头这么闹腾？"

李厨说："这条蛇太粗，劲儿大着呢，捋不住它。"

金静让小丫头们过去帮忙，小丫头们惊叫着，跑得远远的。金静过一把攥住蛇身，李厨顺利下刀，将蛇皮轻松地褪下来。去了五脏没了皮的蛇亮着白花花的身子仍在翻卷。林尧远远地看了，一阵眩晕，耳旁一阵蜜蜂的嗡嗡声，只想吐。

林尧拖着晃晃悠的身体上班去了。

正是春游时节，园子里小学生成群结队，欢笑声、嬉闹声给往日清冷的动物园添了不少生机。猴山永远是孩子们围观的中心，林尧知道，这是陈红旗最忙的时候，孩子们的到来是广西猴的节日，面包、糖果会雨点般向山上投去，百分之七十的猴子都得了消化不良，除了要隔离拉稀的猴子以外，陈红旗们每天还要清除出七八车垃圾。林尧看见“友邦”公司的铜牌子还在笼上高高悬挂着，孩子们在朗读广西猴特性的时候自然也朗读出了友邦公司的名字。

相反，与猴山近邻的熊山却冷清清，静悄悄的。林尧跑过去一看，熊山里除了两三堆干透了的熊便再不见熊的影子。他绕到后面去推熊舍的门，门锁着，他把脸贴向缝，大声喊淑娟，里面有两只家雀在空旷的熊舍里觅食，听见喊声，扑棱棱飞上房梁。

林尧找到园领导，领导告诉他，淑娟已经卖给民间马戏班了。

林尧听了，竟一句话也说不出。

领导见状，反复向林尧解释：“黑熊的寿命最终不过二十五年，淑娟已经在园里生活了二十多年，是一只行将待毙的老熊了，它的行动迟缓呆滞，根本无法招揽游客，加之又患有多种疾病，是出血病的传染源，谁敢接近它？卖给马戏班是园领导集体商定的，这也是淑娟最好的出路了。马戏班主说了，并不是要淑娟去要什么玩意儿练什么叉，只是关在笼子里为马戏班壮壮门面，供人参观，当活广告用。”

林尧说：“这件事你们为什么不跟我说？”

领导说：“你当时正在害病，连命都顾不过来了，怎能跟你说，淑娟的事都是李玉一手经办的。”

林尧说：“它小时候给园子争来多少观众，那时候熊山日日都是围得里三层、外三层的，现在，你们就容不得它安安静静地老死园中吗？”

领导说：“林尧你冷静一些，淑娟在，就占了一个熊的指标，它去了，我们可以申请进一个年轻活泼的小熊。从领导来说也很能理解你的感情，一只猫跑丢了还心疼几天呢，何况一只大熊。”

林尧说：“你们就不懂动物。”

领导说：“这点你应该向李玉学习，你看，他已经高高兴兴到绿化班上班去了。”

林尧在园子里找到李玉，李玉正用花剪子嚓嚓地剪冬青树枝。林尧说：“李玉——”

李玉没吭声，低着头继续干他的活。

林尧说：“李玉，我在跟你说话呢。”

半天，李玉才说：“我听着呢。”

林尧说：“淑娟是从你手里亲自卖出去的？”

李玉说：“没错。是我把它塞到笼子里的。”

林尧说：“你也下得了手？”

李玉不理睬林尧，继续嚓嚓地剪他的冬青，剪刀又快又狠，李玉干得咬牙切齿。

林尧一把扯过剪刀扔在地上。李玉弯身拾起剪刀看也不看林尧，又剪。

林尧觉着李玉是有病，气得转身便走。

倒是李玉叫住了林尧，他说：“……你这一病也没人给淑娟带吃食了，淑娟走的时候连哼的劲儿也没有了……它瞅着我，向我求救。我救不了它，眼瞅着那些河南人把它拉出大门……直到门口，淑娟都在看着我，我却站在那里没反应……我不如个畜生。”

林尧无力地坐在路沿上。

李玉蹲下来搬着林尧的肩膀说：“我李玉也是个有情有义的人，林尧，我发了誓，李玉从今往后再不养熊，我受不了这份儿折磨。”

林尧的两眼有些发直，他在地上坐了半天，不知在想什么。

李玉说：“你也到绿化班来吧，绿化班活累，又晒，没人爱干，但清静，再不跟动物打交道，对咱们挺合适。”

林尧说：“我要把淑娟找回来。”

“这不可能。”李玉说：“你上哪儿找那个马戏班子去啊？”

“我先奔河南，找着戏班子的老根儿，再顺藤摸瓜，一只熊，藏也藏不住的。”

“我看太渺茫。”

“走着瞧吧。”

林尧说过“走着瞧”，就像风一样刮走了，没有请假也没有跟家里人打招呼。几周过去，园领导觉着有申明纪律的必要，就让饲养科的人日日给林尧划旷工，说是旷够三个月就算自动离职。后来又觉着这样做不太妥帖，便在报上登上寻人启事，让林尧见报速回单位上班。

林尧却一直没有消息，消逝得无影无踪，就像压根儿没有存在过一样。他的妻子陆小雨几次打电话回来，得到的回答都是：正在寻找。

陆家的生意没有因为林尧的离去而受影响，仍是每日一桌地稳定前进。

丁一的“日星食品公司”现在不唯生产小熊曲奇，还生产中国黑米醋、日式煎饼、花生牛乳粉、神清速溶奶茶等等，生产干得轰轰烈烈。据说厂里职工每人每月的奖金是市长工资的一倍，至于厂长丁一的工资已然达到了共产主义初级阶段水准，周围郊县及贫困山区出现了十几所“丁一小学”，城东还有“丁一养老院”，都是“日星”出的钱，养老院的老头老太太们饭后负曝闲谈，所论也多与丁一有关。老有所养，惊心初定的老头老太太们定要饮水思源，感念衣食的提供者丁一先生了，便有通文墨又闲得无事者写了稿子，大家分头抄了，四处寄发，大家闲着也是闲着，有事总比没事好。有当过音乐教师的某老太太甚至谱写一曲《丁一你好》，教大家演唱，唱者却热情真挚，爱心饱满。丁一者，真君子也。

丁一的大善之举自然也传到李玉耳中，他已无心与丁一再计较什么，只是由衷佩服人家头脑的灵活。领养狗熊的许诺犹如在耳，却并不见落在实处反而弄出许多学校与养老院，这正是丁一的高明之处了。领养狗熊，狗熊不会写什么表彰稿子，也不会唱《丁一你好》的歌，一大把钱至多在清冷之处换块不起眼的铜牌子，这样的事丁一怎么会干？李玉终于明白，丁一是朋友的同时首先是个商人这样一个道理。

这天，丁一开着车来到陆家，说那个横路又要来签约，点名要吃陆家菜，丁一问陆家菜中有没有他还没吃过的。

岳母翻看着食谱说：“陆家的菜你基本都吃遍了啊。”

丁一看那食谱，也多是老面孔。

岳母说：“不妨去问问二大大。”

两人就往二大大房中走，丁一问林尧最近忙什么，岳母不愿提林尧出走的事，便搪塞说：“还是他那只熊罢了。”

丁一说：“下回来吃饭，我把支票带来，答应领养淑娟老没落实，林尧心里不定怎么骂我呢，是该为狗熊做点好事的时候了。”

岳母笑笑，没说什么。

二大大听了丁一的要求想了半天说：“陆家菜本身档次就够高了，

旧社会时一桌饭的用资比乡下一户殷实人家一年的费用都高，就现在这价格也不是谁都能吃得起的。”

丁一说：“二大大，您再帮我想想，还有什么没吃过的？”

二大大说：“要说没吃过的倒是有，怕你没地方弄去。”

丁一说：“二大大您小瞧我了，这年月除了星星月亮我摘不来，原子弹只要有人卖，我也买得出。”

二大大说：“有两样菜，是我刚进陆家时跟着婆婆做过几回的，后来再没做过。”

丁一问是不是高档新奇的。

二大大说：“这两样菜保证谁也没吃过。”

丁一说：“您快说，是什么菜。”

二大大说：“清炖熊掌，酥炸驼峰。”

丁一一拍手说：“真有您的二大大，绝了！”

二大大说：“掌要选左前掌，这只掌是熊常用舌头舔的，最难得；峰要挑白驼单峰，单峰质嫩，营养丰富。”

丁一说：“二大大您等好吧，这两样东西，我不出一礼拜就给您弄来。”

八

西天的太阳即将沉落，长长的日光挣扎着将赵家集的房屋刷出了最后一片辉煌，将天与地染出奇异怪诞的不正经。有人抬起头看那越来越低矮的太阳，又看由于颜色改变而变得完全陌生了的小镇说：“这天怎看着怪怪的，该不是要地震。”

一老汉说：“这叫光煞，老天爷要闹脾气哩，我这一辈子也没碰上一两回，逢光煞，总要出点什么事情……”

怪诞的光亮中走来了面容黑瘦憔悴、衣衫褴褛的林尧。他脚下一双看不出本来面目、断了底的旅游鞋，噗噗地踩着路面的浮尘，带起一溜灰土，每一步都走得很沉重。开裂的嘴唇暴起一层白皮，血丝在唇间闪烁，目光也由于劳累而变得无所适从的散淡，蓬乱的头发与蓬乱的胡须连在一起，沾满了同样的灰土。他在人们关注的目光下走进镇街，停在卖抻面的小馆子前。

“有没有带汤的？”林尧问。

面馆老板说：“有，一块五一碗。”

林尧走进小馆，坐在白条木桌前说：“两碗。”

老板说：“先交钱。”

林尧并不理会那不信任的目光，从裤子口袋里摸出钱包，抽出一张搁在桌上。

老板见对方不是要饭的，这才放了心，变得热情的同时话也多了，问：“先生要粗还是要细？”

林尧听他管自己叫先生觉得好笑说：“你见过这打扮，这浑身柴火子味儿的先生吗？”

老板说：“怎没见过，这几年改革开放了，什么样的先生都在赵家集上出现时，越是有钱的，打扮得越穷。现在穷相也成了时髦，好端端的裤子，非要在膝盖上掏俩窟窿，追求的就是您这副模样。”

林尧靠在墙上，疲乏得一句话也不想再说了。

老板意犹未尽：“我知道您累，您累您就尽管在我这儿歇着。别看您留着大胡子，其实年龄未必有我大，前两个月我这铺子里来了一个徒步考察黄河的，那模样比您还惨，累得连话都说不完整了。”

很快，热腾腾的汤面端过来，两大碗，漂着一层油花。林尧抓起筷子，不由分说，吞食起来。

远处传来了鼓乐声。

“街上有马戏班？”林尧停止了咀嚼。

老板说：“来了四五天了，镇上就这么几户人家，都看过了，还敲锣打鼓地不走，谁还会花钱看第二遍哩。”

“有熊没有？”

“有。一只大熊，关在笼子里，整天卧着。”

林尧一听，二话没说，扔下碗就朝锣鼓声跑。老板迎出来说：“你的包还在这儿呢！”

林尧说：“先存这儿。”

老板说：“这人，别看累得半死，精神头儿还蛮大，是个马戏爱好者哩。”

滏阳的“世界大马戏团”正在赵家集停留。

布围栏外，铁笼内关着一头奄奄一息的黑熊。几个孩子围着笼子，用棍戳弄熊，黑熊闭着眼睛一动不动。

有谁说：“这熊死了，拿个死熊来骗人，没劲。”

孩子们便跟着喊：“死的！死的！”

“谁说它是死的？”班主叼着烟走过来，“我让你们看看它是死的还是活的。”说着走到附近的小吃摊前，烧红了一根通条，拿它狠命向黑熊捅去。

黑熊一阵痉挛，吼叫着腾身而起，张着血盆大口向人们猛扑，将铁笼撞得嘎嘎直响。孩子们惊得四处逃窜，再不敢近前。班主得意地说：“谁还说它是死的？它懒得搭理你们就是了。里面还有好看的哪，张飞卖肉，李翠莲大上吊，缩头王八大翻个儿，人蛇混战……四块钱一位，轮番上演，永不清场啊……”

林尧来到兽笼跟前的时候，黑熊已经又卧下了，那股皮肉焦煳的味道还没有散尽，熊身的某处还在青烟袅袅。林尧径直向铁笼走去，蹲在笼前仔细看那熊。遍体伤痕，骨瘦嶙峋的熊虚弱地喘息着，皮毛已大片大片脱落，许多地方露着鲜红的肉，几只苍蝇在品咂肉上渗出的血……从外形，林尧已经很难断定它是不是淑娟，对着那只对外界几乎没什么反应的熊，林尧轻声叫道：“淑娟！淑娟！”

班主一直站在一边歪着脑袋看着林尧，从林尧的穿戴打扮到言行举止，他认定这是一个精神病，就走过来将林尧粗暴地一推，让林尧靠远些。

林尧猝不及防，被班主推倒在笼边水洼中，湿泥炉灰，蒜皮葱须，各种脏物沾了一身，惹来一阵笑声。

班主抱着胳膊，居高临下地看着林尧说：“想媳妇想疯啦，见了狗熊也叫淑娟。”

周围又是一阵笑。

面铺老板已赶来，从泥水中扶起林尧，对班主说：“你怎能这么欺负人？”

班主说：“这是个精神病。”

老板说：“他不是精神病，他刚才还在我铺子里吃了两碗面，一点儿也不疯。”

林尧对班主说：“我是来找熊的，我的狗熊叫淑娟，你这只熊是不是由动物园买的？”

班主说：“这只熊是我由河阳一个马戏班子买来的，已经倒了几回手了，买来了就后悔，原来是只病得站不起来的家伙。”

林尧说：“我想它就是淑娟。”

“淑娟！”班主听了直咧嘴，“你叫叫它看。”

林尧再一次趴在笼前，在众目睽睽之下呼唤淑娟。

叫了几声，笼内的狗熊没有任何反应，班主说：“狗熊多了，怎么会是你养过的那只？”

林尧说：“我觉着它是，我的感觉不会错。”

班主说：“可它并不认识你。”

林尧将手伸进笼内，用手轻轻地梳理狗熊那杂乱的毛，喃喃地说：“淑娟，我知道你闻着我身上的味儿不对，可你该听得出我的声音呀……”

面铺老板见了说：“你身上这股柴火味，庄稼地味，汗酸味，甭说熊，怕连你的狗也嗅不出了呢。”

狗熊懒懒地睁了一下眼，扫了一眼林尧，似乎想起什么也似乎没想起什么，又闭上眼睛。

林尧叫着淑娟，把它挤在笼边的爪轻轻捏在手里，摩挲着。这时，狗熊突然冷不防站起身来，腾出一只爪子，由笼内伸出，那爪刹那间变得狰狞可怕，向着蹲在笼边的林尧猛扇过来。林尧躲闪不及，熊的一掌下去，半边脸的肉便被掀飞，紧接着那巨爪又从上到下，结结实实地来了一下子……

林尧的眼立时被血帘罩住，他并不感到疼，一切都发生得如梦幻一般，变化迅速得让人们来不及思索。但是，林尧在黑暗到来之前，他清楚地看到了，在扇过来的熊掌上生长了一个晶亮圆润的肉瘤。

晶亮圆润的肉瘤。

丁一说他能买来原子弹，并不是吹牛。几天后他果然提了只鲜熊掌和一个巨大的驼峰给陆家送来。同时送来的还有支持动物园领养淑娟的支票和协议书，让林尧岳母交给林尧。

岳母说：“淑娟的事你直接和林尧打交道吧，我不愿经手。”

丁一问林尧什么时候在家。

岳母说不知道。

金静对这只毛茸茸、血淋淋的熊掌无从下手，叫来二大大。二大大提起那掌使劲看，说：“没错，是左前掌，丁一能弄来鲜掌本事真大得不得了呢，当初别说陆家，王爷级别的宴席所用熊掌也不过是干货，需用水发制了才入锅的。”

丁一听了装作无所谓的样子说：“咳，一个熊掌，小菜一碟……”

二大大说：“把这个掌放锅里用文火煮，水要多。”又特别嘱咐金静，“水开到微微起波纹就可以了，千万别冒泡，那样一来皮就煮破了，破了皮的熊掌端上桌如烫掉皮的鸡，样子恶心也不值钱了。”二大大边往外走边说：“煮过三四个小时，毛能拔下来的时叫我，这道菜得我亲自动手做。”

熊掌在锅里煮了大半天，金静请来了二大大。二大大系上了围裙将熊掌捞出，用温水涤了，然后抱在怀里，像给妇女修眉一样，耐心地用镊子将毛一根根拔去，金静在一边看。

二大大说：“拔熊毛切忌急躁，有人像扯鸡毛似的一把把撕，这法子对熊掌是万万使不得的，文火煮过的鲜掌，皮比纸都软……”二大大将大毛拔完，又让金静换小镊子拔细毛，说自己眼神不济，看不清了。二大大交代，拔完细毛再用手将掌上的一层黑膜轻轻挫掉，煮到微烂时将骨抽掉，将爪尖抽掉，端上桌的时候掌形要完整，颜色要白净，汤要清亮，肉要烂软……

金静拿来个小凳子，坐在门边拔细毛，挫黑膜。拔去毛的熊掌光滑得如同人的脚掌，金静想，人真是个怪东西，飞禽走兽几乎没有不能入口的，吃得越新奇、越不可理喻便也越上档次，“食不厌精，脍不厌细”已变作“食不厌新，脍不厌奇”，只要能往嘴里填，熊的脚与人的脚没有什么区别。

蓦地，她的手触到了一个圆圆的肉瘤，瘤生在掌内侧，鸽蛋般大小。金静意识到什么，她把那掌翻来覆去地仔细看，手渐渐地颤了，心也渐渐地颤了——“淑娟！”她惊叫一声将掌扔回盆内，溅出的水花洇湿了一片地面。

被扔回盆内的已经半熟的熊掌将那惨白的趾爪触目惊心地指向苍天，掌心弯曲，划出一个惊异的问号。这只脚爪兽与一个通人性的牲灵相连着，它无数次地由栏内伸出，向人们传达着它的温情，它的喜悦和它对人的无限依赖与情爱……它何曾料到，它的掌爪还会以另一种形式出现在滚热的汤锅中，被撤骨拔毛，成为佳肴送入它所爱的人的口中。

领养它的人也是要吃它的人。

金静不再触摸那只熊掌，她解下围裙默默地来到林尧住的小屋，呆坐在林尧的小床前。林尧的被褥在床上散乱地堆着，她发现那些被褥早已没了林尧的气息，除了一股霉味以外什么也没有了。林尧已经走得远了。

熊掌的后继工作由二大大完成。

那一晚的清炖熊掌烹饪得可谓空前绝后，掌糯味浓，汤鲜爽口，给吃者无不留下深刻印象。以致在以后很长时间里，那晚宴席的参与者再品尝别的美味佳肴时总要摆出一副见过世面的架势说：“这个菜比熊掌的味道差远了。”

淑娟以自己的生命为代价，换来如此评语，九泉之下也该瞑目了。

大雁细狗

70年代初，我在三门峡库区的农场务农。

十月，天气转凉，滩地的风渐渐变硬，农场的男人们开始躁动不安起来，他们要打雁了。

每到秋天，渭河的芦苇塘里就歇息着成群成群的雁，它们不是今天来了明天走，它们往往要在这个地方盘旋很久，直到很冷了才离开。那些雁都是麻色的，粗看很不起眼，但是在阳光下细看，它们的每一根羽毛都辗转着色彩，随着角度的变换而变得五彩斑斓。

男人们的枪已经准备好了。

我去河边看那些雁，一大片的，有时静得没有一点声息，有时则吵得一塌糊涂。它们在河里觅食，在芦苇丛里歇息，这些齐整的，有纪律的鸟儿，给枯黄惨淡的渭河滩带来了美丽的色彩和无限的生机。秋风吹过，雁在冰水中瑟瑟发抖，我真是可怜它们，白居易有诗说“雪中啄草冰上宿，翅冷腾空飞动迟”，我心里想，怎么还不快走呢，家乡就这么好么，南边比这里要暖多了，危机四伏的黄河滩有什么好留恋的呢？

但那些雁还是迟迟的不走。

一天傍晚，枪声终于响了。

长河落日，萧萧风声，天地间一片血红。我认为他们干打雁这样的事有点儿残酷，雁是义禽，古来对雁的赞美实在是不少的，“鸿雁于飞，肃肃其羽”；“高城残照下，万里一行飞”；“拣尽寒枝不肯栖，寂寞沙洲冷”……对这样的鸟儿怎能开枪射杀呢。

我的心里满是悲哀与失望。

大堤上，男人们手里提着淌血的雁迎着我走来，他们很夸张地向我炫耀着，炊事员将一只很秀丽的绿羽雁在我的眼前使劲晃动，得意地说：“今天夜里别睡着了，我给你们做红烧雁肉。”

我看见那只雁的头颈像绳子一样地垂着，眼睛睁着，晶莹的眼睛里反射着落日的余晖，它大概到死也不理解，不明白，没有招谁没有惹谁的它，为何会落得如此下场。

我奔到芦苇丛中，大声地冲着那些雁吆喝。我要赶起那些雁，让它们快走，快走，快走！

没有雁儿飞起，四周死静一片。

它们在更深的苇丛中躲避。

我跌坐在河岸，望着滔滔的河水，只感生命的不易，存在的艰难。

雁尚且如此，更何况人。

我们的炊事员做别的不行，红烧雁肉却做得很地道。农场的人都很兴奋，大家都在为雁肉而熬夜，难见荤腥的人们在厨房溢出的肉香中已经飘飘然，昏昏然，不能自已了。

我没有去凑热闹，早早地躺下睡了。在蒙眬状态时，我听见让大家去盛肉的招呼。拖拉机手老张的媳妇敲我的门，说去晚了多半会让那帮“狼”吃光。我说不吃了，老张媳妇隔着窗户说：“那你就亏了。”我还是说不吃。老张媳妇说：“要是真不吃，我就把你那一份也打了。”我说随你。老张的媳妇就咚咚地跑走了。我知道，她得顾及她的那两个馋肉馋得眼睛发绿的女儿。

夜里，男人们就着雁肉蹲在碾盘上喝酒，是从渭河对面小村沽来的一毛二一两的红薯酒。他们边吃边闹，“老虎、杠子、鸡”的嘶喊传入我的小土屋，清隽高雅的雁与浑浊浓烈的酒风马牛地搅在一起，让人有种说不清道不明的惆怅。

男人们都吃得很惬意，很酣畅淋漓，他们开始唱了，唱秦腔：有为王打坐在某某地面……

跟大雁没有关系。

炊事员喝得舌头已经发直，不利落地说：“明天还去打……”

男人们纷纷应和着：“……还打。”

第二天，按正常作息时间起床的只有我一个人，我看见石碾上一片狼藉，被嚼啃过的雁骨遍地皆是，厨房的墙根是一堆用开水烫过的杂乱的雁毛，情景惨烈而悲壮。

我来到河边，见苇丛中雁们又在起落，不禁深深吸了口凉气：

糊涂的雁哪。

后来，男人们每天都去打雁，他们吃了多少回红烧雁肉，谁也记不清了，可叹的是那些雁，打了还来，打了还来……

我埋怨它们的没记性，细想那是一种执着，是一种临乎死生而不惧的气节，一种伏清白以死直兮的精神。

我不如雁。

事后我才知，打雁的并非我们这一个农场，几乎在黄河滩上的所有团队在那个时期对雁都发动了攻击，一到傍晚，河滩上枪声不绝，经过沿途无数的浩劫，南去的雁真正能飞到目的的大概没有谁了。

就是能到达目的地，那里也未必就是乐园。

我将那些雁羽做成了一把把扇子，为的是纪念那些在黄河滩上永不能再飞起的鸟儿。我被招回城市以后，不少朋友都接受过我馈赠的羽扇，他们为那羽的美丽而惊叹，我就给他们讲那些大雁九死而不悔的故事。

下雪了。

河滩上一片洁白，白得耀眼。

狗们不怕冷，冬天似乎是它们的节日，它们几只、十几只地结在一起，有我们自己的，也有外来串门的，它们在空旷的田野里奔跑跳跃，忽而一群集体朝东，忽而又朝西，跑得莫名其妙。

带头的就是老万的那只纯白大狗。

农场的狗不少，各有各的主人，也就是说，它们每个都有自己的投靠，并不是领导的分配，是自然的结合，谁也说不清楚是怎么的，有只狗就会卫兵一样地厮跟上了你，冲你摇尾，向你献媚，对你毫不掩饰地抛撒出它喜欢你的信息，不由得你不动心。

我的黄儿就是这么找上我的。

黄儿是只漂亮、聪明的小母狗，大眼睛，全身一片金黄。它来自城市，是夏天城里的一些年轻学生来帮助收麦子留在农场的。我在仓库里发现黄儿时，它正奶声奶气地尖叫着，躲避着炊事员的堵截。

我问炊事员为什么要逮这只还没脱尽绒毛的小狗。炊事员说为了吃。又说他下午想做炖狗肉，食堂小黑板上的菜谱都写出去了。炊事员在谈论吃黄儿的时候，黄儿就在麻袋后头藏着，一动不动，听他说话。

我让炊事员把小黄狗给我。炊事员说我要是在下午以前把它给哄出来，就属于我，要是过了午睡时间，我还没有把它搞到手，他就要和美食家们联合采取行动了。

炊事员走了，我就弯下身子趴在地上哄那只狗。黄儿还是不动。我只看见在麻袋与麻袋的夹缝里有一双晶亮的眼睛在闪烁。

中午，我正在午睡，感觉有什么在拱我的门，趿拉着鞋推开门一看，竟是黄儿，天晓得它怎么想通了，会寻到我这儿，它很会掌握时机，赶在了炊事员向它发动总攻之前，及时修正了自己的生存方针，真是只聪明的狗。我从地上抱起了黄儿，它很害怕也很虚弱，浑身战抖着，眼里有水光，那双眼分明在说："是死是活，我把一切都交给你了。"

黄儿的信赖让我感动，我将它抱进屋来，放在地上，它委屈又胆怯地站在那里，不敢乱动，我将碗里的半块剩馒头掰了喂它，它嗅嗅，不吃。那条小尾巴却在不停地向我摆动。

从此黄儿就跟定了我，成了我的狗，我走到哪儿，它跟到哪儿。

人们都喜欢黄儿，这得益于它的美丽。

农场里最没人气的狗要数老万那只大白狗了，它跟希特勒似的，永远是一脸的严肃与郑重，冷漠得让人想到那不是狗而是什么其他的东西。老万的大白丑陋至极，高近一米，细腰长腿短毛，脸特别长，我每每看到白狗那张没有表情的、失却比例的长脸，就感到这应该是马而非狗。除了老万以外，大白不认任何人，我喂黄儿的饭也多被它抢了去，且吃了我的并不领情，任你怎么喊，它是从不搭理你的。

老万对他的狗却情有独钟，说他的狗是上了谱的，叫细狗，产于山东梁山，有皇族血统，自汉朝以来就是皇宫里的宠物，高贵得不行，与我们那些杂种狗非同日而语。

我不知老万的阶级立场到哪里去了，他的狗有“皇族”血统，便被视为高贵，当他骂我是封建王朝的孝子贤孙时，我则卑贱得是提不起来的狗屎，世间的事情不能细想，想来想去便很想不通。我想，皇族的狗也罢，狗屎的人也罢，人和命运的冲突永远是一个难以破译的谜。

狗们倒很有臣服思想，它们对有皇族血统的细狗大白极尽讨好、卑躬之能事，这其中也包括我的黄儿。大白争它的饭，它竟摇着尾巴表示欢迎，有时大白看它一眼，它也激动得翻仰在地上，四爪朝天，把肚子亮给人家。我问过老张媳妇，黄儿一见大白为什么要采取这种姿势，老张媳妇说这是狗们对对方表示信赖、友好、甘愿服从的表示，不唯狗，猫也是如此，老虎、豹子也是如此。

皇族的大白称王称霸得厉害。

大白将我的黄儿咬得鲜血直流，我让黄儿出去奋勇争斗，黄儿缩在桌底下不敢出去，我说：“黄儿你窝囊到家了，谁见过挨了咬夹着尾巴钻桌子的，也就是你吧……”

我决心报复一下可恶的大白。

趁它蜷在我窗下晒太阳的时候，我过去逗弄它，大白自有王者风范，任我怎么搬弄，连理也不理。我想，机会来了，就用紫药水、红汞，将那张狭长的狗脸画得如山魈般的花哨。须臾，大白站起，抖动全身伸直前腿，伸了一个大懒腰。我看着郑重的大白，扑哧乐了，它已不是细狗，分明是戏台上的窦尔敦了。

接下来的情景十分微妙，大白迈着皇族的雍容步伐走向那些杂种狗的时候，杂种们一齐冲着它狂咬起来，它们没见过这花花绿绿的怪物，它们把它当成了外星狗。

在集体的撕咬下贵族的大白败得非常惨，直到它被骂骂咧咧的主人弄到冰冷的河里去洗脸，它也没弄明白，平日归顺的臣民为什么会在它午睡醒来之后突然发生了哗变。

冬天是撵兔的季节，也是狗和男人们的活跃时期。陕西的农村有雪天撵兔的传统。在老万的带动下，我们全体出动要跟过冬的兔子较劲儿了。

苍茫的雪野上，只有我们几个人，此外就是一群张牙舞爪的狗。狗们似乎都知道我们要干什么，它们一蹿一蹿地撒着欢儿，表达着它们的兴趣和忠心。

我们一字排开往前趟，男人手里都拿着镰，当兔子惊起时，男人手中的镰便朝着兔子逃窜的地方飞过去，一声呼哨，细狗大白就箭一样随着镰射出，直奔兔子而去。于是，一场追逐在雪地上展开了，兔在前面夺命逃窜，狗在后面穷追不舍，人则分路散开围截，人喊狗叫，气氛热烈。

渐渐地，我窥出端倪，大白追兔，是不声不响地实追，白的狗，白的雪，往往把兔子搞得昏头昏脑，防不胜防。大白在追兔的时候很有策略，它多是从侧路包抄，以其敏锐快捷，从速度上采取主动。而那群杂种狗则不然，它们闹哄哄挤成一团，平时就爱扎堆，撵兔时仍爱扎堆，瞎跑乱咬，全没有章法，不是撵兔，是在起哄。

大白叼着今年猎取的第一只兔子，很优雅地向老万小跑着走来时，老万对我们说："什么叫血统，这就是血统，得了猎物给主人送来，绝不私吞，这就叫规矩，这就叫训练有素。"

我们就一齐夸大白。

大白仍旧是一脸的傲慢，不肯降贵纡尊。

这使我想起了庄子的话："举世誉之而不加劝，举世非之而不加沮，定乎内外之分，辨乎荣辱之境，斯已矣。"

再看我们那群杂种，仍在地里忙活，不知为什么在撕扯打架，我的黄儿也在里头不依不饶地上蹿下跳。

有人跑过去看了一下，回来说："是为了一只干瘪了的死鼠。"

老万手里的镰冷不丁又飞出去了。

大白早已风一样地赶在镰落地点的前面，向另一只兔子发起了攻击。

那边，热闹的一群仍在为那只死鼠纠缠。

三十年后，我在陕西电视台的体育节目里突然又看到了熟悉的细狗撵兔的场面，那是大荔县的农民领着他们豢养的细狗在做表演，他们的县成立了"细狗撵兔协会"，电视里说，这是全世界独一无二的协会，它将被列入陕西的体育项目。电视里那些细狗都长得跟大白一样，丑陋而精神，仍旧是一副贵族派头，风采不减当年。一农民爱抚地摸着他的狗对着镜头说："这狗，是我的心尖子哩，它是有皇族血统的，自汉朝以来就是宫廷里的专用赛犬，尊贵得很。"

电视台的人问这一只狗价值几何。农民说，不贵，也就万把块钱。问养了几只。答曰：六只。问所为何用。答曰：撵兔。

我在屏幕那闹哄哄的背景上寻找老万，我想这样的协会，这样的场面是一定少不了老万的。却没有找到，静下来一推算，老万若在也该是七十多的老人了。七十多岁的老万大概不会再随着众人在田野里撵兔了……

乌鸦卡拉斯

惟玄乌之令鸟兮，性自然之有识。

应炎阳之纯精兮，体乾刚之至色。

——晋成公绥《乌赋》

一

顾明起晚了，一边匆匆忙忙系领带，一边埋怨我没有按时叫醒他，说今天给学生们上课，闹不好要迟到了。我往面包片上抹着花生酱，想的是他昨天晚上上网上到半夜，一点儿没有困倦的意思，今天早晨能起来就是奇迹。我说我不是宾馆服务生，没有定时叫早的任务，让他不要什么事情都指望着我。他说伺候好丈夫是日本主妇的职责，既然我在这里的名分是“家族滞在”，就应该认真地当好“滞在”，不要有什么非分之想，人家成千上万的日本妇女都能在家中尽职尽责，我也应该行。

我觉得窝囊，来日本当家属三年了，搁下国内的工作天天在这儿洗衣做饭，擦玻璃拖地板，心内总是不甘。顾明说我在日本也可以同样写作，中国很多优秀的文学作品都是在国外写成的，正因为拉开了距离，才会把许多事情看明白，才能写出更有深度的好文章。我说我不行，距离是拉开了，可是地气接不上了，人老是在半空飘着，甭说写作，连中国话也慢慢变得枯涩苍白，语言是要有环境，经常运用的，早晚有一天，我那行云流水般的汉语会在这净是“玛斯、玛斯”的地界被折磨得什么也不是！顾明说我这样的矫情，是拉不出屎赖茅房，明明是自己江郎才尽了，偏偏要赖日本，日本怎么了，日本作家也有的是，得诺贝尔的也有，得芥川的也有……我说，快吃吧你，几点啦！

他看看表，吓一跳，拿起三片抹过酱的面包摞在一起，厚厚的一沓，张开大嘴咬了一口，推门而去。我在后头喊，吃太多了，你得减肥！

他说，从明天开始！

随着房门砰的一声关闭，我的悠闲主妇生活就开始了，像松了弦的钟，心情一下缓解下来，我给自己泡了杯茶，削了苹果，歪在沙发上，将电视调到三频道，八点三十，准时的是那部没头没脑的电视连续剧《度过人间都是鬼》。一天一集，从 1990 年演到现在，已经十几年了，还没有结束的意思。戏演得拖泥带水，温温吞吞，情节有一搭没一搭，半个月不看，照样也能接上。我回国办事，剧情中的男主角也到京都去寻找某某人，我从中国回来了，男主角还在京都转悠呢。

我想起了旧社会中国的评书，说到“秦琼卖马”，有某人要出差，跟说评书的说，真可惜，您的“卖马”我听不着了。说评书的说：放心走您的，这马我给您留着。十天后，听主回来了，秦琼的黄骠马还没卖呢，说评书的东拉西扯，说得照样很热闹，听众一点儿不觉得烦，可是剧情却一点儿没发展。这叫功夫！这“度过人间”也真是度过人间，跟大众的生活同步，开了电视剧的先河……

十点钟，对门的吉冈夫人要过来学中文，每周两次，雷打不动。吉冈的丈夫是某株式会社的代表取缔役，用中国的话说就是公司的总经理，有钱但是忙，一个月也难得见一两次，很多时间是吉冈夫人和她的小狗拉卜在家。吉冈学中文跟我看电视剧《度过人间都是鬼》一样，拖拖拉拉不甚用力，学三个月了，至今还不会拼音，连“你好”也说不利落。我不能强求这个四十三岁的主妇能学出怎样的精彩，她来我这里学习很大程度上是为了解闷，打发时光罢了。每回来学习，先要喝北京的茉莉花茶，吃点心，然后是家长里短地神聊，最后才是学习。学习一开始，她的拉卜就在外头用爪子抓门，很没教养。我奇怪拉卜怎会把时间掌握得这样准确，吉冈说拉卜的听力很出色，是世界级的好狗，目前拉卜正在导盲犬学校接受训练，跟她一样，也是每周两次。我问训练好了怎样，吉冈说做过初训，如果适合，就送到导盲犬协会去继续深造，成为合格导盲犬供残疾人使用。我说那样拉卜就不归你了。吉冈说是的，她随时得做好忍痛割爱的准备，她是导盲犬协会会员，有提供狗的义务。吉冈让我也参加导盲犬协会，我说我也没有狗可提供，我自己也不会导盲，给人家添乱……

每周除了教授汉语，我还负责社区东侧花池的清扫整理，这个花池由我和吉冈两家负责，我一三五，吉冈二四六。小区庭院清洁卫生有专职清洁工，但是各家各户（主要是闲得没事的主妇）“为了培养住户之间的团结友爱精神和社区意识”，成立了叫“VOLUNTEER”的组织，“VOLUNTEER”翻译成中文是“志愿者协会”。中国也有这样的协会，多是照顾孤寡，扶贫救灾，干些让人很感动的事情。日本社区的“VOLUNTEER”各家分工，做力所能及的事，比如给各家发放垃圾口袋，过节装饰社区的圣诞树，平时养护小区的花草树木等等。我和吉冈分管的花池不在主要位置，比较偏僻，主要是离我们两家近，由我们管护理所当然。花池里没什么名贵内容，只有一排小冬青，四五株月季，一个永远没人坐的小石条凳。月季花除了粉的还是粉的，有时开有时不开，开与不开全凭它的兴致，加之那满身的尖刺，连猫儿狗儿也不愿靠近。不管花怎么样，我对这些花草却是从来不马虎的，浇水剪枝清扫，不敢稍有懈怠，这有一个国际影响在里头，不能让别人看着我们对公益事业没有热情，缺乏爱心，中国人从小就学雷锋，这点儿觉悟还是有的……

门铃一阵急响，着了火一般，原来是刚出门的顾明又转回来了。

顾明一副急赤白脸的模样，手上流着血，皮包带子也折了。我说怎的了，他说遇上了抢劫。我说赶快报警，打110。顾明说报个屁，早逃了！我问抢了什么，他说面包，他手里那沓子夹花生酱的面包被抢了。我说准是饿极了，在资本主义社会，饥寒交迫者还是大有人在的。

顾明说他一边在汽车站等公车，一边吃早点，就被抢了，所有等车的人都是目击者，要是报警，他们都可以作证，其中有他认识的古田先生、大岛先生和中村女士。

他说，就那么快，那么准，一阵黑风，让人猝不及防！面包就没了！我就追，就抡着包抽打，哪里追得上。

我说，到底是谁袭击了你啊？

顾明说是乌鸦。并且郑重地补充说，乌鸦是害鸟。

日本的乌鸦实在是太多，它们的身影如同麻雀，随处可见。个大、壮硕，不畏人、不集群，跟中国“黄云城边乌欲栖，归飞哑哑枝上啼”的习性不同，它们不必朝飞暮归，不必成群结队地去田野觅食，在城里，在方圆数十米内，它们完全可以解决自己的生计问题。大城市的垃圾为它们提供了足够的食源，它们的饮食条件，不比人差。常见闹市区，垃圾桶被蹬翻，塑料袋被开肠破肚地扯破，它们在其中上下翻飞，你争我抢，获取可食之物，渴了自会找到饮水机，老练的会蹬开水龙头，扬着脖子喝个酣畅淋漓，很是目中无人。乌鸦们爱扎堆，但并没有严格组织，它们各自为政，谁也不服从谁，一帮乌鸦，没有领导，也没有臣民，它们自己就是自己的主人，“乌合之众”是它们的真实写照。乌鸦是有头脑的，它们将袭击对象寻找得非常准确，举着热狗，啃着冰激凌的小女生，动作缓慢的老年人，往往受到它们的光顾，它们多是从人的背后俯冲而下，以迅雷不及掩耳之势，夺下食物，高飞上树，慢慢品尝。吓人一跳罢了，没有谁为了一口吃食去跟鸟们计较，但实在是太讨厌了，市政部门采取了各样措施，用炮仗轰，用笼子关，用声音吓，全没用，乌鸦们照样我行我素，过着优哉游哉的幸福生活，成为大都会的成员之一。

顾明抹着手上的血说他恨透了乌鸦！

我说不就叼了你一块面包嘛，别小题大做行不行？

顾明将手举到我眼前说，你瞧瞧这血，现在还没止住呢，这些营养的流失，十块面包也补不过来！

我说，这属于误伤。

顾明说他跟乌鸦的事儿没完，有朝一日他会逮住它，做一顿乌鸦炸酱面！我说要那样我就得当嫦娥，奔月去。

反正是迟到，他倒不急了，先清理伤口又吃消炎药，说还要到医院去注射狂犬疫苗，说不定医生还会将他留在医院住院观察……

二

吉冈来上课，我跟她说了乌鸦的事。

她说，卡拉斯是神鸟啊，顾先生怎能说它是害鸟？

我才知道，日本人管乌鸦叫卡拉斯，“卡拉”源于它的叫声，“斯”表示“鸟”的意思，“卡拉卡拉”叫唤的鸟就是乌鸦，它能传达神的意旨。我跟吉冈说，卡拉斯在中国的名声不是太好，中国人将听到乌鸦叫视为凶兆，要有倒霉的事情发生，说谁的话不中听，也是“闭上你的乌鸦嘴”。我告诉吉冈，中国有后羿射日的典故，说的是古代，帝俊的十个儿子在天上肆虐人间，十个太阳同时照耀，大地一片焦土。嫦娥的丈夫后羿将九个太阳一一射杀，射杀时天空有金玉碎裂之声，流火飞扬，金羽四散，九阳落下地面，竟是九只三足金乌。乌鸦是太阳精魂的化身，戏词里头也唱“金乌坠，玉兔升，黄昏时候”，马王堆出土的汉代帛画，里面的太阳也是一只三条腿的乌鸦。鲁迅小说《奔月》里说，大地一片焦渴，寸草不生，后羿射乌鸦，做乌鸦炸酱面，一而再再而三的炸酱面让美女嫦娥吃腻烦了，对乌鸦炸酱深恶痛绝，吃了仙药升到月亮里去，永远下不来了。

吉冈对嫦娥奔月故事大感兴趣，说这是个太优美的传说，她让我把它用汉语写下来，注上拼音，将来她在社区的文艺会演上朗读。我说你朗读还不如我朗读呢，她说那意义可不一样啊！反正是有一搭没一搭的学习，一切不必认真，一篇几百字的小文加汉语拼音罢了，我毫不犹豫地答应下来。这节课我们谈得最多的是后羿的乌鸦炸酱面，我费了近半个小时解释炸酱面的具体内涵和外延，至于乌鸦炸酱、猪肉炸酱还是鸡蛋炸酱，不过是所用材料的不同而已，工艺流程是一样的。吉冈说乌鸦炸酱面一定是很难吃的东西，要不嫦娥那个美丽的女人不会抛下丈夫一个人跑到月亮上去。我说乌鸦炸酱肯定比猪肉炸酱好吃，乌鸦和鸽子都属于飞禽，炸乳鸽是中国饭桌上一道名菜，鸽肉炸酱拌米饭，用大白菜叶子包了是中国满族皇上的吃食，满语叫作“包”。皇上吃的，能错吗？吉冈说甭管什么肉，炸酱面准是让人不能长期接受的。我说炸酱面是中国的国粹，在中国绵延数千年而不衰，自有它的道理，没有哪个中国人不爱吃炸酱面，嫦娥奔月，那是吃错了药，本质不在炸酱面……

下课时候，为了证实炸酱面的优秀，我决定下次授课做炸酱面，以让吉冈对中国文化有切实的感受。临出门，吉冈让我转告顾明再不要说“害鸟”一类的话，她说乌鸦在日本很有人缘儿，当年神武天皇东征，遭到敌人攻击，是乌鸦领路，将天皇带出了险境。乌鸦在哪里筑巢栖息，就预示着哪里要兴旺发达，是求之不得的事哪！我说乌鸦早晨照顾了顾明，是不是顾明也会兴旺发达？吉冈说肯定是的。

傍晚顾明回来，进门一言不发直接进了浴室，原来是回来路过树下，乌鸦拉了他一身粪便。我将他要兴旺发达的话说了，顾明说，别听吉冈那娘们儿神说，她是没摊上，乌鸦要是拉到她身上，她会将天下乌鸦的毛拔光了。

清洗干净的顾明顾不上吃饭，就在网上查找消灭乌鸦的办法，开的是国际网，要在世界范围搜寻，他要跟卡拉斯们干到底，把它们赶尽杀绝！他脱下的那件白衬衫，成了我的灾难，花了大半个晚上也没有将它洗出来，连强力漂白剂都用上了，仍旧是脏污一片，没有半点效果。乌鸦是黑的，没想到它的粪便也是黑的，黑中掺杂了黏稠的油脂，不知含有什么特殊的成分，任何洗洁剂对它都无效。

我拎着那件衣服说，乌鸦怎么老是跟你过不去呢？

顾明说，因为我不喜欢它们。

半夜了，顾明的打印机还在哗哗地响，他在下载消灭乌鸦的办法。为了一块面包、一件衬衫，花如此大的精力“报仇雪恨”，可悲的现代人，遇到一点点事都会跟电脑要主意，实际生活经验越来越低下，除了搬弄电脑，纸上谈兵，他真的什么也干不了。现在他在这里彻夜不眠，运筹于帷幄，煞有介事地设计，明天成群的乌鸦照旧欢快飞舞，那些黑屎照旧会拉在张三李四身上，这是永远不会相交的两条线。

我让顾明明天下午帮我给月季剪枝，说再不剪今年怕连一朵也开不出来了，这于我们的面子实在不好看。顾明说他已经帮我干过好几回了，那是主妇们干的活，他大学教授干这个很掉价。我说明天要给吉冈写出“嫦娥奔月”的短文，还要注音，更要准备炸酱面……顾明说，说你缺心眼就是缺心眼，谁给谁上课哪？她给你留的作业真不少！

我扑哧乐了，可不嘛，谁是谁学生啊，怎么掉过来了呢。

三

阳台上，顾明的衬衣在春天的暖风中飞扬，衣服上那一团团的黑迹洇散开来，如同大团大团的水墨云彩，现代派的艺术风格，那是乌鸦的杰作。书桌上，杂乱地堆放着他下载的“消灭乌鸦”的资料，彩色印刷，带有图片。图片中有只乌鸦的头部特写，黑目黑羽黑喙，骄傲地呈气宇轩昂状。资料上说，我所居住的这座城里生存了 2 万 5 千只乌鸦，它们的主要食物来源是市民每日生出的大量垃圾。随着城市生活垃圾的不断增加，且内容丰富，乌鸦们根本不用到野外觅食了，市民的剩余，养活这 2 万 5 千绰绰有余。根据调查，不少乌鸦已经出现了肥胖、高血压、高血脂等症状，研究人员说，如此下去，乌鸦群体中会产生糖尿病、中风……过肥的乌鸦会变得企鹅一样，再飞不起来。城市内，每天都有多起乌鸦袭击人的事件发生，乌鸦的粪便和鸽子的粪便，使一些古代建筑受害，内中还有传染源，可以引起人的无名发热……打击乌鸦，成了迫在眉睫的一件事。紧接着，资料上列举了消灭乌鸦的一二三，有人建议政府捕获法，有人建议垃圾加网切断食源法，有人建议自卫队轰赶法，有人建议声呐驱除法，有人建议垃圾掺杂避孕药法……五花八门，莫衷一是。为此，市政部门成立了“乌鸦对策本部”，电话号码是 12345678，专门收集市民对乌鸦问题的处理意见和建议。在市民提出的每一条建议下面，都有“对策本部”所长山田次郎的红字回复，在“捕获法”后面他说，虽可以直接减少乌鸦数量，但是要动用大量专业人员和专门捕获工具，这要增加财政开支，从市民税金中多支出费用，恐怕众多纳税人反对，更何况有过“捕获作战”失败的历史，捕获之事不可轻举妄动。至于切“断食源法”，所长是这样回答的，眼看着乌鸦们饥饿而死，是惨不忍睹的，这种轻视生命的做法，于儿童教育不利……看来，“乌鸦对策本部”的立场是绝对和乌鸦站在一起的，所长所回复的一二三完全是出于对乌鸦的保护，所以，对“本部”不能报有幻想……

我往阳台上看，恰巧有只乌鸦在楸树上探头探脑地朝这边张望，不知是不是抢劫顾明的那只。放下消灭乌鸦的资料，我来到阳台，它没有飞走，还在树上站着，一双阴鸷的小眼目光闪烁，满是警惕。我盯着它看，它立刻装得漫不经心，做出不在乎我的神态。树枝的高度与阳台相当，我们的距离很近，可以说是旗鼓相当地平起平坐，没有居高临下的俯视，也没有举目蓝天的高仰，四目相对，彼此都将觉得陌生。

我从来没有这样近地观看过乌鸦，它很大，身材流线型的线条让人叹为观止，天光下一身闪亮的毛羽，刷了油一般，纹丝不乱。原以为乌鸦都是黑色，阴沉浓重的死黑，极近地平视才看出，它的黑羽中闪映着蓝绿，反射出青紫，流光溢彩，色调丰富极了。我想到了孔雀，想到了孔雀脖颈上江南春水般的颜色变幻，那是难以言尽的复杂，无法复制的调配，只让人感念苍天的造化，自然的神奇。眼前的它，较之孔雀的脖颈，多了沉稳和高贵，是至真至美的天然。帝俊之子，太阳精魄，天潢贵胄，焕采生姿，我为它的美丽感动，禁不住向它打招呼：嗨——

它不理，是桀骜的冷漠，没有要走的意思。

我轻轻地叫它卡拉斯。

它仍旧是无动于衷。

彼此静静地对着，算计着，渐渐地它的眼神有些游离。

我折回房间，从冰箱里翻出火腿肠，奔回阳台，它还在那里，仍旧是依然故我，仍旧是讳莫如深。我将火腿肠朝它伸过去，它明明是看到了，却很矜持地将目光转向远处的海面，远方水穷之处，风云正起。卡拉斯不能理解我的举止，看来，它有它的生存原则，可以抢劫，却不能接受赠与，抢掠要花费一番心劲儿和风险，付出与收获获取了心灵的平衡，食之无愧；嗟来之食轻而易举，没有惯例，受之无端，是件不可思议的事，更何况难保居心叵测在其中，防人之心不可无啊。

我把火腿肠搁在阳台栏杆上，用汉语跟它说，卡拉斯，这是给你的！

它望着坡下面的海。

海风渐渐地有了力度，带来了腥咸的气息，带起了海平面涌动的浓云。站在阳台上可以看到海水的颜色在变暗，浪花从远处滚来，在礁石上撞碎，碎琼乱玉般地飞扬。

要下雨了，是来势凶猛的雷阵雨。

没有半小时，大雨便瓢泼般地倾泻下来，雷鸣闪电灌满天地之间，巨大的楸树在风雨中大幅度摆动。卡拉斯还在树上，一动不动任凭雨水浇淋，随着风势，凭借那根并不粗壮的树枝，时而低低地压下去，时而高高地弹起来，大幅度地摆动，惊险异常。天哪，如此晃动它不晕么，不会掉下去么，我真真儿地为它担心了。没有了太阳的照耀，卡拉斯变得暗淡无光，毛羽紧紧贴住身体，连头也抬不起来了。我想乌鸦应该有避雨的功能，可是这个卡拉斯怎么就不走呢？

拉卜在外面抓门，是吉冈过来了，给我带来了几本有关乌鸦的书籍，其中有一本夏目漱石的《伦敦塔》，内中提到了英国伦敦塔上的乌鸦。吉冈说乌鸦是英国和伦敦塔的守护神，今天伦敦塔上还饲养着五只乌鸦，每天由皇家卫队专门派人到塔上喂食，乌鸦的数量永远保持着五只，死去一只，捕获一只来补充……可见，世界上喜欢乌鸦的大有人在。

吉冈是英国牛津大学毕业生，有文学硕士学位。

小小社区藏龙卧虎，主妇们看起来每日柴米油盐，实则都不是等闲之辈，对面走来一个老奥巴桑，不知深浅你千万不能随便张嘴，焉知来者为谁？细想，我在这儿其实是很普通，很提不起来的一个。

雨过天晴，天空一片灿烂。

再往窗外望，楸树上已经没有了卡拉斯的身影，它什么时候离开的，不知道。那根火腿肠还静静地撂在栏杆上，它到底没吃……

阳台上，顾明的衬衫落在泥水中，大概是被风刮落了，拿回来准备重新洗，又发现绳子上的晾衣架不见了。找了半天也没找见，或许让风刮到楼底下去了。

四

日子一天天过去，复印机印出的一般，今天和昨天没什么两样，昨天和前天如出一辙地相似，小康的日子竟是这般的单调无聊。我开始怀念国内那间不足十平方米的小工作室，怀念那个一坐就塌下去一个坑的旧沙发，怀念那台敲着敲着就出病毒的破电脑，怀念单位那些吃着大白菜，关心政治局的同事……

终于，这天上午有了变化。

十点钟的时候，小区管理员和保安找到家来，说到了花池的事，我问是不是我的工作干得不好，有什么遗漏，管理员说不是，他问我在清扫过程中可曾注意到隔壁幼儿园有没有什么可疑迹象。我问什么叫“可疑迹象”，保安说比如什么不审的人物，异乎寻常的东西等等。保安说的“不审”就是“可疑”，是日本警察常用词。

我说，听您这问法，怎的像调查杀人事件一样，跟您说，要是花池里发现了血衣和作案工具，我一点儿不会大惊小怪，编故事，我是内行，在中国是专门干这行的。

对我的耍贫嘴，保安没有接茬。他说之所以来了解情况，是因为幼儿园院子里最近连续发生了偷窃事件，社区和幼儿园在联合调查这件事。

我不高兴地说，你们现在找我是什么意思？

管理员说，您负责的区域和幼儿园只隔了一排低矮冬青，一步可以跨过去，一步也可以跨过来，幼儿园门禁森严，如果罪犯不走正门，唯一的通路只有这排冬青。

我马上正颜厉色地宣布，我什么也没看见，什么也不知道！

保安说他们在冬青附近也没有发现什么，一切都是分析，虽然丢失的东西不甚贵重，但是接二连三，反复发生，关系到了社区的声誉，是件让人很不愉快的事情。我问幼儿园到底丢了什么，保安说洗手池的肥皂。

我说，什么大不了的……

保安说肥皂是供孩子们洗手用的，一共六块，柠檬香味儿，是幼儿园统一从市场批发来的，这种肥皂颜色淡黄，做成各种小动物状，专为小孩子们使用，一般家庭中很少见。可是肥皂丢了五次了，他们做过了调查，每次都是在我们家清理完花池以后……

我的声音一下高了，说，你们以为我们家缺这几块肥皂吗？

气氛有些僵。

管理员说，不是那意思……是请您协助我们，咱们一起把问题弄清楚，我们也跟隔壁的吉冈家谈了，维护社区的安全，保证舒畅和谐的生活环境要靠大家共同努力，有什么情况，希望您及时向社区管理部门反映，我们 24 小时值班。

…………

那两人走后，我心里像吃了苍蝇那么别扭，倒不是为了几块肥皂的丢失，别扭的是丢失的时间全在我的清扫之后，说不清哪！

第二天去打扫花池，我特意留心幼儿园那边的情况，墙边洗手池的肥皂已经采取了防范措施，每块肥皂都被装在红色的塑料网袋中，分挂在各水龙头下面，如同火鸡的嗉子，显得有些荒诞。院子里没有人，各类娱乐设施安置在庭院四处，压板、转椅、滑梯、沙坑，微风中秋千在轻轻荡漾，开着的玻璃窗里传出叮咚的琴声和孩子们的歌声。

这恬静的环境会出小偷？见鬼！

的确是见鬼了，我看到卡拉斯在玩滑梯！

卡拉斯一蹬一蹬由梯子蹦上去，在顶端停留片刻，再哧溜一下滑下来，再蹦上去，再滑下来，周而复始，乐此不疲。它完全可以不费力气地从下边飞到滑梯顶上，但是它不，它偏要沿着梯子很吃力地往上蹦，它是在模仿玩滑梯的小朋友。小朋友是不飞的，它也不飞。

乌鸦玩滑梯不知是一种什么感觉，我无法从卡拉斯的角度涉身实地地想象，那从高处倏地跌落，于它来说大概是新奇、快乐的，否则它不会这么有兴趣。从高而低，乌鸦的着陆从来是滑翔式的软着陆，如此被动的滑落是鸟类没有的，这于它不啻一种全新的体验。

卡拉斯玩得太投入了，全没发现站在冬青这边的我。

现在我跟卡拉斯已经完全不陌生，它喜欢在楸树上停留，那个地方高瞻远瞩，风景极佳，它对坡下湛蓝的大海感兴趣，也对我们家的阳台感兴趣。不知什么时候，卡拉斯不再拒绝我给的食物了。包子、烙饼、酱肘子、煮鸡蛋……什么都吃，它是个杂食类，有时候还会吞下成包的纸巾，喝下半碗面汤。卡拉斯对肉食有偏爱，口味浓重，过于刁馋，很能浪费东西，往往是掏空了包子的馅儿将包子皮到处乱扔。小时候学过“乌鸦喝水”的课文，对它的聪明总是半信半疑，现在是领教了，不管它在不在树上，我将食物放在阳台上说：卡拉斯，这是你的啊！过一会儿，食物没了，我就知道是卡拉斯叼走了。我说的是汉语，它竟然也能懂，比吉冈家的笨狗拉卜强。

顾明坚决反对我喂养乌鸦，说乌鸦是小肚鸡肠，是见利忘义，是记打不记吃的小人，跟乌鸦交往我永远只有吃亏。我说什么叫吃亏什么叫占便宜啊，这话听着太功利，朋友之间，彼此能心悦就值得！顾明恨透了卡拉斯，看见它在树上就轰，看见它在树上就轰，不厌其烦，他听不得卡拉斯那略带沙哑的粗犷叫声，不让卡拉斯靠近我们家。顾明这个人不唯对乌鸦没有好感，他对所有的小动物都不喜欢，吉冈家那个没心倒肺的拉卜，每逢见到他都会大摇特摇尾巴，抬起爪子搭到他身上来，只要主人不在跟前，他都会青着脸喝一声“滚”，把狗拨拉到一边去。问题是那个傻拉卜没记性，下回见了他还摇尾巴，还往身上扑。可是卡拉斯跟拉卜不一样，卡拉斯的记性非常好，每回顾明在阳台上出现，它都警惕地盯着他看，一双小眼滴溜溜随着顾明转，随时准备进攻的模样。卡拉斯对顾明的穿戴记忆非常准确，在我们阳台所晾的衣服中，哪件是我的，哪件是顾明的，它都能辨认出来，没人的时候，它会偷偷将顾明的衣服蹬到地上，有时会拉上一摊。常常的，阳台上顾明的衣服脏污不堪，洗了白洗，卡拉斯这样做明摆着是给我找麻烦，但是它不这么认为。

为了惩治卡拉斯，顾明特意请教了大学同事古田敬二，古田是顾明在日本难得的朋友，爱吃中国猪肉白菜饺子，过节总要过来吃一顿，所以他记中国的节日，比我们还准确，不唯春节、冬至得准备饺子，连惊蛰、芒夏，一些跟饺子不搭界的日子也得吃饺子，用他自己的话说是，没有水饺子他不进顾家的门。他说日本的饺子都是煎的，严格说不应该叫饺子，应该叫锅贴，真正的饺子必须是经过水煮的，这样才滋润，才有特色。古田是鸟类生态学教授，是“乌鸦研究室”主任，在对付乌鸦方面他是权威，顾明找他算是找对了人。古田说，这事太简单啦，让我来对付乌鸦你不觉得是大材小用了吗？古田让顾明从花木店买一只专门吓唬乌鸦的黑猫模型，挂在阳台上，说这招很管用，所有的乌鸦都怕这个。

“黑猫”买回来，我仔细研究过，原以为内中会安设什么机关，却没有，一公分厚的塑料片，没什么特别，关键是那两只猫眼，蓝玻璃珠子的，太阳一照，贼光四射！顾明很得意地将猫挂在晾衣服绳子上，怕不结实，系了三四个死扣。挂上以后一天往阳台跑了有二十几回，是想看看在黑猫震慑下“乌鸦失魂落魄的惨状”。这一天，卡拉斯没有在树上出现，顾明对古田给他出的这个招数很满意，说大学教授就是大学教授，那学问不是妄说的。我说卡拉斯之所以没来，是它的思路发生了混乱，又拿好吃的喂它，又拿黑猫吓它，它已经搞不清这个阳台发生了什么……

第二天早晨，黑猫的眼睛被抠了，两个窟窿空空的，在绳子上一晃一晃，成了真正的瞎猫。不用说，这当然是卡拉斯干的，乌鸦研究室主任的方案在乌鸦面前以惨败而告终，挺没面子，虽然当天是清明，是中国一个大节气，古田也没好意思说吃饺子的话。紧接着，又发生了几起卡拉斯对顾明粪便轰炸事件，人和鸟的仇是结大了。

现在看到卡拉斯玩滑梯玩得这样专心，我没有想到乌鸦竟然也有玩耍的童心。顾明上班路过，见我呆呆地往幼儿园里看，以为我还在为那些丢失的肥皂不能释怀，及至看到红袋子里的肥皂说，日本人真小气，有时候抠门抠得莫名其妙！

我说不是肥皂，我让他看玩得正兴高采烈的卡拉斯，他瞪大了眼睛说，了得，这鬼东西要成精啦！说着，抄起扫地笤帚，冲着滑梯甩了过去。卡拉斯受了惊吓，哇地飞起来，低低地在庭院里转了一圈，擦着我们的头顶飞走了。

我说，干什么呀你？

他说，我见不得这祸害！

五

装在网子里的肥皂全部被人囊括而去。

在我扫除过后。

这话是从吉冈那儿传来的，什么事吉冈要是知道了，全小区差不多就都知道了。幼儿园方面没说什么，我们坐不住了，顾明下班后去找幼儿园，说我们对肥皂丢失不能负责任，园方说也没认定就是谁谁干的，现在一切都在调查中。顾明说如果需要他帮忙，他会全力以赴。负责人说现如今人心不古，民风浇薄，什么样的人都有，什么意想不到的事情都可能发生。还说连续不断的盗窃，是一种挑衅，这种卑劣的恶作剧，不光是小偷小摸了，还加入了流氓性质，此人心理阴暗，谲诈莫测，行为变态，是有性格缺陷的，丢失肥皂看起来是小事，但是有这样的人在幼儿园附近活动，于孩子们的安全是大大的隐患，万万不能掉以轻心。顾明问人家采取了什么安全措施，园方说这个保密，不能透露。

顾明不高兴了，嗔着人家拿他当了外人，回来气囔囔地说，就这态度，他们要拿到肇事者才怪！

我说他不该找人家交涉，本来没他什么事，主动找上门解释，这叫不打自招，又叫欲盖弥彰，无形中把自己锁定在犯罪嫌疑人的位置上了。顾明是个爱犯牛劲的人，他说，让他们怀疑好了，我不怕，明天我还去清理花园，后天还去，大后天也去，我天天去，这块地界我包了，让他们的肥皂天天丢！

我说，先别说气话，当务之急，您先到超市买几个晾衣服架子，咱们家的架子已经用完了。

顾明说，我上月才买了一打，又不是消费品，你把它们都藏哪儿去了。

我说，我还想问你哪！

我对卡拉斯的关照日甚一日，我们已经建立了牢不可破的友谊，只要顾明不在家，卡拉斯就会飞到阳台上，主人般地巡视。它对什么都好奇，晾衣服的塑料夹子，发亮的衣服扣子，铁丝上叮咚的风铃，拉门的金属手柄，所有闪光的都是它的所爱。它可以一个“人”在那里将阳台上的各样设施玩弄半天，会用尖利的喙灵巧地解扣，最先被它解下的是那只塑料瞎猫，只两三下，疙瘩就开了，黑猫很狼狈地掉到楼下，在草丛里“趴”着去了。接下来它把我捆绑旧报纸的绳子解开了，将报纸踢腾得满阳台都是，然后歪着小脑袋煞有介事地欣赏报上那些特写的头像，甭管是国家政要还是大腕明星，只要是彩色的，它都喜欢……

我跟它说中国话，所以这只懂汉语的卡拉斯，就成了日本的唯一。

有几天了，卡拉斯没有出现，早晨我放在阳台的吃食，晚上还原封不动搁在那儿，卡拉斯到哪儿去了呢？朋友的走失让我牵肠挂肚地惦念，会不会出了什么意外？会不会是“乌鸦对策本部”开展了打击乌鸦运动？乌鸦应该不是候鸟，没有迁徙习惯，再说，这温暖的暮春，它有必要离开吗？

幼儿园那些个空网袋像瘪了的猪尿泡，在水龙头上晃来晃去，垂头丧气。

顾明很高兴，每每兴奋地告诉我：又丢了哎！

他已经彻底站到了盗窃犯的立场上。

社区里，关于肥皂的话题早已沸沸扬扬了，幼儿园雇了保安，二十四小时值班，就这也未能奏效。上周，又花一百万，安装了电子防犯监控装置，也没抓着犯人。

有人看见一个彪形大汉，满脸凶相，胳膊上文着青龙，眉间有刀疤，在幼儿园附近转悠……

有人认为，附近车站流浪汉增多，白天四处野逛，晚上铺张报纸歪在墙根酣睡，它们应该是主要嫌疑对象……

有人分析是幽灵作怪，幕府时代，丰臣秀吉和德川家康在这里有过一场恶战役，双方死伤甚众，这些鬼魂在另一个世界当然也要使用肥皂，要满足冥军的要求，幼儿园的肥皂还丢得少……

不少母亲准备将孩子转园，怕被坏人绑架，遭到意外伤害。也有的张罗着给孩子佩戴 GPS 卫星定位器，就像跟踪野外大熊猫一样，走到哪儿能追到哪儿。一个 GPS 要有三台卫星定位，方圆 859 公里，都在控制范围之内，这东西目前在日本卖得挺火。有人来推销“儿童防刀衣”，据说是美国霍尼韦尔公司研制的一种轻型材料，用玻璃纤维和超高分子量聚乙烯制成，用刀子剪子都不能把这种衣服割开，美国的特工人员都穿这种衣服，美国学校的学生也在推广，绝对的领先世界新潮流……为了孩子，日本人可谓心思费尽，什么都想得出来，什么都舍得。

最热闹的是新闻媒体的掺和，动辄有记者，扛着机器，很随意地拽住小区的某个居民，要“谈谈想法”。

日本人爱小题大做，一时人心惶惶。

幼儿园负责人找到顾明，希望大学的科研部门能协助幼儿园破译此事，负责人说，之所以托顾明，是在跟学校正式接触以前沟通一下想法，让科研部门有所准备，有关幽灵和绑架之谈，幼儿园是绝不会相信的，现在只想找出肥皂去向，弄个水落石出，安定家长之心。顾明不吭声。负责人说，社区住的大部分是大学的教职员工，幼儿园的孩子也多是大学子弟，学校的科研小组为幼儿园破解难题也应该算是分内之事，当然所需花费，幼儿园不会让学校全部承担……

以顾明平日犯罪嫌疑人的立场，我以为他不会答应此事，在学校里他是国际文化学部负责人，跟幼儿园丢肥皂的专业差得太远，调查盗窃，追踪罪犯，跟法经学部、医学部或许还能搭上点边儿，跟国际文化真真儿的是风马牛。可是，在幼儿园负责人几个九十度大躬的进攻下，顾明在椅子上坐不住了，他竟然答应人家，明天上班，和有关部门说说看。

顾明的“有关部门”其实就是古田敬二，古田说这样的事用不着通过学校，他一个人就能破译出来！

紧锣密鼓一通准备之后，第二天早晨两位与犯罪毫不相干的教授来到了幼儿园，抓犯罪嫌疑人来了。新闻媒体的鼻子像警犬一样，教授们还没到，他们已经早早地候着了。幼儿园负责人接待侦察英雄一样地接待了顾明和古田，从来没有的客气，说了一大堆感激的话。教授们也很沉稳，胸有成竹的模样，跟园方说这回动用了科学技术，万无一失。负责人说那是当然。

一切安排就绪，大家坐在园长办公室静等罪犯上钩。

吉冈拉着拉卜到我们家来，让我打电话到幼儿园问情况，电话打过去对方回答“在等待中”。吉冈说有结果一定要在第一时间告诉她，我说肯定第一个告诉她。中途我又给“侦察英雄”们打过电话，问要不要送“战饭”慰劳。顾明让我在关键时刻不要干扰破案，让我在家包好饺子等着，找到罪犯他们中午要过来喝一盅。古田强调了一句：要猪肉白菜馅。

下午三点，还没见英雄们凯旋，我感到事情不像古田想的那样简单。那只黑猫还在草丛里呢，就凭他那点儿纸上谈兵的智商，连卡拉斯也斗不过，还要抓什么罪犯！傍晚，顾明一个人灰溜溜地回来了，说古田不来吃饺子了，他媳妇让他回去帮着打扫剩饭。问采取的是什么战术，顾明说古田给每块肥皂里都安装了PHS发信器，只要罪犯将肥皂拿走，走到哪儿都能查出来。我说肥皂里的电池会不会消耗光，顾明说每块电池的寿命是一个月。我说那为什么查不着呢？会不会罪犯把装置拆了？顾明说那些肥皂压根就没人动过。我劝他不要着急，也说不定明天就会有变化，以前幼儿园的肥皂也不是天天丢的。

第二天，幼儿园的肥皂完好无缺。

第三天，仍旧没有变化。

第四、第五天还没有动静，好像那个罪犯窥出端倪，洗手不干了。

十几天过去，肥皂里的发信器无用地发射着信号。

吉冈带着拉卜，一天到花池方向去几次，窥探那边肥皂的存在情况，不时地传递过消息，“平安无事”。

终于有一天，顾明大梦初醒般地抡着笤帚冲出门去，在花池一通夸张清扫，将那些月季弄得东倒西歪。他说，看着吧，明天肥皂不丢才怪！

第二天刚蒙蒙亮，保安就敲门，说肥皂没了，让教授们赶快行动。

六

几个人，包括电视台取材班的记者，眼睛都盯着无线接收仪器，肥皂发出的信号在图像上是个闪烁的小红点，闪烁的同时发出“嘀嘀”的声响。以往肥皂没被人动过时，红点在屏幕上一字排开，各有各的固定位置，现在红点们发生了零乱，集中在了一起。古田说信号没有减弱，说明罪犯就在附近，范围不出一千平方米。他这一说，大家你看看我，我看看你，突然都觉得彼此有些陌生。保安说他早怀疑偷窃者就是这个小区的人，果然不出所料。负责人问古田能不能调得更精确一些，古田把图像缩小，立刻显示出了发信器的具体位置——幼儿园西北139米处。

依着仪器的指向，一行人向目的地进发。古田捧着仪器走在最前头，后面是扛着摄像机的记者，还有举着话筒不停说话的女主持，接下来是幼儿园负责人、顾明、保安……轰轰烈烈打狼一般。

越走信号越强，越走越清晰。

小区管理员激动地说，真是不敢想象，在高科技面前，什么也藏不住的……

保安说，日本国的科技所向无敌啊！

越走，顾明的感觉越不对头，古田也开始疑惑起来。

几个人走进我们家门的时候，所有的人都很尴尬。顾明强作镇静地说，查吧，搞清事实嘛，没什么不可以对外公开的！

私下里，他却将我拉到厨房，低声问我是不是拿了那些肥皂。我说，你敢怀疑我？我还怀疑是你哪！

顾明说，你要是真拿了，现在跟古田说说，或许……

我说，你要是抻不住劲儿了你去说，反正没我什么事，告诉你，我从来没觉得你现在这么可恶！

古田在外头嚷嚷，有啦，有啦！

我和顾明顾不得许多，冲出去，见古田捧着仪器上了阳台。顾明小声对我说，我就知道你准会把赃物藏在阳台的纸箱子里，上回你背着我偷偷买的裙子就是藏在那儿了。

我说，怎么会是我？

阳台上，“嘀嘀”的响声到了极致，古田说，就在这儿，就在这儿！

仪器一会儿指向墙根，一会儿指向栏杆，几个人在阳台上辗转腾挪，跑开了龙套。

我对古田说，别瞎转了，你要仔细地辨别一下。

古田说，就在这儿！

我说，就在哪儿？你指出来呀！指出来呀！

见我的态度有点儿那个，古田也冷静下来，四下认真寻找，后来又小声跟顾明嘀咕什么，顾明大义凛然，很果断地说，查！

一些人都不说话了，看看顾明，又看看古田，古田将接收器认真地沿着阳台边缘寻找，最后探出阳台，高高地往上举说，在上面，上面十米！

紧挨阳台上面十米是浓密的楸树叶，什么也看不见。

小区管理动用了119消防的梯子，着人攀上去终于看清了，上面是乌鸦卡拉斯的窝，几十块肥皂搭筑在一堆铁衣服架子上，里面蓄了厚厚树叶，三只小卡拉斯毛羽还没有长全，在窝里闭着眼睛叽叽喳喳。大卡拉斯不在，小卡拉斯们个个身上香喷喷，一股柠檬香味儿。

卡拉斯几日不在，是它一直蹲在窝里孵小乌鸦!

当天电视播放了这些镜头，当然把在我们家那段剪掉了，电视播出的目的是引起市民对乌鸦问题的重视，这就又回到了“对策本部”无休止，无结果的讨论中去了。

其实肥皂事件的内幕只有我最清楚，究其本质，根子还在顾明，卡拉斯抢了他的面包，也就算了，他还要抡着背包追着打，卡拉斯不是胸襟宽阔的鸟，顾明也不是大度的人。顾明反复地整治卡拉斯，卡拉斯就往他身上拉屎，糟蹋他晾在铁丝上的衣服，将晾过他衣服的架子偷走。顾明帮着我清理花坛，卡拉斯便认为水池边的肥皂和他是一体，肥皂的鲜艳和形状是它所喜爱，顾明清理一次它偷一次，是为报复。

但卡拉斯是我的朋友，人无完人，何况是鸟，谁的朋友没点儿小缺点呢？我们总要学会宽容，学会理解，以找回以前被我们忽略的感觉。这些我没有跟别人说，没必要扯出顾明继续在电视上曝光。

但是顾明说，他早晚有一天要吃上乌鸦炸酱面。